Jan Tinbergen (Hrsg.)
Der Dialog Nord–Süd

Demokratischer Sozialismus in Theorie und Praxis

Herausgegeben von Günter Grass, Eberhard Jäckel
und Dieter Lattmann

Jan Tinbergen (Hrsg.)
Der Dialog Nord-Süd

Informationen zur Entwicklungspolitik

Vorwort: Egon Bahr
Redaktion: Traugott Heil

Europäische Verlagsanstalt

CIP-Kurztitelaufnahme der Deutschen Bibliothek

Der Dialog Nord-Süd : Informationen zur Entwicklungspolitik / Jan Tinbergen (Hrsg.). Red.: Traugott Heil. – Köln, Frankfurt am Main: Europäische Verlagsanstalt, 1977.
(Demokratischer Sozialismus in Theorie und Praxis)
ISBN 3-434-00335-5
NE: Tinbergen, Jan [Hrsg.]

Lektorat: Gunther Heyder
Herstellung: Edgar Krausch, Nieder-Roden
Umschlag: Equipe, Köln
Druck: F. L. Wagener, Lemgo
Buchbinderei: Klemme & Bleimund, Bielefeld
ISBN 3 434 00335 5
Printed in Germany 1977

Inhalt

Egon Bahr
Vorwort

In den zurückliegenden 24 Jahren hat sich weltgeschichtlich die Dekolonialisierung in dramatischem Tempo vollzogen. Wir haben es heute und wohl noch in nächster Zeit mit dem Kampf um die Durchsetzung des Mehrheitssystems im südlichen Afrika zu tun. Der Ausgang dieses Kampfes ist geschichtlich schon abzusehen. Wir werden es dann nur noch mit einer Art von Aufräumarbeiten für eine Epoche zu tun haben, die über 300 Jahre hinweg von der Eroberung der Welt durch europäische Staaten gekennzeichnet gewesen ist.

In den vor uns liegenden 24 Jahren werden die politisch unabhängig gewordenen neuen Staaten darum kämpfen, ihre wirtschaftliche Unabhängigkeit zu erringen, und nach menschlichem Ermessen wird dieser Kampf erfolgreich sein, mindestens insoweit, als es um einen gerechteren Anteil der Länder der Dritten Welt an der Weltwirtschaft geht.

Die letzten 24 Jahre scheinen uns überschaubar und als gelebter Geschichtsabschnitt relativ kurz. Die vor uns liegenden 24 Jahre, also die Zeit bis zum Jahre 2000, erscheinen uns relativ unüberschaubar und lang. Ich will damit nur sagen, daß der vor uns liegende Abschnitt, so willkürlich er gegriffen ist, relativ kurz sein wird.

Die Machtposition, von der aus die jungen Völker ihren Kampf um die politische Unabhängigkeit begannen, war sehr viel schwächer als ihre heutige Position, von der aus sie den Kampf um die wirtschaftliche Unabhängigkeit oder einen gerechteren Anteil an der Weltwirtschaft begonnen haben. Wer die Zahl der Gewehre, Panzer, Flugzeuge und Schiffe zählt und dies zum entscheidenden Kriterium macht, wäre 1950 zu der falschen Einschätzung gekommen, daß der Kampf um politische Unabhängigkeit aussichtslos sein würde. Wer dieses Kriterium heute anlegt, würde sich genauso irren. Hier handelt es sich um einen geschichtlichen Prozeß, in dem elementare Kräfte wirksam werden.

Es ist nicht so interessant zu fragen, wie die Welt im Jahre 2000 aussehen wird, welchen Anteil die Länder der Dritten Welt dann an Produktion, Handel und Lebensstandard haben werden; interessant ist die Frage, ob dieser noch nicht fixierbare Zustand des Jahres 2000 durch Konfrontation, Gewalt, Handelskrieg, Versorgungsstreiks und ähnliches erreicht wird oder durch Vereinbarungen und Zusammenarbeit. Insgesamt muß man sagen, daß die Länder der Dritten Welt aus vielerlei Gründen große Geduld bewiesen haben. Ein Zweifel ist nicht möglich, daß die Grenzen der Geduld deutlich werden. Der industrialisierte Norden hat nicht mehr viel Zeit, um Regelungen der Vernunft und der Vereinbarungen zu erreichen.

Weder die geschichtliche Dimension noch ihre praktische Auswirkung auf das Schicksal der Bundesrepublik Deutschland sind den Menschen bei uns bewußt. Das Ausmaß von Vorurteilen, der Mangel an objektivem Wissen reicht von der Frau auf der Straße über den unbekannten Gewerkschaftsfunktionär bis in politische Entscheidungsgremien. Kirchen, Jugendgruppen und Einzelkämpfer in allen Schichten und Parteien erfahren bei ihren Bemühungen um mehr Verständnis für die geschichtliche Dimension zu oft nicht mehr als nachsichtiges Lächeln.

Wir sind schnell dabei, uns für die Menschenrechte einzusetzen, wenn es, besonders im Ost-West-Verhältnis, um die Freiheit von Furcht für den einzelnen geht. Die auf diesem Gebiet am lautesten sind, werden an der Front vermißt, wenn es darum geht, für die Menschenrechte der Freiheit von Not einzutreten. Zu wenig ist bewußt, daß die Charta der Vereinten Nationen mit Recht die Freiheit von Furcht gleichberechtigt neben die Freiheit von Not stellt. So begreiflich es ist, wenn sich unser Gewissen empört, wenn ein Mensch sein Leben im Stacheldraht zwischen den beiden deutschen Staaten verliert oder ein Bürgerrechtler in Osteuropa verhaftet wird, so unbegreiflich ist es, wenn unser Gewissen nicht aufschreit, wenn Tausende im Kampf um ihre physische Existenz unterliegen, weil sie verhungern. Mir scheint, daß kein Mensch um die Freiheit von Furcht kämpfen kann, solange er ums Überleben kämpfen muß. Wir sind nicht stark in unserer Position, solange wir nicht glaubwürdig für die Menschenrechte der Freiheit von Not sind, weil wir eben nicht glaubwürdig behaupten können, daß wir in diesem Kampf alles tun, was wir können.

Die Sozialdemokratische Partei Deutschlands hat eine Tradition in dem Ringen um mehr Rechte für Rechtlose. Wir standen vor

100 Jahren an der Spitze der Mehrheit, die von der Minderheit der Besitzenden Rechte verlangten. Diese Rechte wurden von der Minderheit der Reichen damals mit der Begründung abgelehnt, die Erfüllung unserer Forderungen würden die Wirtschaft ruinieren. Die meisten dieser Forderungen sind heute nicht nur in Deutschland, sondern in den meisten Industriestaaten dieser Welt längst Selbstverständlichkeit. Keine der damals geäußerten Befürchtungen ist eingetreten. Es geht allen besser.
Heute haben wir es mit der gleichen Situation zu tun; nur spielt sich dieser Prozeß weltweit ab. Im globalen Maßstab ringt heute die Mehrheit der Armen, um mehr Rechte von der Minderheit der Reichen zu erlangen. Auch insoweit ist das Ergebnis nicht zweifelhaft, als es geschichtlich nötig und richtig ist, wenn die Mehrheit sich im ganzen durchsetzen wird. Auch insofern wird das Ergebnis gleich sein, als es dann allen besser gehen wird, den heute armen Staaten und Völkern und der Gruppe, die unbestreitbar die Reichen sind. Die Bundesrepublik Deutschland gehört zu den Reichen, und zuweilen scheint es, als ob sie sich auch so verhält: Reiche verteidigen ihre Privilegien.
Sozialdemokraten haben daher eine besondere Verantwortung. Sie haben ihre geschichtliche Erfahrung im Kampfe um mehr Rechte für unterprivilegierte Mehrheiten mit der Aufgabe zu verbinden, die Interessen unserer Menschen zu vertreten. Bei der Suche nach dem Weg kann uns unsere Erfahrung dienen, die wir zu Hause gemacht haben. Wir haben gelernt, daß für eine Gesellschaft eine revolutionäre Situation entsteht, wenn berechtigte Forderungen der Mehrheit abgelehnt werden und ihr kein anderer Weg übrig zu bleiben scheint, als sich diese Rechte mit Gewalt zu nehmen. Wenn unser Staat sich in seinem hohen Maß von soziologischer Ausgeglichenheit, in seiner Stabilität trotz einer ungewohnten Zahl von Arbeitslosen mit jedem anderen Staat in der Welt vergleichen kann, dann nur, weil wir gelernt haben, ein System zum Schutze der sozial Schwachen aufzubauen.
Man könnte die Aufgabe des Nord-Süd-Dialogs auch so definieren, daß es notwendig ist, ein globales System zum Schutze schwacher Staaten und Völker zu entwickeln. Nur wenn das gelingt, hat die Vernunft als Maßstab einer immer enger zusammenwachsenden Welt eine Chance, zumal die Abhängigkeit aller von allen wächst. Dieses Buch ist als Beitrag nötig, um den Grad der Information in unserem Lande zu heben. Dabei wird deutlich, wie unterschiedliche zum Teil widersprüchliche Auffassungen es geben kann, wenn man

versucht, für Einzelprobleme Regelungen zu finden. Die Emotion kann auch ohne Diskussion auskommen, die Vernunft nicht. Es ist zu wünschen, daß die Beiträge dieses Buches heftig diskutiert werden.

Jan Tinbergen / Traugott Heil

Einleitung

Die Provinzialität der entwicklungspolitischen Diskussion in der europäischen Gemeinschaft, die Erhard Eppler 1974 nach seinem Rücktritt beklagte, ist eine Herausforderung. Sie wird in dem vorliegenden Sammelband angenommen.

Das Gefälle zwischen den meisten Entwicklungsländern und den Industrieländern wird immer größer. In den rohstoff- und energiearmen Industrieländern Europas und in Japan ist das Bewußtsein wach geworden, daß langfristig Rohstoffe und Energie knapp sein werden.

Vor diesem Hintergrund ist die Beziehung zwischen Industrieländern und Entwicklungsländern in eine neue Phase eingetreten. Die Entwicklungsländer haben ihre wirtschaftliche Macht als Rohstofflieferanten erkannt. Sie haben sich zusammengeschlossen, um gemeinsam stärker auf eine Neuordnung der Weltwirtschaft zu drängen. Der Problemdruck in ihren Ländern auf Grund von Bevölkerungswachstum, Hunger und Arbeitslosigkeit nimmt rapide zu. Sie streben ihre volle Souveränität an: wirtschaftlich, politisch und machtpolitisch.

Im vorliegenden Buch stellen Betroffene, engagierte Politiker und Wissenschaftler aus Theorie und Praxis ungeschminkt dar, warum die Lage der Menschen in den Entwicklungsländern weiterhin so katastrophal ist. In kritischen und für viele von uns auch unbequemen Analysen wird bisher Geleistetes von Experten aus technisch und wirtschaftlich weniger entwickelten Länder beschrieben. Fachleute aus Nord und Süd nehmen zu Problembereichen wie Bevölkerungswachstum und Welternährung Stellung. Europäer, die politische Verantwortung tragen, machen auf die uns hier gestellten Aufgaben aufmerksam. Es ist selbstverständlich, daß ein Band wie dieser sich auf einen Ausschnitt aus unerhört komplexen Problemen beschränken mußte.

Was ist zu tun? Die Notwendigkeit des Umdenkens muß jetzt deutlich werden.

Die geringe Sensibilität bei uns für die soziale Wirklichkeit in den meisten Entwicklungsländern ist erschreckend. Ob hier nicht ein Versagen der Schulen aufgrund unzureichender inhaltlicher Schulreformen vorliegt, wäre zu diskutieren. Über Kolonialismus oder Ausrichtung eines Entwicklungslandes auf Monokultur erfahren Schüler wenig. Auch die Möglichkeit, die Nord-Süd-Problematik in den Bereich der Lehrerausbildung zu intergrieren, wird kaum wahrgenommen. Wie groß wäre hier das Multiplikatorenpotential! In den Parteien spielt der Problembereich ebenfalls keine große Rolle. Wenn die Diskussion vorangebracht wird, dann augenblicklich nur durch die Kirchen. Das bemerkenswerte Memorandum der beiden Kirchen zur »Sozialen Gerechtigkeit und internationalen Wirtschaftsordnung« vom Februar 1976 wie auch die internationale Arbeitstagung zu »Energie- und Rohstofffragen« des katholischen Arbeitskreises für Entwicklung und Zusammenarbeit im Frühjahr 1977 fanden allerdings in der Öffentlichkeit kaum Gehör.
Eines der Grundhemmnisse für die erschreckende Lage der Menschen in den Entwicklungsländern scheint, wie einige Aufsätze zeigen, die augenblickliche Struktur des Welthandels zu sein. Aus diesem Grund nimmt der wirtschaftspolitische Teil des Buches einen breiten Raum ein. Ob das Buch dazu führt, daß die politisch Verantwortlichen hier bereit sind, sich in einen solidarischen Dialog mit konkreten wirtschaftlichen und politischen Ergebnissen für die Menschen in den Entwicklungsländern einzulassen, bleibt abzuwarten. Daß wir die soziale Frage heute in ihrer weltweiten Dimension erkennen und als deutsche und europäische Sozialdemokraten und Sozialisten dementsprechend handeln, darauf wird es ankommen.

Den Haag/Gießen, Februar 1977

I. Zur Lage

Julius Nyerere
Zur Situation der Entwicklungsländer*

Dr. Mwalimu Julius Kambarge Nyerere, Staatspräsident von Tansania. Geboren 1923. Lehrerexamen 1945, anschließend Pädagoge in Tabora, 1949-1952 Studium der Geschichte, Anglistik, Moralphilosophie u. a. in Edinburg (Großbritannien), 1952 Master of Arts, dann bis 1955 Lehrer in Darees Salam, 1954 Präsident der Tansania African National Union (TANU), 1958-1960 Führer der TANU-Fraktion im Legislativ Council, 1961 Premierminister des unabhängigen Tanganyika, nach Vereinigung der beiden Staaten Tanganyika und Sansibar 1964 Präsident von Tansania, seit Februar 1977 Vorsitzender der tansanischen Revolutionspartei Chama Cha Mapinduzi (CCM). Staatspräsident Nyerere gilt als einer der Wortführer der Dritten Welt.

Ich bin gebeten worden, über Hilfe und Entwicklung aus der Sicht eines Empfängers zu sprechen. Ich werde sprechen als ein Bürger eines armen Landes zu Bürgern eines reichen Landes, in der Hoffnung, daß wir gemeinsam mehr Verständnis füreinander und für das mir aufgetragene, so außerordentlich wichtige Thema entwickeln.

Ich habe meine Zweifel, daß Ihr Land viele wirtschaftliche Probleme hat, die sein Volk und seine Regierung beschäftigen. Aber wer meine Beschreibung dieses Landes als ein reiches Land in Zweifel zieht, sollte den Standpunkt bedenken, von dem aus ich spreche. Man hat mir gesagt, daß das jährliche Pro-Kopf-Einkommen bei Ihnen ungefähr bei 1 500 neuseeländischen Dollar liegt. Die entsprechende Zahl für Tansania kommt auf ungefähr 73 neuseeländische Dollar. Mit anderen Worten: der durchschnittliche Tansanianer müßte ungefähr 20 Jahre arbeiten, bevor er das Einkommen erreicht, das der durchschnittliche Neuseeländer in einem Jahr verdient.

---

* Der Beitrag gibt die Rede wieder, die Staatspräsident Nyerere am 18. März 1974 vor dem neuseeländischen Institut für internationale Probleme gehalten hat.

Durchschnittszahlen sind natürlich von begrenztem Wert, besonders wenn man damit internationale Vergleiche anstellt. Aber diese beiden Zahlen sind ein Gradmesser für den Wohlstand, der in unseren beiden Ländern zur Verfügung steht, alle die Dinge zu tun, die getan werden müssen und die wir gerne tun würden. Die Ungleichheit, die beide Zahlen ausdrücken, haben einen Einfluß auf die Art und Weise, wie wir diesen Wohlstand verwenden, nicht aber auf die absolute Größe. Tansania hat die zweifelhafte Ehre, zu den 25 ärmsten Ländern der Welt zu gehören; dabei ist die weit überwiegende Mehrheit der Menschen arm. Man schätzt, daß zwei Drittel der Weltbevölkerung nicht genug zu essen haben, um ihre Gesundheit zu erhalten und in unzulänglichen Unterkünften leben oder unzureichend gekleidet sind.

Armut und die übrige Welt

Es gibt jedoch kein Land, oder kein Volk, das die gegenwärtige weitverbreitete Armut in der Welt oder die Kluft zwischen der Armut der Massen und dem Reichtum der Wenigen ignorieren könnte. In erster Linie sind wir alle menschliche Wesen, die auf demselben Planeten leben; es ist nicht sehr überzeugend, den Menschen als Geschöpf nach dem Bild eines gütigen Gottes zu beschreiben, während so viele zeit ihres Lebens zum Elend äußerster Unwissenheit, Hunger und Krankheit verdammt sind.

Aber nicht nur unsere gemeinsame menschliche Natur verbindet uns, sondern auch die Tatsache, daß niemand von uns im eigenen Wohlstand sicher leben kann, wenn andere – und es handelt sich um viele – nicht daran teilhaben. In jeder Nation müssen die Verfechter von Privilegien ihre Macht gegen die Angriffe der Nicht-Privilegierten verteidigen. Letzten Endes kann ihre privilegierte Position nur durch Gewalt behauptet werden. Diese Logik gilt für den gesamten Planeten Erde. Entweder akzeptieren die reichen Nationen das Prinzip internationaler Gleichheit und arbeiten auf dieses Ziel hin, oder sie werden die armen Nationen gewaltsam unter Kontrolle halten müssen.

Darüber hinaus sind unsere Nationen schon jetzt wirtschaftlich miteinander verknüpft. Denn jedes Land ist am internationalen Handel beteiligt. Und für ein Land wie für einen Dorfkaufmann gilt, daß die Armut seiner potentiellen Kunden seinem eigenen Reichtum Grenzen setzt.

Der Kampf gegen die Armut in der Welt ist für die Reichen von grundsätzlicher und langfristiger Bedeutung. Sie müssen an ihm teilnehmen aus Gründen der Humanität und auch aus Eigeninteresse. Aber ich gehe noch weiter. Ich glaube, daß die armen Nationen das Recht haben, von den reichen Nationen Hilfe zu verlangen und zwar als Akt der Gerechtigkeit und als Entschädigung für fortdauernde Ausbeutung.

Man könnte den Anspruch auf Entschädigung von einem historischen Standpunkt aus diskutieren, indem man z. B. fragt, ob Chile kein Recht auf Schadenersatz für die Zerstörung des Inka-Reiches und das seinerzeit gestohlene Gold und Silber habe. Aber das ist nicht der wesentliche Punkt, auf den ich hinaus möchte. Ich glaube, daß die Frage der Entschädigungszahlungen von den reichen an die armen Nationen ableitbar ist aus der Ungerechtigkeit, die dem gegenwärtigen System des internationalen Handels und der Weltwährungen eigen sind. Ich will das zu erklären versuchen.

Den armen Ländern wird gesagt, sie müßten hart arbeiten, mehr produzieren und wären dann durch den internationalen Handel und den Vervielfältigungseffekt in der Lage, ihre Armut zu überwinden. Das ist ein sehr reizvoller Vorschlag. Die meisten von uns glaubten daran, als unsere Länder unabhängig wurden. Unglücklicherweise mußten wir feststellen, daß er nicht mit den Tatsachen übereinstimmt.

Ich möchte nur zwei Beispiele geben. 1950 exportierte Ghana 267 000 t Kakao und erhielt dafür 54,6 Millionen Pfund. Die Ghanaer arbeiteten hart; sie investierten einen Teil der Einnahmen für die Verbesserung der Quantität und Qualität der Ernte, die mehr als 70 % ihrer gesamten Exporterlöse ausmachte. 1965 exportierten sie 493 000 t Kakao – eine Produktionssteigerung von etwa 85 %. Unglücklicherweise erhöhten Arbeitseinsatz und Investitionen ihre Einkünfte nur um 25 % – und der Geldwert war inzwischen gefallen.

Oder nehmen wir den Fall von Sisal – früher Tansanias wichtigster Exportartikel – und beziehen ihn auf den Preis von Traktoren. 1965 konnte ich einen Traktor für 17,25 t Sisal kaufen; der gleiche Traktor kostete 1972 indes soviel wie 47 t Sisal; und letzten Monat – nach der so oft beredeten Preissteigerung für Rohstoffe – mußte ich immer noch den Geldwert von 27,25 t Sisal für diesen Traktor zahlen, mithin 57 % mehr Sisal als 1965.

Diese Beispiele zeigen, daß solche Preisbewegungen eine Auswirkung der gegenwärtigen Struktur der Weltwirtschaft sind, die es den Industrieländern erlaubt, die Preise zu kontrollieren, zu denen sie verkaufen, aber auch die Preise, zu denen sie kaufen. Die gleichen Nationen kontrollieren zudem die internationalen Währungs-Institutionen. Die reichen Nationen werden reicher, weil ihre wirtschaftliche Stärke ihnen wirtschaftliche Macht verleiht; die armen Länder bleiben arm, weil ihre wirtschaftliche Schwäche sie zu Marionetten im Machtspiel der anderen macht.

Viele Länder schützen darüber hinaus ihre Landwirtschaft durch ein System von Einfuhrquoten und Importzöllen. Wenn jedoch arme Länder ihre Rohprodukte vor dem Verkauf auf dem Weltmarkt weiterverarbeiten wollen, stoßen sie auf noch mehr Hindernisse. Bei unseren Bemühungen um Industrialisierung wird uns vorgeworfen, wir unterhöhlten durch zu schlecht bezahlte Arbeit die von den Gewerkschaften durchgesetzten Bedingungen, obwohl unsere Fabrikarbeiter Löhne weit über dem nationalen Durchschnitt erhalten. Demgemäß ist das niedrige Einkommen der Kaffee-Farmer in Tansania für die reichen Nationen, die unseren Kaffee kaufen wollen, nicht von Bedeutung; die etwas höheren Einkommen der Arbeiter in unserer Pulverkaffee-Fabrik sind indes ein anderes Problem, mit der Folge, daß diese Fabrik ihre Kapazität nicht auslastet. Das bedeutet also die Theorie der internationalen komparativen Kostenvorteile, wenn sie zum Wohle der Armen funktioniert!

In Wahrheit ist es so, daß unter dem gegenwärtigen System des internationalen Handels die armen Länder sich gewaltig abmühen müssen, um wenigstens das Erreichte zu halten. Sie müssen viel Glück haben, ähnlich dem beim Fußballtoto, wenn sie eine ihren Anstrengungen entsprechende Verbesserung ihrer Lage mit Hilfe ihrer internationalen Handelsbeziehungen erreichen wollen. Den ölproduzierenden Ländern scheint es gelungen zu sein; die übrigen armen Nationen warten noch, wie weit die Kosten für die lebensnotwendigen Importe in Zukunft steigen werden.

Es ist beinahe unmöglich, die Grundlage der internationalen Austauschbeziehungen zu ändern. Die verschiedenen Konferenzen der Vereinten Nationen über Handel und Entwicklung (UNCTAD) haben alle eventuell dazu vorhandenen Illusionen zerstört. Selbst innerhalb einer Nation ist es nicht leicht, das Wirtschaftssystem so zu ändern, daß es zugunsten der Armen funktioniert. Doch hier wird der immer neu entstehenden Armut eine ausgleichende Besteuerung entgegengesetzt, die von den nationalen Regierungen organisiert und durchgesetzt wird. Unglücklicherweise gibt es keine Weltregierung, die die reichen Nationen zugunsten der armen Nationen besteuern könnte; es gibt keine internationale Entsprechung für Sozialversicherungsabgaben. Statt dessen erhalten wir die Bestätigung, daß »internationale Hilfe« notwendig ist.

Die Bedeutung internationaler Hilfe

Bei diesem Thema scheinen jedoch Verwirrung, wenn nicht Heuchelei vorzuherrschen. Manche Leute nehmen offenbar an, daß jede Transaktion zwischen reichen und armen Nationen, sofern sie nicht innerhalb weniger Tage als Bargeldüberweisung abgeschlossen ist, als Hilfe bezeichnet werden kann – ohne Rücksicht auf den letztlichen Vorteil für die eine oder andere Seite. Damit stimme ich nicht überein. Ich glaube, daß das Wort »Hilfe« nur dann benutzt werden sollte, wenn es eine reale Übertragung von Ressourcen auf die Armen gibt, die das Ziel hat, ihren Lebensstandard zu verbessern und die Kluft zwischen den armen und den reichen Nationen zu verringern.

Nach meiner Definition ist militärische Unterstützung aus den Statistiken für Hilfe herauszunehmen. Sie hat für die Kluft der Armut wenig Bedeutung, welche andere Berechtigung sie auch immer haben mag. Auch Exportkredite und kommerzielle Anleihen sollten unberücksichtigt bleiben. Sie sind nicht als »Hilfe« gedacht, wenn reiche Nationen sie einander gewähren, und ich sehe keinen Grund, warum etwas wie die Überziehung eines Bankkontos zu hohen Zinsen anders angesehen werden sollte, wenn es sich bei dem Kreditnehmer um ein armes Land handelt.

Ebenso glaube ich nicht, daß private Investitionen Hilfe sind. Sie werden zum Nutzen des Investors unternommen; lokaler Nutzen ist dabei, wenn er überhaupt entsteht, zufällig. Private Investitionen unterstützen in keiner Weise den Ausbau der Infrastruktur einer Volkswirtschaft, die allgemein der erste Engpaß in Entwicklungsländern ist. Oft verzerren sie die Volkswirtschaft, indem sie den Schwerpunkt auf die Produktion solcher Güter orientieren, die nicht dem allgemeinen Wohlergehen, sondern dem Vergnügen einiger weniger dienen. Private Investitionen werden nur vorgenommen, wenn sie einen hohen Anteil von rückführbarem Gewinn erwarten lassen; man sagte mir, daß ausländische Investoren in afrikanischen Ländern nur dann neue Unternehmen errichten, wenn schätzungsweise 20 % Profit in Aussicht stehen.

Das ist das Wesen privater Investitionen – ich beklage mich nicht, wenn ich diese Dinge aufzähle. Aber manchmal frage ich mich, was Geschäftsleute eigentlich denken, wenn sie ihre Investitionen in armen Ländern unter den Entwicklungshilfeleistungen ihres Landes aufgeführt sehen. An ihrer Stelle wäre ich beunruhigt; denn warum sollten wir Entschädigungen zahlen, wenn wir seine Fabrik übernehmen, wenn sie doch als Hilfe deklariert ist!

Tatsächlich bewirken Exportkredite, kommerzielle Anleihen und private Investitionen letzten Endes eine Übertragung von Ressourcen von den Armen zu den Reichen – und genau das ist auch beabsichtigt. Arme Länder bemühen sich um sie auf Grund dringender Bedürfnisse; aber die daraus erwachsenden jährlichen Zahlungen an reiche Nationen werden für viele arme Länder zu einem höchst realen Problem. Tansania war sehr vorsichtig und hatte – so möchte ich sagen – in dieser Beziehung Glück; doch sogar unter diesen Umständen müssen mehr als 7 % unserer jährlichen Exporterlöse für Zins- und Gewinnzahlungen an ausländische Nationen aufgewandt werden. Einige Länder, besonders diejenigen, die unter Naturkatastrophen litten oder deren wichtigste Exportpreise zusammengebrochen sind, haben ernsthafte Schwierigkeiten mit Zinszahlungen und Überweisungen von Profiten ans Ausland, die mehr als 20 % ihrer jährlichen Exporterlöse ausmachen. Um diesen Zahlungsverpflichtungen aus früheren Darlehen nachzukommen, müssen sie häufig Geld borgen. Dann werden die neuen Kredite als Hilfe gezählt; aber die Zinszahlungen an die reichen Nationen läßt man außer acht!

Ich meine, daß nur drei Bereiche als internationale Hilfe begriffen werden sollten. Der erste ist die Bereitstellung von Kapital ohne Zins, die Übertragung von internationaler Kaufkraft. Schenkungen, die an bestimmte Projekte oder an Käufe im Geberland gebunden sind, können auch echte Hilfe sein, wenn sich das Projekt und die Einkäufe auf die Bedürfnisse des Empfängerlandes beziehen. Aber wenn z. B. ein hochmodernes Krankenhaus als Geschenk angeboten wird, sollte man es ablehnen wegen der hohen laufenden Kosten, die es für das arme Land mit sich bringt.

Die Bereitstellung von erfahreneren Fachkräften für Leitungsaufgaben, Beratung oder Ausbildung zu niedrigen (oder gar keinen) Kosten kann ebenfalls sehr wertvolle Hilfe sein. Den meisten armen Ländern geht es nicht anders als meinem eigenen: es herrscht in ihnen ein großer Mangel an Wissen und Fertigkeiten. Technische Hilfe kann hilfreich sein, wenn auch die Art der benötigten Experten sich natürlich ändert, wenn die Entwicklung voranschreitet. Die Experten müssen zudem bereit sein, die Politik der Länder zu unterstützen, in die sie gehen.

Zinslose Darlehen oder solche mit sehr niedrigen Zinssätzen enthalten einen bedeutenden Anteil von Hilfe – besonders zu Zeiten weltweiter Inflation! Aber der Hilfe-Aspekt kann aufgehoben oder vermindert werden, wenn solch ein »weiches Darlehen« an die Bedingung gebunden ist, in einem kreditgewährenden Land mit hohem Preisniveau auch einzukaufen. In der Tat hat unsere Erfahrung uns gelehrt, daß ein gebundener Niedrigzins-Kredit von einigen Ländern fast genauso teuer wie Kredite auf dem kommerziellen Geldmarkt sein kann.

In den Statistiken über internationale Hilfe kommt die »Offizielle Entwicklungshilfe« (Official Development Assistance) meiner Definition am nächsten, und es ist erwähnenswert, daß in den meisten reichen Nationen der Anteil am Bruttosozialprodukt, der dafür aufgewandt wurde, während der 60er Jahre tatsächlich fiel. Während diese Länder ihren eigenen Wohlstand beträchtlich steigerten, wuchs die Summe der jährlichen Leistungen nur leicht an. Die Netto-Leistungen an Entwicklungshilfe in diesen zehn Jahren wurden von McNamara auf der Dritten UNCTAD-Konferenz in Santiago erläutert. Er sagte, daß während der ersten Entwicklungsdekade die Gesamtsumme des Bruttosozialprodukts in der Welt um 1 100 Milliarden US-Dollar gestiegen sei und daß 80 % dieses Zuwachses in Länder floß, in denen das durchschnittliche Pro-Kopf-Einkommen bereits über 1 000 US-Dollar jährlich lag und in denen nur ein Viertel der Weltbevölkerung lebt. Im Gegensatz dazu gingen nur 6 % des Zuwachses an Länder, in denen das jährliche Pro-Kopf-Einkommen durchschnittlich bei 200 US-Dollar oder niedriger liegt, obwohl diese 60 % der Weltbevölkerung ausmachen. Der Präsident der Weltbank fuhr fort: »Um die laufende offizielle Entwicklungshilfe von 0,35 % auf die angestrebten 0,7 % zu steigern, müßten die entwickelten Länder jedes Jahr etwa 1,5 % der Summe aufwenden, um die sie selbst in den 70er Jahren reicher werden.«

Mit anderen Worten: Selbst wenn die Ziele der Entwicklungshilfe in diesem Jahrzehnt erreicht werden, bewirkt die Struktur der Weltgesellschaft doch, daß sich die Kluft zwischen den reichen und den armen Nationen weiter vergrößert.

Aber obwohl Entwicklungshilfe für reiche Länder nur eine Angelegenheit minderen Ranges ist, kann sie doch für ein armes Land von großer Bedeutung sein. Damit werden Dinge wie die Elektrifizierung von Dörfern möglich, die ansonsten unmöglich wäre, die aber die Entwicklung von Industrien auf Dorfebene, die Verbesserung der ländlichen Wasserversorgung und ähnliches vorantreibt. Entwicklungshilfe kann einen wichtigen Beitrag zur Entwicklung leisten, vorausgesetzt, sie wird als das gewährt und akzeptiert, was sie ist: ein möglicher Katalysator für lokale Entwicklung und eine Ergänzung in mehr oder minder größerem Maße für unsere eigenen Anstrengungen. Wir in Tansania und den meisten Entwicklungsländern haben diese Lage erkannt und planen nun demgemäß. Wir verlassen uns auf uns selbst, begrüßen aber Unterstützung aus dem Ausland.

Aber um nützlich zu sein, muß sich die Hilfe an den Bedürfnissen der Empfänger orientieren, die den Umständen entsprechend von Land zu Land und entsprechend dem Entwicklungsstand unterschiedlich sein werden. Wenn überdies Entwicklungshilfe wirklich wegen unserer Zugehörigkeit zur Weltgesellschaft und als Beitrag zum Kampf gegen Armut gewährt wird, müssen die Geber verstehen, wonach wir armen Länder streben, und ihre Hilfeprogramme entsprechend ausrichten. Denn viele von uns haben nicht mehr nur das einzige Ziel, unsere nationalen Einkommensstatistiken zu verbessern. Tansania und viele andere Entwicklungsländer verfolgen auch wichtige soziale Ziele.

Natürlich müssen wir mehr Wohlstand produzieren, um unsere anderen Vorhaben durchführen zu können. Aber nationale Einkommensstatistiken können auch durch Produktion und Verkauf von solchen Waren wie Heroin verbessert werden: einmal kam ein Tansanier ernsthaft mit dem Vorschlag zu mir, der Anbau von Schlafmohn für Opium sei doch am einträglichsten! Ich wiederhole: die Schaffung einer wohlhabenden Mittelklasse kann das nationale Pro-Kopf-Einkommen recht beachtlich erscheinen lassen, während die Mehrheit der Bürger des Landes hungrig bleibt. Tansania ist jedenfalls an dieser Art wirtschaftlicher Entwicklung nicht interessiert. Für uns bedeutet Steigerung des nationalen Wohlstandes, das Wohlergehen und die Lebensbedingungen aller unserer Landsleute zu verbessern. Und dies bestimmt unsere Entwicklungspläne und unsere Politik.

Daher genießen Erziehung und Gesundheitswesen in unseren nationalen Entwicklungsprogrammen hohe Priorität. Ganz abgesehen von ihrem langfristigen Beitrag zu erhöhter wirtschaftlicher Produktion betrachten wir solche Dinge als wertvoll um ihrer selbst willen – jedenfalls mehr als die Grundlagen einer Konsumgesellschaft durch Wachstum von persönlich verfügbaren Einkommen zu schaffen. In gleicher Weise ist uns zunehmende Gleichheit in der Gemeinschaft sehr wichtig. Wir glauben, daß es falsch und nachteilig für die sozialen Beziehungen ist, wenn einer ein persönliches Einkommen hat, das unverhältnismäßig viel größer ist als das seiner Nachbarn.
Tansanias Pläne für wirtschaftliches Wachstum sind all diesen sozialen Zielen orientiert worden. Andere arme Staaten setzen die Schwerpunkte etwas anders. Aber für uns alle ist Hilfe, die unseren sozialen Zielen entgegenwirkt, eine neue Art von Imperialismus und in keiner Weise Hilfe, selbst wenn sie uns in Form eines bedingungslosen Geschenks gewährt wird.

Hilfe ist nicht neutral

Ich habe dargelegt, daß die reichen Nationen eine Verpflichtung zu der Art von Hilfe haben, wie sie benötigt wird, einfach weil die Armen so arm sind. Diese Pflicht besteht meines Erachtens für alle reichen Nationen, gleich welcher politischen Überzeugung und gleich welcher Religion ihre Bürger angehören.
Aber wir armen Völker bestehen darauf, daß diese Hilfe als Ausdruck von Partnerschaft geleistet wird und daher ohne mit ihr verbundene politische Bedingungen. Armut hat keine Ideologie. Wir sind arm, ob wir nun Sozialisten, Kapitalisten oder Kommunisten sind. In dieser Hinsicht sind wir ganz sicher: die Unabhängigkeit armer Länder ist nicht verkäuflich.
Jedoch wäre es absurd, die Bedeutung der Politik im Kampf gegen die Armut und daher im Einsatz der Entwicklungshilfe zu leugnen. Wenn ein Land korrupt ist, so daß für Entwicklungsaufgaben zur Verfügung gestellte Gelder oder Güter zum persönlichen Vorteil von Ministern, höheren Staatsbediensteten oder anderen Beamten verwandt werden, erfüllt es nicht die Aufgabe, vor die es gestellt ist. Natürlich stimmt es, daß Güter für Entwicklungsaufgaben, die in einem armen Land verwandt werden, fast immer etwas Nützliches bewirken. Aber es macht einen Unterschied, ob Zement zum

Bau eines Präsidentenpalasts oder eines Dorfbrunnens benutzt wird; und jene, deren Hilfe für ländliche Entwicklung angefordert worden ist, dürfen zu Recht verärgert sein, wenn ihre Hilfe als Beitrag für städtische Prestige-Bauten verwandt wird.

Ferner kann Hilfe politisch nicht neutral bleiben. Jede Regierung, wie korrupt und despotisch sie auch sein mag, benötigt ein gewisses Maß an politischer Zustimmung durch das Volk, und die ehrliche Verwendung von Hilfe kann zu solcher Zustimmung verhelfen. Ein Dorf, das einen Brunnen bekommt, wird wahrscheinlich seine Landesregierung mit mehr Wohlwollen betrachten als es das unter anderen Umständen täte; und die Menschen in den Elendsvierteln einer Stadt werden mit geringerer Wahrscheinlichkeit gegen korrupte Minister vorgehen, wenn sie genug Wasser oder genügend Lebensmittel erhalten. Selbst ein Militärputsch ist weniger wahrscheinlich, wenn große Teile der Bevölkerung Grund haben, der gegenwärtigen politischen Führung zuzustimmen.

In solchen Tatsachen liegen echte Schwierigkeiten für die Regierung und die Völker reicher Nationen. Denn Korruption in einem Entwicklungshilfe-Empfängerland kann dazu führen, daß die Steuern mancher Leute solchen Personen zugutekommen, die reicher sind als sie selbst. Und Faschismus, Rassismus und Massenmord sind Sünde, ob sie nun in armen oder reichen Nationen verübt werden: die Humanität verlangt, daß wir gegen solche Zustände kämpfen, sie nicht etwa unterstützen.

Auf der anderen Seite ist es gefährlich, andere Kriterien als das der Armut für die Vergabe von Hilfe gelten zu lassen. Denn es gibt kein Land auf der Erde, in dem die Gerechtigkeit immer siegt, in dem Korruption unbekannt ist, und wo einzelne niemals unter den Aktionen ihrer Regierung oder den Fehlern der Beamten leiden.

Selbst in solchen Ländern, in denen die offizielle Politik als untadelig erscheinen mag, haben ein Übermaß an Fortschrittsgläubigkeit, das Gefühl von Unsicherheit in Krisenzeiten oder die Schwäche der Verwaltung – abhängig vom Stand der Unterentwicklung – häufig große Leiden für einzelne oder Gruppen zur Folge. Soll man diesen Ländern Hilfe verweigern, weil sie Fehler machen? Weiterhin: wenn sich die Regierung eines reichen Landes erst einmal danach richtet, daß die Politik eines armen Landes ausschlaggebend dafür ist, ob es Entwicklungshilfe bekommt oder nicht, drängen sich viele andere Fragen auf. Der Geber ist genötigt, einem armen Lande Hilfe zu verweigern, weil es aktiv gegen Kolonialismus oder wirtschaftliche Ausbeutung eintritt; oder die Verstaatlichung ausländischer Vermögen wird als Argument gegen die Gewährung von Hilfe benutzt.

Glücklicherweise glaube ich nicht, daß diese Probleme so schwierig sind, wie die von ihnen erzeugten Emotionen vermuten lassen. Denn Hilfe steht nicht unbegrenzt zur Verfügung. Im Gegenteil, selbst wenn alle gegenwärtigen Entwicklungshilfe-Ziele erreicht werden sollten, stünde der Umfang der Hilfe in keinem Verhältnis zum Bedarf. Es muß also eine Wahl über ihre Verwendung getroffen werden.

In diesem Zusammenhang kann man meines Erachtens bestimmten Prinzipien folgen, ohne daß gegen die Moral oder den Nationalismus von Gebern oder Empfängern verstoßen wird.

Erstens sollte die von internationalen Institutionen wie UNICEF, UNESCO usw. verteilte Hilfe auf der Grundlage von drei Kriterien eingesetzt werden, und zwar: gemäß dem Bedarf, nach der Fähigkeit, sie effektiv zu verwalten und entsprechend den wirtschaftlichen Prioritäten, die die Organisationen gesetzt haben. Alle politischen Fragen über grundsätzliche politische Orientierungen sollten als unerheblich betrachtet werden. Die einzige Ausnahme sollte dort gelten, wo die Vereinten Nationen ein Land wegen seiner offenkundigen Opposition gegen die Prinzipien der Grundrechte des Menschen geächtet hat – wie wir glauben, daß Südafrika geächtet werden sollte.

Bei bilateraler Hilfe scheint es mir, daß die Geberländer berechtigterweise auf historische oder geographische Verbindungen mit bestimmten armen Nationen Rücksicht nehmen können. Darüber hinaus wird ein Geberland naturgemäß sorgfältig abwägen wollen, wo seine Hilfeleistung am wirksamsten ist, entweder auf Grund seiner besonderen Erfahrung und Möglichkeiten oder wegen der Bedürfnisse und Anstrengungen der potentiellen Empfänger. Diese Art der Beurteilung schließt unweigerlich politische Erwägungen mit ein. Ein kapitalistisches Land wird wahrscheinlich zu allererst auf den Effekt auf die nationale Einkommensstatistik achten, den Projekte haben, für die um Unterstützung nachgesucht wird; eine Regierung, die weniger von der freien Marktwirtschaft bestimmt ist, mag anderen Überlegungen Vorrang einräumen – darunter die sozialen Ziele, die von den potentiellen Empfängern angegeben werden.

Ich nehme nicht an, daß selbst das empfindlichste Land durch die Gefühle von Sympathie beunruhigt ist, die in die erste Phase der

Vergabe von Hilfe einfließen. Aber wir sind alle unbeugsam in unserer Überzeugung, daß einmal zugesagte Hilfe nicht aus politischen Gründen zurückgezogen werden darf. Wenn ein Geberland einem Empfängerland mitteilt, daß etwas, was dieses zu tun sich anschickt, Auswirkungen auf die Fortsetzung der Hilfe haben kann, dann wird Hilfe als eine politische Waffe benutzt. Das weisen wir zurück. Es gibt nur eine legitime Rechtfertigung für den Abzug einmal zugesagter Hilfe. Sie ist dann gegeben, wenn das Leben derjenigen, die die Hilfe verwalten, durch Aktionen der Hilfe empfangenden Regierung gefährdet wird.

Es ist sicher ein Standpunkt, zwischen den vielen Ländern, die Unterstützung benötigen, eine Auswahl zu treffen und zu sagen, daß die Entwicklungshilfe nicht dazu benutzt werden soll, die Popularität einer Regierung zu steigern, die man für ungerecht, korrupt oder despotisch hält. Aber es ist etwas ganz anderes, die Handlungen einer anderen unabhängigen Regierung verhindern zu wollen, indem man bereits versprochene Hilfe zurückzuziehen droht. Im ersten Fall gibt man ein Urteil ab – und jede Regierung muß Urteile fällen. Im zweiten Fall war das Urteil bereits gefällt; spätere Entwicklungen können seine Gültigkeit nicht beeinträchtigen, selbst wenn man glaubt, daß das Urteil offensichtlich ein Irrtum war. Der Versuch, die Entscheidung rückgängig zu machen, ist ein Versuch, sich in die Politik eines armen Landes einzumischen.

Das Entwicklungsland ist verantwortlich für seine Entwicklung.

Ich war gebeten worden, über Entwicklungshilfe aus unserer Sicht zu sprechen. Aber ich hoffe, daß nichts von dem, was ich gesagt habe, so verstanden werden wird als meinte ich, daß die armen Länder sich für ihre Entwicklung auf andere verlassen sollten oder könnten.

Ich glaube ernsthaft, daß sich das internationale wirtschaftliche System gegen den Erfolg im Kampf gegen die Armut in der Dritten Welt richtet. Ich glaube, daß es ohne jede Frage bewiesen ist, daß die Pläne und der Fortschritt armer Länder durch internationale Ereignisse zunichtegemacht werden können, über die unsere verschiedenen Regierungen keine Kontrolle haben. Es trifft zu, daß es in den reichen Ländern einzelne Personen und organisierte Gruppen gibt, die sich der Forderung nach einer gerechteren Verteilung der Reichtümer der Welt anschließen. Es gibt zudem einige wenige Regierungen in der entwickelten Welt, die aktiv den Kampf um wirtschaftliche Gerechtigkeit unterstützen, sowohl durch den

Standpunkt, den sie in internationalen Handels- und Währungskonferenzen vertreten als auch durch ihre Entwicklungshilfe-Politik. Aber wenn wir, die wir Armut erfahren, nicht die Führung übernehmen und die Hauptlast des Kampfes gegen die Armut tragen, wird dieser Krieg nie ausgefochten, geschweige denn gewonnen werden. Diese Tatsachen hat mein Land akzeptiert; ich glaube, die meisten anderen armen Nationen ebenso.

Daraus folgt, daß die Entwicklungsländer nur von den Anstrengungen ihres eigenen Volkes abhängig sein dürfen und die zur Verfügung gestellte Hilfe einsetzen müssen, um sie für die Förderung der Selbsthilfe zu nutzen. Daraus folgt ebenso, daß Entwicklungsländer alle ihre eigenen Ressourcen zum Nutzen ihres Volkes und für dessen Entwicklung mobilisieren und organisieren sollen. Es ist zudem wichtig, daß Entwicklungsländer zu ihrem gemeinsamen Wohl zusammenarbeiten sollen, indem sie den Handel miteinander intensivieren und andere Beziehungen entwickeln und auch in jenen internationalen Verhandlungen, an denen das reiche Viertel der Welt teilhat, einheitliches Verhalten und Vorgehen zeigen.

Diesen politischen Grundsätzen versuchen wir in Tansania zu folgen. Wir haben festgestellt, daß solche Bemühungen uns in gewissen reichen Ländern nicht eben beliebt machen, auch nicht unbedingt in allen Gruppen unserer eigenen Gesellschaft. Denn die in hohem Maße progressiven und hohen Raten der Besteuerung sind eine Belastung für Fachleute und Hochgebildete unseres eigenen Landes. Und wenn fast alle kommerziellen und industriellen privaten Unternehmen Ausländern gehören, betrifft eine Politik der Verstaatlichung im nationalen Interesse unvermeidlich die Bürger und durch sie die Regierungen der reichen Länder.

Unsere Politik ist zudem nicht leicht durchzusetzen. Das Ausmaß unserer nationalen Armut macht es schwieriger, sich für Gerechtigkeit und Gleichheit für alle Bürger einzusetzen. Denn wenn wir die Spitzengehälter beschneiden, sei es direkt oder indirekt durch die Steuern, ist es nicht der Zweitwagen für die Familie, auf den unsere höheren Beamten verzichten sollen; wir verweigern ihnen überhaupt ein Auto. Darüber hinaus bedeutet die intensive Bemühung, alle unsere Ressourcen zum Nutzen und zur künftigen Entwicklung Tansanias zu mobilisieren, ständige Veränderung für all diejenigen, die in unserem Land leben und arbeiten. Das ist nicht immer der Bequemlichkeit förderlich, besonders wenn neue Institutionen und unerfahrene Beamte nur langsam das tun, was getan werden muß. Aber wir glauben, daß es richtig ist, sich für den materiellen Fortschritt der Masse unseres Volkes einzusetzen. Und wir behaupten, daß unsere Politik schon erste Anzeichen des Erfolgs erkennen läßt, in dem etwas besseren Gesundheitszustand unseres Volkes, in seiner besseren Kleidung und weiter verbreiteten Bildung. Und zumindest in einer Hinsicht haben wir den entwickelteren Nationen gegenüber einen Vorteil; wir haben das aufregende Ziel, ein modernes Land aufzubauen, dessen Gesellschaft auf den Prinzipien menschlicher Zusammenarbeit im Interesse des Gemeinwohls beruht.

Ich habe diese wenigen Aussagen über Tansania nicht gemacht, um von Ihnen Glückwünsche zu bekommen – jeder Besucher meines Landes kann sehen, daß es auf Glückwünsche nicht ankommt. Auch versuche ich nicht anzudeuten, daß Tansania verdient, von diesem oder irgendeinem anderen Land Hilfe zu erhalten. Ich habe sie nur erwähnt, um darzutun, daß mein Land seine Rolle in der Weise zu spielen versucht, wie ich es heute darzustellen versucht habe. Und das kann wirklich in drei Sätzen gesagt werden:

1. Entwicklung ist die ureigene Verantwortung der armen Länder selbst.
2. Sie haben ein Recht auf finanzielle und technische Hilfe von den reichen Ländern.
3. Die internationalen Austauschbeziehungen müssen von ihrer gegenwärtigen Basis der Ausbeutung zu einer Basis nationaler Partnerschaft, die Gleichheit voraussetzt, verändert werden.

Übersetzung: Peter Ripken

Judith Hart
Die neue Wirklichkeit der Entwicklungspolitik*

Judith Hart, Rt. Hon., MP 1959. School of Economics, London University (BA 1945), 1964-1966 Minister of State, Commonwealth Office, 1966 bis 1967 Minister of State Social Security, 1968-1969 Minister for Overseas Development.

Von Zeit zu Zeit ist es nützlich für Politiker, sich der Zucht längerfristiger Perspektiven und Tendenzen auf dem Gebiet zu unterwerfen, in dem sie hauptsächlich tätig sind. Ich bin nicht sicher, welchen Nutzen das für ihre Zuhörer hat, aber ich möchte mir heute die Gelegenheit dazu nehmen und die Perspektiven der Beziehungen zwischen den Industrienationen und den Entwicklungsländern zu diskutieren.

Natürlich muß man sich dabei auf die direkten und gegenwärtigen Ereignisse und Geschehnisse beziehen, die ja einmal die Zukunft formen. Es wäre zuviel verlangt, wollte man einen Politiker dazu bringen, die Interpretation der Gegenwart den Akademikern und Journalisten zu überlassen, die sooft unsere innersten Gedanken scheinbar besser kennen als wir selbst. Man stellt fest, daß dieser Rollentausch heute akzeptiert wird. Oxford quillt über von Möchtegern-Politikern, die die klösterliche Abgeschiedenheit der akademischen Theorie zugunsten der einflußreicheren Fleet Street und der verschwörerischen Jagdgründe einer Diskussion im Fernsehen verlassen haben. Vielleicht ist es gut so. Es ist schade, daß das etwas zu spät geschieht, so daß C. P. Snow noch nichts darüber schreiben konnte: wir sollten ihn bitten, ein neues Buch zu verfassen. Allerdings befaßte er sich mit Cambridge. Die Dinge laufen da anders. Im großen und ganzen bin ich für diese neue Entwicklung unter

---

* Der Beitrag gibt einen Vortrag wieder, den Judith Hart im Februar 1975 am Ruskin College, Orford, gehalten hat.

der Voraussetzung, daß Akademiker, wenn sie sich mit Politik befassen, ihre Talare zu Hause lassen, und daß es mir im Geiste dieser gegenwärtigen Bewegung einer partizipatorischen Demokratie erlaubt sein soll, einmal meine amtlichen Funktionen zu Hause zu lassen und als ein Sozialist zu sprechen, der sich seit etwa fünf oder sechs Jahren mit der Entwicklungsszenerie befaßt.

Das ist natürlich eine recht kurze Zeit verglichen mit der lebenslangen Erfahrung und Arbeit, auf die so viele zurückblicken können. Andererseits zwingt und reizt einen die Notwendigkeit, politische Entscheidungen zu treffen, oder sich mit den politischen Entscheidungen anderer auseinanderzusetzen, dazu, sich schärfer auf das zu konzentrieren, was passiert und was passieren könnte oder sollte – mehr jedenfalls als den Forschenden oder den Lehrer, der sich auf sein Spezialgebiet im Bereich der Entwicklungspolitik zu konzentrieren hat. Ich muß danach trachten, alle Ergebnisse aller Forschungstätigkeit zusammenfassend zu interpretieren, und ich muß oft Entscheidungen auf politischen Gebieten treffen, auf denen die Forschung keine Leitlinien oder -zahlen liefert.

In einer solchen Situation gibt es zwei mögliche Wege. Einerseits – das sagt man gern in Whitehall, aber es ist trotzdem nützlich – kann man eine Reihe pragmatischer Entscheidungen treffen und nicht allzuviel Gedanken darauf verschwenden, ob sie zusammen einen vollständigen und konsequenten Weg darstellen. Das zu tun bedeutet zwangsläufig, daß Präzedenzfälle der Vergangenheit einen starken Einfluß ausüben und daß man somit die Ideologie der Vergangenheit fortsetzt. Denn selbst Pragmatismus ist eine Art Ideologie, da er die Notwendigkeit für politische Analyse und längerfristige politische Zielsetzung zurückweist. Dies ist der leichtere Weg. Niemand wird von dem überrascht, was man tut, niemand stellt es in Frage, weil es genau in das hineinpaßt, was man bisher gemacht hat, deshalb bedarf es auch keiner neuerlichen Anstrengung und Arbeit.

Andererseits kann man versuchen, eine politische Entwicklungsphilosophie aufzustellen, in meinem Fall eine sozialistische Philosophie. Das ist nicht zwangsläufig gleichbedeutend mit einer Revolution, vor allem nicht auf dem Gebiet der Entwicklungspolitik, wo der Pragmatismus eine Reihe außerordentlich vernünftiger Aktionsrichtlinien hervorgebracht hat, die einem sozialistischen Lösungsweg nicht im Wege stehen. Das bedeutet jedoch für die Beamten viel Arbeit und ein gewisses Maß an interministerieller »Diskussion«, um einmal diesen allseits akzeptierten beschönigenden Ausdruck zu benutzen. Und da ein großer Teil des Entscheidungsprozesses über Hilfe und Entwicklungspolitik auf internationaler Ebene stattfindet, gehört eine Projektion politischer Maßnahmen mit hinein, dazu auch in die entsprechenden Gremien internationaler Aktivitäten, angefangen bei der Internationalen Entwicklungsgesellschaft (IDA), der Weltbank, bis hin zu internationalen Konferenzen und der Europäischen Gemeinschaft.

Der sozialistische Weg beginnt damit, die Geschichte der Beziehungen zwischen reichen und armen Ländern als die Geschichte des Kolonialismus, der wirtschaftlichen Ausbeutung und, in jüngerer Zeit, des wirtschaftlichen Imperialismus zu akzeptieren. Ob man nun Hobson oder Lenin oder andere Analytiker zitiert, es gibt, so glaube ich, keine andere Ausgangsbasis. Als ich vor etwa drei Jahren nach einem Titel für mein eigenes Buch suchte, schlug einer meiner amerikanischen Freunde den Titel »Hilfe als Wiedergutmachung« vor. Ich habe ihn nicht verwendet, dennoch ist er wohl eine Kurzform für diesen Weg, den natürlich mehr und mehr Entwicklungsländer gehen.

Tom *Mboya* selbst sprach in seiner Rede, die er in Oxford im Jahre 1961 hielt, über die Entwicklung der Beziehungen zwischen *Afrika* und den früheren Kolonialmächten:

»Was ich dazu zu sagen habe, ist nicht neu; es ist wieder und wieder von führenden Persönlichkeiten Afrikas und anderen gesagt worden. Unsere Beziehungen mit den früheren Mutterländern müssen überprüft und neue Beziehungen, wirtschaftliche und politische, müssen auf der Grundlage echter Gleichheit geknüpft werden. Wir sind uns alle einig, daß das der nächste logische Schritt ist. Als weiteres sollte diese Gleichheit zu einer logischen Schlußfolgerung geführt werden. Wenn wir gleich sind, dann helft uns nur da, wo wir Hilfe brauchen; gebt eure paternalistische Haltung auf. Wir brauchen einen kontinuierlichen Zufluß an technischer, fachlicher, finanzieller und anderer Hilfe. Wir nehmen diese Hilfe an, von euch und von allen anderen Nationen, die bereit sind, sie zu geben, ohne Bedingungen daran zu knüpfen. Grollt nicht, wenn wir sie nehmen. Wir nehmen sie, weil wir sie brauchen, und wir nehmen sie, weil sie bedingungslos gegeben wird. Vergeßt nicht, daß auch wir in der Lage sind, die Hintergedanken all derer zu erraten, die uns Hilfe anbieten. Diese Fähigkeit ist nicht allein das Monopol der reichen und entwickelten Völker. Wir brauchen öffentliche und private technische und finanzielle Hilfe. Eine Verbesserung der Beziehungen zu den früheren Machtstaaten kann erreicht werden, wenn bestehende ungerechte wirtschaftliche Beziehungen auf eine neue gerechtere Ebene gehoben werden; wenn alle Anstrengungen unternommen werden, die Wunden der kolonialen Verbindung auf beiden Seiten heilen zu lassen; wenn unsere Beziehungen zu den früheren Mutterländern, wie dem Commonwealth, dem Gemeinsamen Markt usw. von den Schwierigkeiten befreit werden, die die wirtschaftlichen und politischen Beziehungen zwischen den afrikanischen Ländern mit sich bringen. Es gibt viel, was wir tun können, um miteinander auszukommen.«

Bei Betrachtung der Perspektiven für die zukünftigen Beziehungen kann man nicht umhin, die sich herauskristallisierende Haltung der Länder der Dritten Welt so hoch wie möglich einzuschätzen. Und doch scheinen die Industrieländer (wobei ich etwas verallgemeinere, es gibt lobenswerte Ausnahmen) sich nur zögernd auf diese neue *Gleichheit* einzustellen, von der Tom Mboya schon vor vielen Jahren gesprochen hat. Ich bezweifle, daß sie, nämlich die Industrieländer, sich voll der Implikationen dessen, was sie tun, bewußt sind. Man hat inzwischen bemerkt, daß die Gruppe der 77, die heute mehr als 100 Länder umfaßt, sich organisiert hat und sich Gehör verschafft. Diese Länder verfügen über eine wachsende Fähigkeit zur Differenzierung und über Erfahrung, was die Taktik internationaler Konferenzen angeht; sie sind vielleicht immer noch etwas weniger erfahren und geistig differenziert als wir, zum Beispiel; aber sie sind wesentlich schlagkräftiger als noch vor einem Jahrzehnt. Also können die Industrieländer nicht länger davon ausgehen, daß sie ihren Willen durchsetzen können. Sie können nicht länger erwarten, daß der paternalistische Druck ausreicht als Gegenkraft zur anti-imperialistischen Mobilisierung der Entwicklungsländer. Sie können nicht länger erwarten, daß sie bei jedem Interessenkonflikt, gleich wie er geartet sein mag, die Oberhand behalten.

Unglücklicherweise liegt das Problem jedoch nicht darin, wer die Oberhand behält. Es ist eine Tatsache, daß die restliche Wirtschaftsmacht der Industrieländer immer noch stark genug ist, moralische Siege zu ignorieren, und daß sich die Entwicklungsländer dieser Tatsache nur zu bewußt sind. Nur wenige Industrieländer sind bisher bereit gewesen, sich in ihrem eigenen langfristigen Interesse auf eine Beziehung der Zusammenarbeit mit den Entwicklungsländern zu Lasten der kurzfristigen Interessen ihrer eigenen Privatinvestoren umzustellen. Chile ist dafür das beste und gleichzeitig jüngste Beispiel. Aber es gibt auf breiterer Front weniger isolierte

Fälle eines weitergehenden Konflikts zwischen den Interessen des wirtschaftlichen Imperialismus und dem Konzept gegenseitig förderlicher Beziehungen. Das Bemühen der Entwicklungsländer um die Annahme der Charta der wirtschaftlichen Rechte und Pflichten der Staaten in der Vollversammlung der Vereinten Nationen vor einigen Wochen war nominell erfolgreich. Die Charta wurde mehrheitlich angenommen. Einige Industrieländer unterstützten sie, andere enthielten sich der Stimme. Wieder andere, und zu ihnen gehört Großbritannien, haben dagegengestimmt und haben als Gründe dafür angegeben, daß sie sich mit einzelnen Teilen in dieser Charta nicht einverstanden erklären könnten.

Wir sind ein Industrieland, und wir sind ein reiches Land – reich, entsprechend den für diese Dinge maßgeblichen Kriterien; reich, indem wir ein Pro-Kopf-Einkommen – das ist der Berechnungswert, auf den diese Vergleiche sich stützen – von 2 430 Dollar haben, wogegen Indien und Tansania ein Pro-Kopf-Einkommen von 110 Dollar pro Jahr haben. Worauf es ankommt ist, daß wir bereit sein sollten, anzuerkennen, daß die Entwicklungsländer das gleiche Recht wie etwa die britische Labour-Regierung haben, ihren Anspruch auf Besitz ihrer Rohstoffe durchzusetzen. Kohle? Öl? Stahl? Erdgas? Wir haben hier unsere Rechte durchgesetzt, und es wäre wirklich ausgesprochen unlogisch, wenn wir anderen das gleiche Recht absprechen, obwohl wir eine Position geerbt haben, in der nur wenige unserer britischen Gesellschaften und die britische Seite der multinationalen Gesellschaften direkte wirtschaftliche Interessen haben, die davon beeinflußt werden könnten. Wir können dieses Grundrecht wirklich nicht in Frage stellen. Das bedeutet einen großen Schritt vorwärts. Denn es heißt in der Charta:

»Jeder Staat hat volle dauernde Souveränität einschließlich des Besitzes, des Gebrauchs und der Verwendung seines Reichtums, seiner natürlichen Bodenschätze und seiner wirtschaftlichen Aktivitäten und übt diese Souveränität frei aus.«

Und weiter heißt es: »Das Recht, ausländische Investitionen zu kontrollieren und zu überwachen, das Recht, die Aktivitäten transnationaler Gesellschaften in ihrem Rechtsbereich zu kontrollieren und zu überwachen, das Recht, den Besitz an ausländischem Eigentum zu verstaatlichen, zu enteignen oder zu übertragen«, wobei die Notwendigkeit ausreichender Entschädigung natürlich mitberücksichtigt wird.

Das sind schwierige Probleme, wenn man die möglichen Auswirkungen auf das Völkerrecht abwägt: das Prinzip aber ist klar.

Geht es nicht letztlich darum, längerfristige britische Interessen im Vergleich zu einem zu eng gefaßten kurzfristigen Lösungsweg genau zu definieren? Denn wenn Zusammenarbeit zwischen gleichen Partnern überhaupt etwas bedeutet, dann doch das, daß jeder von uns seine eigenen Interessen im Auge behält. Meiner Ansicht nach gibt es für eine Politik, die auf die Aufopferung des *Eigeninteresses* ausgerichtet ist, keine wirkliche Zukunft. Es gibt eine Zukunft für eine Politik, die sich auf ein aufgeklärtes Eigeninteresse gründet. Daraus ergibt sich die Frage, welche Art Aufklärung wir jetzt brauchen.

Und genau hier müssen wir der Realität mit ihren vielen Facetten ins Auge sehen. Die erste Realität ist, wie ich bereits andeutete, der Zusammenhalt und die Solidarität unter den Entwicklungsländern. Das ist keine Frage der Meinung oder der Beurteilung. Das ist eine Tatsache: eine relativ neue Tatsache, die ganz klar in New York, in Brüssel, in Caracas demonstriert wurde und die sich sicher wieder bei der nächsten Zusammenkunft der UNCTAD IV in Nairobi zeigen wird. Es ist eine Realität, die wir begrüßen sollten, wenn wir sowohl an die Interessen der Entwicklungsländer denken und gleichzeitig bemüht sind, aus der Vergangenheit und der Gegenwart eine neue Beziehung der Zusammenarbeit zwischen gleichen Partnern heraus zu entwickeln.

Lassen Sie uns deshalb von der folgenden Prämisse ausgehen: Der neue Zusammenhalt zwischen den Entwicklungsländern bei der Verfolgung ihrer eigenen Interessen erfordert von den Industrieländern eine neue Definition ihrer Eigeninteressen, um eine gegenseitig förderliche Beziehung zu schaffen. Was wir brauchen, ist eine Definition, die Hilfe, Handel und Investitionen umfaßt, denn das sind die Elemente dieser Beziehung, und sie hängen miteinander zusammen. Sie hängen sogar so sehr miteinander zusammen, daß der interessante Dialog der radikalen Linken vor ein oder zwei Jahren darüber, ob man Hilfe geben oder Handel treiben sollte, überholt scheint, obwohl er dazu diente, die Gedanken auf Prioritäten zu konzentrieren. Um eine neue Definition zu erreichen, bedarf es einer Perspektive, die alle gegenwärtig ersichtlichen Trends berücksichtigt und auch die miteinbezieht, dic in den nächsten Jahren zu erwarten sind – trotz aller mit einer Voraussage verbundenen Gefahren. Ich habe versucht, einen dieser Trends deutlich zu machen: nämlich die Solidarität zwischen den Entwicklungsländern auf dem Wege, der zur Lösung ihrer Probleme führen soll.

Das jüngste und bedeutendste Beispiel dieser ihrer Solidarität ist vielleicht der erfolgreiche Abschluß der Verhandlungen zwischen den neun Ländern der Europäischen Gemeinschaft und den 46 Staaten Afrikas, der Karibik und des Pazifiks vom letzten Wochenende. Die Ergebnisse werden gleich nach der Zusammenkunft der *AKP-Länder* in Accra Teil der *Lomé-Konvention,* die Ende dieses Monats unterzeichnet wird. Ich habe das bereits als historisches Abkommen bezeichnet. Und das ist es auch. Welche Ansichten man auch immer über andere Aspekte der britischen Mitgliedschaft im gemeinsamen Markt wie auch über einige der nicht umsetzbaren Bestimmungen der Verträge von Rom haben mag, so gibt es keinen Zweifel darüber, daß die Konvention von Lomé einen höchst bedeutungsvollen und dramatischen Schritt in den Beziehungen zwischen den Industrieländern und den Entwicklungsländern darstellt.

Nach dieser Konvention haben natürlich Industrieprodukte aus den Entwicklungsländern freien Zugang, landwirtschaftliche Produkte fast freien Zugang zu den Märkten der Gemeinschaft. Die meisten dieser Produkte stießen bisher auf Zoll- und Kontingentierungsgrenzen, die den Zugang zu den Märkten der Gemeinschaft beschnitten. Die neue Vereinbarung bedeutet eine Entspannung in den Handelsusancen der Gemeinschaft, die einen wirklichen Schritt voran bei der Liberalisierung des Handels beinhaltet.

Es ist ein wichtiges neues Element in dieser Konvention, daß wechselseitige Ausgewogenheit nicht erforderlich ist, wenn man von einer Bestimmung absieht, wonach Exporte der Gemeinschaft auf die Märkte der Länder Afrikas, der Karibik und des Pazifik in den Genuß einer Meistbegünstigungsklausel kommen. Damit hat sich die Gemeinschaft einen großen Schritt entfernt von dem Verlangen nach Gegenpräferenzen, das ein Teil der früheren Konvention war, und sich in Richtung auf die Handelsbeziehungen hin bewegt, die die UNCTAD für erforderlich hält und die vor allem die Gruppe der 77 befürwortet.

Nichts davon wäre ohne den andauernden Druck der AKP-Länder und ihre Solidarität erreicht worden. Wie das Bild in den letzten Verhandlungsmonaten ergab, unterstützten die karibischen Länder Botswana, Swaziland und Kenia in der Frage des Rindfleisches, die afrikanischen Länder unterstützten die karibischen Länder in der Frage der Bananen und des Rums, und bei allen war die Entschlossenheit zu spüren, nichts durchgehen zu lassen, was für eines ihrer Mitgliedsländer von größerem Nachteil gewesen wäre.

Wichtig ist jedoch vor allem, daß man sich darauf geeinigt hat, einen Plan für eine Stabilisierung von Exporterlösen zu finanzieren, vor allem, wenn man das vor dem Hintergrund der heftigen Preisschwankungen für Rohstoffe innerhalb der letzten zehn Jahre betrachtet. Was die Hausfrauen in Großbritannien angeht oder die einander folgenden Regierungen in unserem Lande, so kann man diese Schwankungen tolerieren, solange die Weltpreise eine Tendenz nach unten haben. Wenn sie jedoch in die Höhe schnellen, dann wird es ernst für uns. Für die Entwicklungsländer stellen sich diese Probleme noch wesentlich gravierender dar, denn die Rohstoffe, die sie produzieren und exportieren, sind die gesamte Grundlage ihrer Deviseneinkommen. Wie können sie ihre eigene wirtschaftliche Entwicklung planen, wenn sie nicht wissen, über welche Erlöse sie im nächsten Jahr verfügen können? Der Plan, auf den man sich in Jamaica und Brüssel geeinigt hat und der eine ganze Reihe von wichtigen Produkten einschließt – er wird STABEX genannt –, ist wirklich ein großer Fortschritt. Und was neun Industrieländer zusammen mit 49 Entwicklungsländern erarbeitet haben, sollte eigentlich im Bereich des Möglichen für alle Industrieländer und alle Entwicklungsländer liegen. Die bevorstehende UNCTAD IV-Sitzung sollte den in der AKP/EWG-Konvention gemachten Fortschritt widerspiegeln. In diesem Zusammenhang sollte man darauf hinweisen, daß in dieser Woche Gespräche auf höchster Ebene zwischen den Ländern der Dritten Welt in Senegal bei der »Konferenz der Entwicklungsländer über Rohstoffe« begonnen haben, wo ein Aktionsplan diskutiert werden soll, der einheitliche Maßnahmen der gesamten Dritten Welt zur besseren Nutzung ihrer natürlichen Bodenschätze enthält.

Ich sollte vielleicht noch ein Wort sagen über die Auswirkungen der Lomé-Konvention in bezug auf unsere eigenen Neuverhandlungen über die Bedingungen des britischen Beitritts zur Gemeinschaft. Weil wir das Konzept einer Politik des leeren Stuhls zurückgewiesen haben, waren wir gegenüber unseren Commonwealth-Partnern verpflichtet, für sie und für uns die bestmöglichen Ergebnisse zu erzielen. Das haben wir erreicht. Aber es gibt zwei Themenkreise in bezug auf den Commonwealth und die Entwicklungsländer, wo noch hart verhandelt werden muß. Der eine ist die Notwendigkeit, weitere Fortschritte bei den allgemeinen Präferenzen zu erzielen. Der andere ist die Notwendigkeit, ein weltweites Gleichgewicht der Hilfeleistungen an assoziierte und nichtassoziierte Entwicklungsländer zu erreichen. Bislang haben wir die Gemeinschaft überredet, im Prinzip eine Resolution über Hilfe an nicht assoziierte

Länder zu akzeptieren – das bedeutet im Grunde Hilfe an die ärmsten und größten Länder Asiens, die für eine Assoziierung nicht in Frage kamen. Meine Aufgabe ist es nun sicherzustellen, daß dieses Prinzip in konkrete finanzielle Zusagen für die kommenden Jahre umgesetzt wird.

Ein zweites wichtiges Element für diese neue Perspektive ist die völlig neue Lage, die von den ölproduzierenden Ländern geschaffen wurde. Wir hoffen, daß wir bald zu ihnen gehören, deswegen können wir das ganze Problem vielleicht etwas nüchterner als andere betrachten. Ich vermute, daß das Hauptproblem darin liegt, sich mit der Verschiebung der wirtschaftlichen Macht, die nun einmal stattgefunden hat, abzufinden. Die Vorstellung von Kartellen, Kontrollpreisen und Gewinnen, die weit über dem für Investitionen und Ausweitung erforderlichen Überschuß liegen, ist sicherlich nicht neu. Bereits während meiner eigenen Studentenzeit haben wir uns alle mit den Ungerechtigkeiten des Kartellwesens auseinandergesetzt, wenn wir uns mit den europäischen Kartellen der späten 30er Jahre auseinandersetzten. Die Ölproduzenten haben jetzt ein sehr wirksames Kartell geschaffen, und wir sind davon nicht besonders begeistert, weil es große Schwierigkeiten und Sorgen für unsere eigene Wirtschaft und für unser Bemühen um eine Eindämmung der Inflation schafft. Wenn wir jedoch den Dingen nüchtern ins Auge sehen, so gleicht ihr Kartell eigentlich nur dem, was auf globaler Ebene von vielen multinationalen Gesellschaften praktiziert wird. Beim Öl haben die produzierenden Länder ganz einfach eine Situation geschaffen, in der sie ein gemeinsames Angebotmonopol ausüben, womit sie auf die jahrzehntelang ausgeübte gemeinsame Macht der großen Ölgesellschaften reagiert haben – und zwar eine Macht über den Kauf von Öl, die, wenn sie einmal gegen ein Land oder eine Regierung gerichtet war (wie etwa gegen die mossadekische Regierung im Iran), ihren eigenen Weg zur Entwicklung stoppte.

Was also die ölproduzierenden Länder eigentlich tun, ist nur, das in die Praxis umzusetzen, was sie so wirksam von Europa und den Vereinigten Staaten gelernt haben. Das ist uns zwar höchst unwillkommen, aber wohl kaum unerwartet.

Für die Entwicklungsländer jedoch hat das OPEC-Kartell noch eine weitere Dimension. Wie bei allen Kartellen gibt es auch hier keine ausgleichende Gerechtigkeit; und wenn ausgleichende Gerechtigkeit fehlt, sind die Ärmsten immer am schlechtesten dran. In Britannien ist vergleichsweise der Arbeiter, der Benzin kaufen muß, um von seinem Dorf zur Fabrik in der Stadt zu kommen, härter betroffen als der feine Mann in der City, der ein Taxi ruft und das dafür bezahlte Geld unter die Rubrik »Ausgaben« einreiht, oder der Geschäftsmann, der die Kosten für sein Geschäftsauto von der Steuer absetzt. Wenn man nun einen Vergleich zwischen den Ländern zieht, so sind Großbritannien und andere industrialisierte Nationen durch den Anstieg der Ölpreise hart betroffen. Aber wieviel härter noch sind die ärmsten Länder betroffen, die keine Reserven mehr haben, um die gestiegenen Ölkosten zu bezahlen oder andere Güter, deren Preis in der jüngsten Vergangenheit so stark angestiegen ist. Ihr Bewegungsspielraum liegt zwischen Überleben und Nichtüberleben. Unserer liegt zwischen einem steigenden Lebensstandard und einer Pause im Ansteigen dieses Lebensstandards. Die quantitative Differenz ist so groß, daß sie zu einer qualitativen Differenz verschärft wird.

Das Verständnis für diese Situation hat beträchtliche internationale Anstrengungen zur Folge gehabt, ein Programm von Nothilfemaßnahmen zu entwickeln, um den am härtesten betroffenen Ländern zu helfen. Dieses Programm war erfolgreicher, als die meisten Leute sich klarmachen, obwohl ich selbst enttäuscht war über das endgültige Engagement der EWG, wie Sie vielleicht wissen, weshalb ich in der letzten Woche angekündigt habe, daß Großbritannien einen weiteren bilateralen Beitrag für die am härtesten betroffenen Länder leisten wird.

Es ist bedeutend, daß wir und andere Industrieländer bisher 1,5 Milliarden Dollar zu diesen Soforthilfemaßnahmen bilateral und über multilaterale Kanäle beigetragen haben. Es ist bedeutend, daß die ölproduzierenden Länder ebenfalls, wenn auch auf andere Art und Weise, beträchtliche Hilfe beisteuerten. Man nimmt an, daß sie etwa 2,6 Milliarden Dollar an Hilfe zu Vorzugsbedingungen im letzten Jahr gewährt haben und daß sich ihre Zusagen insgesamt auf 10 Milliarden Dollar belaufen, d. h. insgesamt auf etwa 1,1 Milliarden und 4,2 Milliarden Pfund. Etwa 40 % ihrer Hilfe ging oder geht an Pakistan, Indien, Bangladesh und Sri Lanka, Länder, die alle zur Kategorie der am stärksten betroffenen Nationen gehören; der Rest geht an andere arabische Entwicklungsländer, wobei man berücksichtigen muß, daß dabei ein nicht bezifferbarer Betrag für Verteidigungszwecke ausgegeben wird.

Es ist wichtig, daß das, was sie bisher geleistet haben, voll anerkannt wird. Sie stellen gegenwärtig etwa 2 % ihres Bruttosozialprodukts der öffentlichen Entwicklungshilfe zur Verfügung.

Selbst die besten der Industrieländer haben bisher kaum 0,7 % erreicht.
Es ist wichtig, daß wir mit ihnen, wo immer wir das können, in Programmen der Entwicklungshilfe für Entwicklungsländer zusammenarbeiten.
Es ist um so wichtiger, daß wir das tun, wenn die Welt sich von der sie bedrohenden Rezession befreien soll, die allgemein als eine größere Gefahr für uns alle angesehen wird als das akute Problem der Inflation.
Und das ist für sich gesehen schon wichtig genug. Die Notwendigkeit wächst, wenn wir uns die Gefahren einer weltweiten Rezession, die uns bedroht, vor Augen führen. Wir befänden uns genau zwischen der Scylla der Inflation und der Charybdis der Rezession, und die Regierung hat ihre Position sehr klar in Paris, in Washington und auch hier in Großbritannien herausgestellt. Eine weitere Dimension, die jedoch nur selten auftaucht, wurde voll berücksichtigt, als wir uns entschlossen, das Hilfsprogramm im nächsten Jahr und in den folgenden Jahren proportional mehr als andere Programme öffentlicher Ausgaben steigen zu lassen. Was ich damit meine, ist folgendes: Zwei Drittel der Menschheit leben in den Entwicklungsländern. Viele ihrer Länder befinden sich am Rande der Krise, einige stecken sogar schon mitten drin. Wenn die Wirtschaftssysteme der Dritten Welt zusammenbrächen, so würde sich die Gefahr einer weltweiten Rezession ernsthaft und entscheidend vergrößern. Unsere wirtschaftliche Abhängigkeit ist zu einem gewissen Grade meßbar. Zum Beispiel werden 18 % unseres Handels mit der Dritten Welt abgewickelt. Bei anderen Industriestaaten variiert der Teil der Exporte, der von der Kaufkraft der Entwicklungsländer abhängig ist. Damit wird deutlich gemacht, daß das, was mit diesen Ländern geschieht, mehr als nur marginale Auswirkungen auf das hat, was mit uns hier in unserem Lande passiert, wo wir darauf aus sind, Arbeitslosigkeit zu vermeiden und Investitionen zu ermutigen. Was für uns zutrifft, trifft auch auf andere Industrienationen zu.
Deshalb ist es meine Meinung, daß bei einer Betrachtung der Zusammenhänge und Beziehungen endlich auch Verständnis dafür aufgebracht werden sollte, daß wir jetzt in den 70er Jahren und für den Rest dieses Jahrhunderts alle in einem Boot sitzen.
Sobald man sich darüber klar geworden ist und das akzeptiert, ordnen sich viele Aspekte der Entwicklungshilfe und der Handelspolitik, und sie können – rechtzeitig, wo wir uns doch so schnell

vorwärts bewegen – in unsere allgemeine Politik der industriellen und wirtschaftlichen Entwicklung in unserem Lande integriert werden. Es war vielleicht eine der verständlichen Versuchungen der »Entwicklungshilfe-Lobby«, wie sie normalerweise genannt wird, die Probleme und die Politik der Dritten Welt sozusagen in ein Kästchen für sich zu stecken. Die Logik der These, »daß wir alle zusammengehören«, ist die, daß die den Entwicklungsländern von den Industrienationen zur Verfügung gestellte Hilfe, sei es auf dem eigentlichen Gebiet der Entwicklungshilfe oder des Handelns, mit den Bedürfnissen der Entwicklungsländer im Einklang stehen muß und daß sie nicht nur eine Projizierung überholter Vermutungen und Anschauungen sein darf; außerdem muß sie mit der Politik, die wir zu Hause betreiben, übereinstimmen.

Es ist wichtig, daß das, was wir auf dem Gebiet der Bildung tun, voll und ganz den Bedürfnissen der Dritten Welt entspricht. Es ist wichtig, daß das, was wir auf dem Gebiet der landwirtschaftlichen und ländlichen Entwicklung tun, mit ihren Bedürfnissen übereinstimmt. Es ist wichtig, daß das, was wir auf dem Gebiet der industriellen Zusammenarbeit tun, ihren Bedürfnissen entspricht. Es ist wichtig, daß das, was wir zur Entwicklung der Zusammenarbeit beim Handel tun, ebenfalls das ist, was diese Länder brauchen.

Wenn man diese letzten beiden Punkte noch einmal aufgreift, die überraschenderweise sehr eng miteinander verflochten sind, so kann man jetzt langsam einen Lösungsweg aufzeigen, der von uns allen eingeschlagen werden soll. Am Anfang muß – und ich betone »muß« – das Verständnis für die wirtschaftliche Eigenheit der Entwicklungsländer selbst und eine Identifizierung damit stehen. Nur so können wir die philosophischen und intellektuellen Zwänge des Neokolonialismus vermeiden und ihnen entgehen. Diese Einsicht hat sich entscheidend weiterentwickelt, seit Tom Mboya im Jahre 1962 sagte:

»... wenn in irgendeiner Gesellschaft eine Gruppe von Menschen das Land, das Kapital, die Fähigkeiten und andere Dinge kontrolliert, mit deren Hilfe die Mitglieder dieser Gesellschaft ihren Lebensunterhalt verdienen, und wenn sie diese Mittel für egoistische Ziele einsetzen, dann entwickelt sich im sozialen Organismus eine anormale Situation. Da nun eine Gesellschaft ein organisches Gebilde ist, werden, wenn irgendwelche Gruppen die Mittel besitzen und kontrollieren, mit denen und durch die die anderen leben, letztere buchstäblich zu Sklaven, denn »derjenige, der die Mittel besitzt, durch die und von denen ich lebe, besitzt auch mich.«

Er sprach damals über den afrikanischen Sozialismus. Seit dieser Zeit ist die Definition des afrikanischen Sozialismus, des lateinamerikanischen Sozialismus und des asiatischen Sozialismus in gewisser Weise unscharf geworden. Soweit und nicht weiter, sagen einige. Weiter, immer weiter, sagen andere. Was er jedoch im Jahre 1962 noch nicht ahnen oder voraussagen konnte, war, daß fast jedes Entwicklungsland, gleichgültig ob es sich selbst als sozialistisch oder nicht betrachtet, es aus rein pragmatischen Gründen für erforderlich gehalten hat, den Besitz an seinen eigenen Ressourcen auszudehnen. Ich glaube nicht, daß Tom Mboya 1962 bereits hoffen konnte, daß die Vollversammlung der Vereinten Nationen sich im Jahre 1974 mit der *Charta der wirtschaftlichen Rechte und Pflichten von Staaten befassen würde.*

Und Hand in Hand damit, daß der Anspruch auf öffentlichen Besitz der wichtigsten Ressourcen und Industrien geltend gemacht wird, geht eine gewisse Zurückhaltung einher – mit diesem Wort meine ich eine Haltung, die von Vorsicht bis Ablehnung reicht –, Investitionen multinationaler Gesellschaften und privater ausländischer Gesellschaften zu akzeptieren. Oft stellen sich Gemeinschaftsunternehmungen zu Bedingungen, die für beide Seiten akzeptabel sind und bei denen man sich über Rückflüsse und Beschäftigung geeinigt hat, als lebensfähig und akzeptabel für beide Seiten heraus. Aber manchmal ist das nicht der Fall. Sicher ist es an der Zeit, uns daran zu erinnern, daß wir, wie die meisten anderen Industrieländer, sowohl über private wie öffentliche Industriesektoren verfügen und daß eine wirtschaftliche Zusammenarbeit sich auf beide erstrecken kann.

Es ist gleichfalls erforderlich, daß wir uns über die möglichen Vorzüge unserer eigenen Industrieprogramme für die Entwicklungsländer klar werden. Nehmen wir einmal die Frage einer weiteren Liberalisierung des Handels, um mehr Fertigwaren den Zugang zu unserem Land zu erlauben – sei es über die EWG oder direkt nach Großbritannien, je nachdem, ob wir in der Gemeinschaft verbleiben oder nicht. Das war bei der letzten UNCTAD-Konferenz eine bedeutende Frage, und es sieht so aus, daß sie das auch bei der nächsten UNCTAD-Sitzung sein wird. Schließlich und letztlich läuft alles auf die Frage hinaus, ob die Industrienationen zu einer sogenannten »internen Anpassungshilfe« kommen, womit gemeint ist, daß sie alternativ Arbeitsplätze für Arbeiter finden und finanzieren, die ihren Arbeitsplatz als Folge einer Ausweitung der wettbewerbsfähigen Importe aus Entwicklungsländern verlieren. Es ist schon immer meine Ansicht gewesen, daß eine Verpflichtung zu dieser internen Anpassungshilfe schlicht und einfach eine Garantie für dauerhafte Beschäftigung und Umschulung und weiter einen gleichbleibenden Einkommensstand beinhalten müßte. Dieses Problem wirft natürlich viele Fragen auf. Und wie soll man überhaupt nur beginnen, darüber nachzudenken, ohne gleichzeitig den »National Enterprise Board« zu erwähnen?

Wie Sie vielleicht wissen, war ich Vorsitzende der Arbeitsgruppe der Labour Party, die die ursprünglichen Vorschläge für den NEB (National Enterprise Board) entworfen hat, und ich bin sehr glücklich darüber zu sehen, daß unsere Arbeit durch die Industriegesetzesvorlage Früchte trägt. Aber es ist vielleicht nicht überraschend, daß ich so klar den nötigen Zusammenhang zwischen der Schaffung des NEB mit seiner Aufgabe der Arbeitsplatzbeschaffung und der Verwendung der Fähigkeiten und Fertigkeiten unserer Arbeiter im Interesse des britischen Volkes und dem einzig möglichen Weg für eine Liberalisierung des Handels für die Dritte Welt sehe.

Ich möchte Ihnen vor Augen führen, wie dringlich es ist, Überlegungen und Ziele im Rahmen der Entwicklungspolitik mit Überlegungen und Zielsetzungen unserer Politik hier im eigenen Lande zu verknüpfen. Es läuft doch letztlich darauf hinaus, daß man nicht nur Ideale setzen kann, sondern auch die erforderlichen Mittel einsetzen muß.

Ich bin mir sehr wohl der Tatsache bewußt, daß ich heute nicht über die üblichen Diskussionsthemen im Zusammenhang mit Entwicklungshilfe gesprochen habe. Ich habe nicht über die Ziele der Hilfe gesprochen. Ich habe auch nicht meine Ansicht über die Nachfolgemaßnahmen zur Welternährungskonferenz dargelegt. Ich habe mit Ihnen nicht darüber gesprochen, was mein Ministerium tut, um in Krisensituationen, hervorgerufen durch Nahrungsmittelmangel, zu helfen, und ich habe auch Länder wie Bangladesh und Indien nicht erwähnt. Hätte ich das getan, hätte ich nur das wiederholt, was ich bereits an anderer Stelle gesagt habe oder plane, demnächst zu sagen. Ich habe versucht, ein bißchen weiter zu schauen als nur auf das Naheliegende. Kein Ministerium in Whitehall ist eine Insel. Das trifft vor allem auf mein Ministerium zu. Wir haben »enge Beziehungen« – und das ist nötig – zu vielen anderen Ministerien, vom Finanzministerium über das Auswärtige Amt bis hin zum Commonwealth Office. Was das besondere an meinem Ministerium ist, ist die Tatsache, daß wir auch ganz direkt »enge Beziehungen« zu den Entwicklungsländern selbst haben.

Ich habe also versucht, die Probleme unseres täglichen Entscheidungsprozesses in Zusammenhang zu bringen mit den sich verändernden und sich entwickelnden Beziehungen zwischen Großbritannien als einem vergleichsweise reichen Industrieland und den Ländern dieser großen, möglicherweise sogar größeren Dritten Welt. Ich habe das Gefühl, daß auch Tom Mboya es so gemacht hätte.

Übersetzung: Neuhoff

Ferdinand van Dam

Neue Beziehungen zwischen reichen und armen Ländern*

Prof. Ferdinand van Dam, Den Haag (NL). Professor für Wirtschaftswissenschaften an der Universität Groningen, Niederlande. Seit 1960 im niederländischen Ministerium für Entwicklungszusammenarbeit als Chef des politischen Planungsstabes.

1. Veraltete Szenarien und Sterotypen

Das Problem der Entwicklung ist mittlerweile im Sumpf von veralteten Szenarien und Stereotypen versunken. Seit Anfang der sechziger Jahre sind die Probleme der Entwicklung beherrscht von der Polarisierung der Welt in zwei Blöcke: reiche und arme Länder. In dieser Situation der Polarisierung sind zwei Strategien möglich: Konfrontation oder Solidarität. Konfrontation heißt, daß die armen Länder den reichen Zugeständnisse abringen, während Solidarität einen Ruf nach »compassion« (Mitleiden) und auf dieser Grundlage nach Hilfe und Unterstützung bedeutet.

Die Entwicklung dieser Szenarien in der Vergangenheit kann in drei Phasen aufgeteilt werden.

Die erste Phase begann 1964, als die UNCTAD (United Nations Conference on Trade and Development) eingerichtet wurde und die beiden Blöcke sich institutionalisierten. Die armen Länder versuchten durch Mehrheitsentscheidungen, Zugeständnisse von den reichen Ländern zu erreichen. Diese Taktik scheiterte, weil die reichen Länder sich nicht durch Mehrheitsentscheidungen gebunden fühlten.

In der zweiten Phase, die 1967 begann, wurde der Versuch unternommen, die Pattsituation zu überwinden, indem man internatio-

* Der Beitrag gibt die Zusammenfassung eines Vortrages wieder, den Ferdinand van Dam im November 1976 an der Universität Leiden gehalten hat.

nale Entwicklungsstrategien entwickelte. Die Pearson-Kommission der Weltbank und die Kommission für Entwicklungsplanung der Vereinten Nationen leisteten dazu bedeutende Beiträge. Dieser planerische Ansatz erreichte seinen Höhepunkt mit der Strategie der Vereinten Nationen für die Zweite Entwicklungsdekade, die 1970 von der Vollversammlung verabschiedet wurde.

Die Strategie der Vereinten Nationen stellte auf wirtschaftliches Wachstum und auf Verbesserung der Lage der ärmsten Länder und Ländergruppen ab. Dieses Ziel war enthalten in dem, was die »sozialen Ziele« genannt wurde, was sich auf Nahrung, Wohnung, Kleidung, Bildung und elementare Gesundheitsdienste bezog. Diese sozialen Ziele sind nun wiederauferstanden unter der Bezeichnung »grundlegende Bedürfnisse«.

Die Strategie basierte im wesentlichen auf der Idee der Solidarität zwischen reich und arm: Die Verpflichtungen der Entwicklungsländer betrafen ihre inneren Angelegenheiten, während die von den reichen Ländern übernommenen Verpflichtungen die Übertragung von Ressourcen von reich zu arm betrafen. Es sollte vermerkt werden, daß diese Strategie keine ernstzunehmenden Resultate erzielte.

Die dritte Phase, die 1973 begann, stand im Zeichen des Anwachsens der Konfrontation durch die Vervierfachung der Ölpreise. Hier ereignete sich erstmalig, daß arme Länder Erfolg hatten, indem sie sich den reichen gegenüber aggressiv verhielten; der Schock in den reichen Ländern war dementsprechend groß. Es wurde erwartet und befürchtet, daß die Entwicklungsländer ihre Kontrolle der Öllieferungen nicht nur zur Anhebung der Ölpreise benutzen würden, sondern auch, um Zugeständnisse für andere arme Länder zu erzwingen.

Heute, drei Jahre später, sehen wir, daß dies nicht eintrat. In der Tat haben die ölexportierenden Länder den Preis und die Lieferung von Öl nicht als Waffe benutzt, um Zugeständnisse für arme Länder zu erreichen, die kein Öl exportieren. Im Gegenteil, die ölexportierenden Länder beschlossen kurz vor der UNCTAD IV, für 1976 den Ölpreis nicht anzuheben, was die wichtigste Waffe aus den UNCTAD-Verhandlungen heraushielt.

Ein Rückblick über die Periode von der Gründung der UNCTAD bis heute macht klar, daß das Szenario einander gegenüberstehender monolithischer Blöcke wenige bis gar keine ernsthaften Ergebnisse brachte. In solchen durch bestimmte Strukturen gekennzeichneten wirtschaftlichen Bereichen wie Handel, Investitionen und

Währungsproblemen ist wenig oder nichts in der Periode 1964 bis 1976 erreicht worden, das für die Entwicklungsländer von Nutzen wäre. Es scheint unwahrscheinlich, daß die gegenwärtigen langwierigen Verhandlungen im Rahmen des Nord-Süd-Dialogs in Paris irgendeine wesentliche Verbesserung dieser Situation mitsichbringen werde.

Die Entwicklungshilfe stagniert bei 6 Mrd. Dollar (Wert von 1964); aber wenn wir die Expansion der Weltwirtschaft und den starken Anstieg der Zahlungsbilanz-Defizite der Entwicklungsländer berücksichtigen, läuft es auf eine Erosion der Entwicklungshilfe hinaus. Diese Erosion kann man ebenso feststellen am Scheitern einer Reihe von neuen Fonds, die in der letzten Zeit eingerichtet worden sind, wie der Sonderfonds der Vereinten Nationen, das »Dritte Fenster« der Weltbank, der Treuhandfonds der Internationalen Währungsfonds (IMF). (Dies gilt jedenfalls für die Beiträge der Mitgliedsnationen.) All diese Initiativen sind mittlerweile unbemerkt wieder eingegangen.

Die Szenarien, in denen sich das Entwicklungsproblem gegenwärtig verfangen hat, basieren auf stereotypen Ansichten, die sich um 1960 herum entwickelten. Unter diesen Stereotypen gibt es die Ansicht, daß die Entwicklungsländer immer ärmer und die reichen Länder immer reicher werden, daß die Entwicklungsländer nur Rohstoffe exportieren und nur Fertigwaren importieren, daß die Entwicklungsländer keinen Zugang zu Kapitalmärkten haben.

Einige dieser stereotypen Ansichten haben nie mit der Realität übereingestimmt; so ist es nicht richtig, z. B. zu sagen, daß die Entwicklungsländer immer ärmer werden, denn sie haben in den letzten 25 Jahren hohe Wachstumsraten aufweisen können.

Andere Stereotype waren früher einmal mehr oder weniger zutreffend, haben aber heute keine Bedeutung mehr. 1975 bestanden 42 % der Exporte der kein Öl produzierenden armen Länder aus Fertigwaren; man erwartet, daß in wenigen Jahren dieser Anteil auf mehr als die Hälfte gestiegen sein wird. Die Exporte an Rohstoffen aus den armen Ländern waren 1975 50 Mrd. Dollar wert, ihre Rohstoffimporte beliefen sich – ohne Öl – auf 35 Mrd. Dollar. Die Lücken in den Zahlungsbilanzen der armen Länder, die kein Öl exportieren, wurden 1975 zu mehr als 60 % durch kommerzielle Kredite und Anleihen finanziert.

Die neue Lage ist das Ergebnis einer Reihe von bedeutenden Veränderungen in der Position der armen Länder, die besonders seit 1970 stattgefunden haben. Die offenkundigsten neuen Faktoren

waren dabei die Entwicklung Chinas aus eigener Kraft, die Industrialisierung in einer Reihe von Entwicklungsländern, die daraus folgenden Verschiebungen in ihrer Import- und Exportposition und der Zugang zu kommerziellen Krediten und Anleihen sowie die Vervierfachung der Ölpreise. Es scheint so zu sein, daß die meisten dieser Veränderungen von Dauer sind und als Trendfaktoren bezeichnet werden können.
Es stellt sich uns also die Frage: Was bedeuten diese Veränderungen für den Entwicklungsprozeß? Wie müssen zukünftige Szenarien für das Herangehen an Entwicklungsprobleme aussehen?

2. *Die wirtschaftliche Position der Entwicklungsländer*

Es hat immer große soziale und wirtschaftliche Unterschiede zwischen den einzelnen Entwicklungsländern gegeben: Als die Entwicklungs-Zusammenarbeit 1950 begann, gab es große auch heute noch bestehende Unterschiede zwischen z. B. Indien, Brasilien und den Ländern des Sahel.
Trotz dieser Unterschiede fragten die Entwicklungsländer zu dieser Zeit bei den reichen Ländern nach den gleichen Formen von Hilfe: Geld, technische Hilfe, höhere Preise für Rohstoffexporte und private Investitionen. Geändert hat sich – ungeachtet ihrer politischen Einheit – nur, daß die Entwicklungsländer heute differenzierte wirtschaftliche Positionen gegenüber den reichen Ländern vertreten. Auf dieser Grundlage kann man die Entwicklungsländer in drei Kategorien einteilen:

a) Sich selbst versorgende Länder, die keine weitere Hilfe brauchen oder wollen;
b) Länder in einer Zwischenposition: arm, aber immer mehr mit reichen Ländern verknüpft;
c) Länder mit dem traditionellen Muster der Armut: die wirklichen Armutsländer.

Die sich selbst versorgenden Länder unterteilen sich wieder in verschiedene Gruppen:
Zuerst gibt es China, ein Land, das sich zu einer Supermacht entwickelt hat und das seit einiger Zeit selbst Hilfe gewährt. 30 % der gesamten Bevölkerung der unterentwickelten Welt lebt in China.
Die ölexportierenden Länder bilden eine zweite wichtige Gruppe. Unter der Annahme, daß Erdöl in den nächsten Jahrzehnten die

bedeutendste Energiequelle bleibt und daß sein Preis daher hoch sein wird, werden diese Länder mit ihren Einkünften aus dem Öl alles das kaufen können, was sie brauchen. 10 % der gesamten Bevölkerung der unterentwickelten Welt lebt in diesen Ländern.

Eine dritte Gruppe besteht aus den Entwicklungsländern, die kein Öl exportieren, die aber ein beträchtliches Exportvolumen erreicht haben, das zu einem großen Teil aus Fertigwaren besteht. 1973 kann man als vernünftige Grundlage für Vergleiche nehmen, denn dies war das letzte »normale« Jahr vor den Ölpreissteigerungen, der hohen Inflationsrate und der Rezession. Berücksichtigt man, daß die gesamten Exporte in diesem Jahr mehr als 3 Mrd. Dollar ausmachten, davon Fertigwaren rd. 1 Mrd. Dollar, und daß das Wachstum des Exports an Fertigwaren in der Zeit von 1967 bis 1974 mindestens 25 % betrug, zählen zu dieser dritten Gruppe Brasilien, Hongkong, Südkorea, Mexiko, Singapur und Taiwan. Darüber hinaus könnte man Argentinien und Malaysia mit einigem Recht zu dieser Gruppe rechnen, da ihre Fertigwarenexporte im Werte von mehr als 500 Mio. Dollar durch bedeutende Exporte von landwirtschaftlichen Produkten ergänzt wurden. 10 % der gesamten Bevölkerung der unterentwickelten Welt lebt in diesen Ländern.

Es ist darauf hinzuweisen, daß seit 1973 die Länder dieser dritten Gruppe unter großen Zahlungsbilanzdefiziten als Ergebnis von Inflation und Ölpreiserhöhungen leiden. 1975 wurden die höchsten Defizite in Brasilien mit 5 Mrd. Dollar, Mexiko mit 3,7 Mrd. Dollar, Singapur mit 2,8 Mrd. Dollar und Korea mit 2,2 Mrd. Dollar verzeichnet.

Bis jetzt ist es diesen Ländern gelungen, diese Defizite durch kommerzielle Mittel vom Kapitalmarkt auszugleichen. Wenn es keine unglücklichen Entwicklungen gibt, kann man erwarten, daß sie ihre Exporte verstärken, besonders ihre Exporte an Fertigwaren, und daß sie auch auf absehbare Zeit marktübliches Kapital in Anspruch nehmen können. Unter diesen Umständen dürften sie in der Lage sein, ein Gleichgewicht in der Zahlungsbilanz in einigen Jahren auch ohne Hilfe von außen zu erreichen.

Die sich selbst versorgenden Länder wollen aus den Institutionen der Weltwirtschaft ihren Nutzen ziehen: aus ihrem Widerstand gegen eine Konferenz über Schuldenprobleme wird klar, daß sie fürchten, sie könnten nicht mehr als kreditwürdig eingestuft werden. Sie zögern auch bei Abkommen, die die Preise von Rohstoffen erhöhen, da viele von ihnen bereits Nettoimporteure von Rohstoffen sind, andere es sicher werden, und daher ein Interesse an niedrigen Preisen haben.

Die sich selbst versorgenden Länder betrifft das Entwicklungsproblem nicht mehr. Im Vergleich mit der Lage vor 25 Jahren bedeutet dies eine ungeheure Veränderung. Da die Hälfte der Bevölkerung der sich entwickelnden Welt in diesen Ländern lebt, sind wir zumindest im Bereich der Entwicklungszusammenarbeit der Hälfte des Problems der Armut ledig.

Die Länder im Zwischenbereich haben es ebenfalls vermocht, eine bedeutende Produktion von Fertigwaren und in begrenztem Maße auch Exporte zu erreichen. Das Wachstum dieser Exporte ist in den meisten Fällen langsam. Daher haben diese Länder große Lücken in ihren Zahlungsbilanzen und brauchen Zuwendungen und Anleihen, um die Defizite auszugleichen. Traditionelle Entwicklungshilfe in Form technischer Hilfe und Projekte wird nicht mehr benötigt.

Um die Lücken in ihren Zahlungsbilanzen zu verringern, fragen diese Länder prinzipiell nicht mehr nach traditionellen Formen der Hilfe, sondern eher nach Möglichkeiten, die wirtschaftlichen Verbindungen, die sie mit reichen Ländern entwickelt haben, besser nutzen zu können. Unter Berücksichtigung des langsamen Wachstums der Märkte für Rohstoffe wollen sie präferentielle Behandlung auf dem Markt für Fertigwaren, Zugang zum Kapitalmarkt und zu Investitionen auf der Basis von beiderseitig günstigen Bedingungen.

Auf der Grundlage, daß diese Länder 1973 insgesamt für mehr als 1 Mrd. Dollar exportierten, wobei ihre Exporte von Fertigwaren jeglicher Art mehr als 200 Mio. Dollar betrugen, gehören zu dieser Gruppe Indien, Marokko, Pakistan, die Phillippinen und Thailand. 25 % der Bevölkerung der sich entwickelnden Welt lebt in diesen Ländern.

Zusammengefaßt läßt sich sagen, daß für die reichen Länder die Hälfte des Problems der Armut nicht mehr besteht. Die Entwicklungsländer bilden zudem keinen wirtschaftlich einheitlichen Block mehr in ihren Beziehungen zu den reichen Ländern; auf lange Sicht muß dies unweigerlich zu politischen Spaltungen führen: Kolumbiens Antrag vom September dieses Jahres, Mitglied der OECD zu werden, ist dafür ein deutliches Zeichen.

3. Beziehungen zwischen den reichen und den armen Ländern

Das Beziehungsmuster zwischen den reichen und armen Ländern war früher das von armen, abhängigen, um Hilfe nachsuchenden Ländern auf der einen Seite und reichen, halbkolonialistischen Ländern, die Hilfe gewährten, auf der anderen Seite. Dieses Bild war gekennzeichnet durch die bereits beschriebenen Szenarien und Stereotypen, mit ihren Einstellungen von Beherrschung, Konfrontation und Rufen nach Solidarität.

Dies hat sich geändert: die Beziehungen zwischen reichen und armen Ländern sind selbstverständlicher und geschäftsorientierter geworden. Dafür gibt es acht Gründe:

1. Die Vollendung des Prozesses der Dekolonisation und die Beendigung der Spannungen, die durch Beherrschung und Forderungen nach Freiheit hervorgerufen wurden, führten dazu, daß die früheren Kolonien und die Kolonialmächte heute freier sind in den Positionen, die sie gegenüber dem anderen einnehmen können.
2. Die Politik des »Sich-auf-die-eigenen-Kräfte-Verlassens« (»self-reliance«) führte dazu, daß sie heute kritischer allem gegenüberstehen, was mit reichen Ländern zu tun hat – Handel mit den reichen Ländern, multinationale Firmen und auch Entwicklungshilfe.
3. Die Ölkrise, in der eine große Gruppe von Entwicklungsländern mit Zahlungsbilanzdefiziten fertig werden mußte, die nicht von reichen Ländern gemildert wurden, während gleichzeitig die reichen Länder auf eine Politik der Selbstversorgung hinzuarbeiten begannen – zuerst nur im Bereich des Öls, aber im Prinzip für alle Rohstoffe –, was grundsätzlich die langfristigen Exportpositionen der Entwicklungsländer zu schwächen vermag.
4. Die Rezession in Nordamerika und Westeuropa und die strukturelle Arbeitslosigkeit hatten zur Folge, daß die betroffenen Länder sich mehr als vorher mit ihren internen Problemen beschäftigen: sie akzeptieren mit geringerer Wahrscheinlichkeit z. B. die Verlagerung von Industrien in Entwicklungsländer, weil das Arbeitslosigkeit zu Hause mit sich bringt.
5. Die Außenpolitik der Europäischen Gemeinschaft ist weniger und weniger mit Asien und Lateinamerika befaßt, auf Grund der Assoziierung praktisch aller afrikanischen Länder, der allgemeinen Orientierung auf den Mittelmeerraum und auf den europäisch-arabischen Dialog.
6. Die Hälfte der Entwicklungsländer sind nicht mehr Hilfeemp-

fänger (s. Abschnitt 2): ihre Beziehungen zu den reichen Ländern sind daher freier.

7. Wachsender Wettbewerb auf den Märkten für Fertigwaren, besonders zwischen reichen Ländern und sich selbst versorgenden Ländern.

8. National-egoistisches Denken westlicher Länder hat unter anderem dazu geführt, daß sie dem Problem außerhalb ihrer Interessensphäre weniger Aufmerksamkeit schenken.

Aus allen diesen Gründen haben sich die Beziehungen zwischen reichen und armen Ländern mehr auf die Ebene des Geschäfts verlagert. Da die Gründe zumeist dauerhafter Natur sind, dürften die neuen eher geschäftsmäßigen Einstellungen ebenso langfristig sein.

Repräsentanten sowohl der reichen als auch der armen Länder sprechen heute von diesen neuen geschäftsmäßigen Beziehungen. US-Außenminister Kissinger referierte auf der Siebten Sondersitzung der Vollversammlung der Vereinten Nationen im August 1975 und betonte dabei besonders die neuen Einstellungen zwischen reich und arm. Im Januar 1976 sprach der Minister für wirtschaftliche Zusammenarbeit der Bundesrepublik Deutschland, Bahr, in Bombay über das Thema der »wirtschaftlichen Entspannung«, wobei er für Beziehungen nach Art von Geschäftsleuten eintrat. Die armen Länder haben ein selbstverständlicheres Vorgehen bei ihrer Politik des »Verlassens-auf-die-eigenen-Kräfte« formuliert.

4. Neue Politik

In der Vergangenheit bestand die Politik gegenüber den Entwicklungsländern in einer undifferenzierten Verfahrensweise gegenüber allen armen Ländern der Dritten Welt.

Die Bildung von Gruppen von Entwicklungsländern, die wirtschaftlich unterschiedliche Positionen gegenüber den reichen Ländern einnehmen, und die neuen geschäftsmäßigen Beziehungen zwischen reich und arm bedeuten, daß diese undifferenzierte Verfahrensweise als Grundlage für zukünftige Politik ungeeignet ist. Für jede unterschiedliche Gruppe von Entwicklungsländern wird eine neue Politik der Entwicklungszusammenarbeit ausgearbeitet werden müssen. Die traditionellen Szenarien mit ihren undifferenzierten Sichtweisen gelten nicht mehr.

Die Gruppe der sich selbst versorgenden Länder sollte nicht mehr in die Politik der Entwicklungszusammenarbeit einbezogen werden.

Finanzhilfe braucht hier keine Berücksichtigung mehr zu finden; diese Länder können Technologie einkaufen; sie brauchen keine besonderen Zölle. Wie jedes andere Land, das keine Entwicklungshilfe mehr bekommt, können sie vorübergehende Finanzprobleme mit Hilfe von Anleihen auf dem internationalen Kapitalmarkt und vom Internationalen Währungsfonds (IMF) lösen.

In der Praxis werden die reichen Länder anstreben, die sich selbst versorgenden Länder so weit wie möglich ihren eigenen Verfahrensweisen anzupassen. Der europäisch-arabische Dialog ist ein Beispiel dafür. Nur durch solche Integration in das System der reichen Länder kann Wettbewerb abgegrenzt und Erpressung auf Grund von Abhängigkeit vermieden werden.

In Anbetracht der neuen geschäftsmäßigen Beziehungen zwischen reichen und armen Ländern wird Entwicklungszusammenarbeit mit Ländern in der Zwischengruppe auf gleichlaufenden Interessen basieren müssen. Angesichts ihres Entwicklungsstandes und ihres Wunsches, von Entwicklungshilfe so unabhängig wie möglich zu sein, ist das wichtigste Bestreben dieser Länder, größeren Nutzen aus ihren wirtschaftlichen Verbindungen mit den reichen Ländern ziehen zu können. Dieser Punkt, in Verbindung mit der Absicht, den gemeinsamen Interessen zu dienen, könnte zur Herausbildung einer Politik der Zusammenarbeit führen, die aus einer Reihe von langfristigen wirtschaftlichen Maßnahmen im Interesse beider Parteien erwächst. Beispiele solcher Maßnahmen sind die Stabilisierung der Exporterlöse durch zusätzliche Möglichkeiten ergänzender Finanzierung (stabile Einnahmen für arme Länder und stabile Exporte für die reichen), die Förderung von Sicherheit im Bereich der Nahrungsmittel (Vermeidung von Notfällen in armen Ländern, Verminderung von inflationärem Druck auf Nahrungsmittelpreise in reichen Ländern) und freier Zugang zu den Märkten für Fertigwaren in den reichen Ländern (erhöhte Exporte für arme Länder, komparative Kostenvorteile für die reichen Länder).

Da diese Länder nur unzureichenden Zugang zum internationalen Kapitalmarkt haben und ihre Fähigkeit, Anleihen zu harten Bedingungen aufzunehmen, begrenzt ist, sind Abkommen mit Zugeständnis-Charakter für Schuldendienst und für die Deckung von Zahlungsbilanzdefiziten notwendig. Diese können von Fall zu Fall (mit oder ohne Bezug auf feste Kriterien) im Rahmen des Internationalen Währungsfonds geschlossen werden. Anleihen mit günstigen Bedingungen können von der IDA (International Development Association) oder auf bilateraler Basis aufgenommen werden.

Ungefähr 50 % der Einwohner der sich entwickelnden Welt leben in den sich selbst versorgenden Ländern und weitere 25 % in den Ländern der Zwischengruppe. Das übrige Viertel der Bevölkerung der Dritten Welt lebt somit in Ländern, die noch den traditionellen Mustern von Armut entsprechen. Solche Länder spielen in der Weltwirtschaft keine oder eine nur unbedeutende Rolle; sie haben daher nur wenig anzubieten für Abkommen zum gegenseitigen Vorteil. Das bedeutet, daß man ihnen Hilfe nur auf der Grundlage von Solidarität anbieten kann, d. h. Mitleiden für ihre Sorgen. Diese Hilfe sollte aus technischer Hilfe, Projekten, Nahrungsmittelhilfe, Investitionen und Projekten privater Organisationen bestehen.

Trotz der neuen und eher geschäftsmäßigen Atmosphäre bin ich überzeugt, daß es in der Politik der reichen Länder Möglichkeiten gibt, solche differenzierte Solidarität für eine begrenzte Gruppe der Entwicklungsländer zu üben. Die differenzierte Hilfeleistung heißt ja nicht, daß Solidarität in bestimmten Fällen abgewertet werden muß, wie es bei mehr allgemeinen Hilfsprogrammen der Fall wäre, wenn sie für Länder wie Brasilien, Saudi-Arabien oder China gleichermaßen gelten sollten. Wenn dieser besonderen Solidarität für Armutsländer praktischer Ausdruck in besonderen Programmen verliehen werden kann, wie in einem Landwirtschaftsprogramm oder einem für den Sahel, dann können sie eine gute Chance haben, ernsthafte Ergebnisse zu erzielen.

Ich glaube, daß es unvermeidlich ist, daß Übertragungen in der traditionellen Form von Entwicklungshilfegeldern das letzte Element in den zukünftigen Beziehungen zwischen arm und reich sind. Quantitativ gesehen ist diese Hilfe zunehmend von geringerer Bedeutung geworden: sie entsprach noch 1965 einem Sechstel der Exporte der Entwicklungsländer, aber sie fiel auf ein Zwanzigstel im Jahre 1974. Ein weiterer Vergleich: 1965 war der Wert der Entwicklungshilfe ebenso groß wie die Exporte an Fertigwaren aus Entwicklungsländern, während 1974 ihr Anteil auf weniger als 30 % gefallen war. Und von der anderen Seite betrachtet: der Umfang an Entwicklungshilfe fiel von 0,5 % Anteil am Bruttosozialprodukt der reichen Länder auf 0,3 % für 1974.

5. Ein neuer Rahmen

Seit dem Zweiten Weltkrieg war die Welt politisch und ökonomisch von den Vereinigten Staaten von Amerika und der Sowjetunion und der entsprechenden Polarisierung der internationalen Beziehungen beherrscht. Die internationalen Organisationen, die zu dieser Zeit gegründet wurden – wie die Vereinten Nationen – hatten bei ihrer Konstruktion zu einem erheblichen Teil die Beziehungen zwischen den USA und der UdSSR zu berücksichtigen. Veränderungen, die sich seit dieser Zeit ergaben, haben das Bild komplexer und vielschichtiger gemacht.

In den 60er Jahren entwickelten sich Japan und die Europäische Gemeinschaft auf der Seite der reichen Länder zu größeren wirtschaftlichen Mächten.

Japan erreichte diese Stellung auf der Grundlage eines extrem liberalen marktwirtschaftlichen Kapitalismus; durch ihre nach außen gerichtete Politik hat es eine bedeutende Rolle in internationalen wirtschaftlichen Prozessen gespielt.

Die Europäische Gemeinschaft, wie immer zerrissen sie im Innern auch sein mag, tritt der übrigen Welt als eine immer stärker geeinte Front gegenüber. Die Entwicklung einer Politik der Gemeinschaft begann zuerst mit einer gemeinsamen Handels- und Landwirtschaftspolitik und dann mit einem zunehmend geeinteren Herangehen an die Probleme der Dritten Welt. Dies wird verstärkt durch die Konvention von Lomé, politische Konsultationen auf europäischer Ebene und die Entwicklung einer Entwicklungshilfepolitik der Gemeinschaft entsprechend den Empfehlungen von Herrn Bahr, Herrn Pronk (dem niederländischen Minister für Entwicklungszusammenarbeit) und der Kommission der Europäischen Gemeinschaft.

Auch auf seiten der Entwicklungsländer hat es Änderungen gegeben. Indem die Volksrepublik China die Politik verfolgte, sich nur auf die eigenen Kräfte zu verlassen, hat sie sich zu einer wirtschaftlichen Macht von Bedeutung entwickelt. Andere wirtschaftlich bedeutende Länder sind heute die arabischen ölerzeugenden Staaten, die sich in zwei Dingen einig sind, bei den Ölexporten und in der Nahostproblematik. Brasilien wird allmählich als eine führende Macht in Lateinamerika anerkannt; kürzlich abgehaltene Konsultationen zwischen Brasilien und den USA liefen darauf hinaus, daß die USA dieses Land als eine künftige Supermacht betrachten. Schließlich ist Indien potentiell ein großes Machtzentrum, aber es ist bis jetzt nicht sicher, ob es seine wirtschaftliche und militärische Macht entsprechend mobilisieren kann.

Auch die Einbeziehung verschiedener Gruppen von Ländern in die verschiedenen Bereiche wirtschaftlicher Betätigung ist komplexer geworden. Das Stereotyp von 1960, wonach sich die armen Länder auf der einen Seite der Märkte und die reichen auf der anderen Seite befanden, ist verschwunden. Das bezieht sich nicht nur auf Rohstoffe und Fertigwaren, sondern auch auf Kapital- und Nahrungsmittelmärkte. In all diesen Problembereichen geht die Trennungslinie heute direkt durch die traditionell reichen und armen Blöcke und liegt nicht mehr zwischen ihnen.

Diese neuen Beziehungen und komplizierten Einbeziehungsmuster machen es erforderlich, die Entscheidungsstrukturen dem anzupassen. Wenn die Probleme noch zu bewältigen sein sollen, muß diese Anpassung problembezogen sein, müssen sich die Verhandlungen und Entscheidungen auf das jeweils anstehende Problem beziehen. Damit der Entscheidungsprozeß Sinn haben und effektiv sein kann, sollte die Beteiligung sich auf die Länder beschränken, die direkt von dem jeweiligen Thema betroffen sind; dies sollte so arrangiert werden, daß die Machtverhältnisse in der Welt genauso repräsentiert sind wie die Machtstrukturen, die direkt für das zur Diskussion stehende Thema von Bedeutung sind. Konsultationen über die Regulierung der Getreidemärkte sollten nur zwischen den größeren Importeuren und Exporteuren stattfinden; ihr Gewicht im Entscheidungsprozeß sollte durch zwei Faktoren bestimmt werden: das oben angeführte wirtschaftliche Machtgleichgewicht im Weltmaßstab und die Machtstrukturen, die direkt für die Getreidemärkte von Bedeutung sind.

In gewissem Sinne war die Nord-Süd-Konferenz ein Beispiel für eine solche neue Struktur, jedenfalls soweit ihre ursprüngliche Absicht – die Diskussion von Energieproblemen – angesprochen war. Für die anderen Themen, die auf die Tagesordnung der Nord-Süd-Konferenz gesetzt worden sind, ist diese Struktur ungeeignet, denn sie drückt nicht die Machtbeziehungen aus, die für diese Themen wichtig sind.

Die zunehmende Bedeutung von problemorientierter Entscheidungsfindung bei internationalen Konsultationen wird eine Neubesinnung über die Zweckmäßigkeit der vorhandenen unbeschränkten Foren und allgemeinen Diskussionen mit sich bringen. Daher erscheint es wünschenswert, die Bedeutung und Funktionsweise beispielsweise des ECOSOC (Wirtschafts- und Sozialrat der Vereinten Nationen) und der UNCTAD (United Nations Conference on Trade and Development) zu überdenken. Es scheint auch vernünftig zu überlegen, ob weitere allgemeine Diskussionen einer »Neuen Weltwirtschaftsordnung« sinnvoll sind: es ist in der Tat vorstellbar, daß allgemeine Diskussionen in unbeschränkten Foren eher zur Verdunkelung von Schwierigkeiten führen; denn konkrete Probleme, die schnelle Lösungen nötig machen, gehen leicht in einem Schwall von Allgemeinplätzen unter.

Wir könnten in der Tat die ganze Diskussion über die Beziehungen zwischen reich und arm im allgemeinen und die »Frage der Entwicklungszusammenarbeit« aufgeben. Die sich selbst versorgenden Länder haben in zukünftigen Szenarien keinen Platz mehr, während ich für die Länder der Zwischengruppe eine Politik skizziert habe, die die Probleme auf der Grundlage gemeinsamer Interessen lösen kann. Die Frage der Entwicklung im traditionellen Sinne betrifft heute nur die Armutsländer. Das bedeutet, daß die Diskussion sich verändert hat. Die sich selbst versorgenden Länder und die der Zwischengruppe sollten integriert sein in die Leitung der Weltwirtschaft. Die Kräfte und Standpunkte, die diese Leitung kontrollieren, sind jedenfalls ganz andere als diejenigen, die die traditionelle Entwicklungszusammenarbeit kontrollierten.

Übersetzung: Peter Ripken

Samuel Kodjo

Die Bedeutung der Entwicklungspolitik für die Dritte Welt beim Prozeß der Entwicklung

Prof. Dr. Samuel Kodjo, Hochschullehrer an der Universität Bochum, jetzt: Dekan der sozialwissenschaftlichen Fakultät der University of Nigeria, Nsukka. Prof. Kodjo gilt als ein engagierter Kritiker der Entwicklungspolitik.

Auch schon damals, als ich in der Bundesrepublik Deutschland weilte, versäumte ich kaum eine Gelegenheit, meinen Standpunkt über die weltweite Entwicklungspolitik der Industrienationen offen zu sagen. Dieser Standpunkt war grundsätzlich negativ, und ich habe auch heute keine Veranlassung dazu, meine bisherige ablehnende Haltung zu einer nach fremden, insbesondere westlichen Modellen konzipierten Entwicklungspolitik zu revidieren. In meinen Augen ist diese Art Entwicklungspolitik eher ein Problem für die unterentwickelten Länder als eine unter den derzeitigen weltpolitischen Bedingungen praktische, den individuellen Verhältnissen dieser Länder angepaßte Lösung. Diese Meinung skizzenhaft zu erläutern, ist die Aufgabe, die ich mir bei der Besprechung der Bedeutung der Entwicklungspolitik für die Entwicklungsländer setze.

Es ist nicht bedeutungslos, einige Worte über den Titel dieses Aufsatzes zu verlieren, da er den Eindruck erweckt, als seien die unterentwickelten Länder auch schon ohne Erfüllung besonderer Voraussetzungen in einem Prozeß der Entwicklung begriffen, so daß die Bedeutung der Entwicklungspolitik grundsätzlich darin liege, nicht diesen Prozeß auszulösen, sondern ihn lediglich zu unterstützen und nur wo nötig zu intensivieren. Das ist genau das, was Gunnar Myrdal als Euphemismus in der Begriffsbildung »Entwicklungsland« bezeichnet hat. Der Ausdruck Entwicklungsland ist nach diesem Autor »unlogisch, denn er unterstellt auf Grund einer vorbelasteten Terminologie bereits die Antwort auf die erst zu stellende Frage, ob ein Land sich entwickelt oder nicht, und ob vorauszusehen ist, daß es sich entwickeln wird. Außerdem bringt er nicht zum Ausdruck, was nach einer deutlichen Formulierung verlangt: daß ein Land unterentwickelt ist, daß es sich entwickeln will und daß es vielleicht dabei ist, seine Entwicklung zu planen.« Im Anschluß daran bemerkt Myrdal: »Solche terminologische Höflichkeit mag an sich unwichtig erscheinen. Aber es ist wichtig, sie im Auge zu halten, weil sie die tiefergreifenden Verzerrungen in der wissenschaftlichen (und praktischen) Behandlung der Probleme der unterentwickelten Länder andeutet.«[1] Das Wort Entwicklungsland ist demnach prinzipiell ein dynamischer Begriff, der in sich schon Bewegung irgendwelcher Art feststellt. Ob und inwiefern aber unterentwickelte Länder in einem effektiven Sinne einen Prozeß der Entwicklung vollziehen, ist offensichtlich eine Frage, die sich nur von Fall zu Fall entscheiden läßt. Selbst bei dieser fallweisen Entscheidung spielen unweigerlich politisch-ideologische Faktoren eine nicht zu unterschätzende Rolle. Insbesondere auf dem Hintergrund der politisch-ideologischen Bewertungen ist der Begriff Entwicklung dehnbar und kann auf diese Weise verschiedenen auch zeitlich variablen Zwecken dienen. Auch darum ist Objektivität in der Debatte über Entwicklung nur relativ gegeben.

Mit dem Hinweis auf die politisch-ideologische Orientierung des Urteilenden gibt es zwei extreme Auffassungen von Entwicklung. Die eine dieser extremen Auffassungen basiert auf einem nahezu mechanistischen Verständnis von sozioökonomischen Prozessen, woraus man die Entwicklung ableitet. Vielfach aber werden diese Mechanismen einfach mit irgendeiner Bewegung gleichgesetzt, wobei nicht als wichtig erachtet wird, die Entstehungsgründe, die Art, die Richtung und das Endziel der Bewegung genauer in Betracht zu ziehen. Auf dieses eigenartige Verständnis ist vor allem zurückzuführen, daß man des öfteren Entwicklung interpretationsweise mit der wahllosen Annahme westlicher Muster durch die unterentwickelten Länder gleichsetzt. Dabei gilt immer das politisch-ideologische Postulat, daß überall in der Welt alles Westliche entwicklungsnotwendig und entwicklungsrelevant sei. Bei dieser Betrachtung gilt weitestgehend die Überzeugung, daß diejenigen unterentwickelten Länder mit einer uneingeschränkten politisch-ideologischen Öffnung nach dem Westen sich irgendwie automatisch in einem lebhaften Prozeß der Entwicklung befänden, oder daß sie

1 Gunnar Myrdal, Politisches Manifest über die Armut in der Welt, Frankfurt am Main 1970, S. 8.

zumindest die notwendigen und ausreichenden Bedingungen für eine tatsächliche Entwicklung erfüllt hätten. Ganz plakativ könnte also dann gesagt werden: Wer den unterentwickelten Ländern bei ihren Entwicklungsbemühungen helfen will, soll nur das Talent haben, diesen Ländern beizubringen, wie sie die westlichen Industrienationen kritiklos imitieren können, da die conditio sine qua non der Entwicklung in der unreflektierten Nachäffung der Industrienationen des Westens liege.

Die andere extreme, der ersten Überzeugung diametral entgegengesetzte Auffassung von Entwicklung ist diejenige, die, ohne den weltweiten Austausch von Wissen und Können kategorisch auszuschließen, doch auf die internen, d. h. auf die Gesellschaften der unterentwickelten Länder selbst bezogenen Mechanismen der dynamischen sozioökonomischen Leistungsfähigkeit ein relativ stärkeres Gewicht legt. Nicht also die kopieähnliche und akkommodative Annahme von Fremdgütern, sondern eher die Fähigkeit der »unterentwickelten Gesellschaften«, sich diese Fremdleistungen sinnvoll auf dem Wege einer schöpferischen Anpassung an ihre jeweiligen spezifischen Verhältnisse anzueignen oder sie gar mit originalen Eigenleistungen zu ersetzen, verdiene eine besondere Aufmerksamkeit in der Entwicklungsdebatte. Die Erklärung für diese Ansicht ist mit den folgenden Worten von C. A. O. van Nieuwenhuijze anzugeben: »Man arbeitet (in der Hauptsache) anhand von Angaben, die sich in der konkreten Situation finden, mit der man zu tun hat.«

Jede Übernahme von Fremdleistungen erhalte ihre Instrumentalität nur durch ihre lebendige Verknüpfung mit den empirisch-örtlichen Daten, auf die das Geliehene stößt. Sodann »wirkt sich jede Übernahme von westlichen Dingen größtenteils, wenn nicht ausschließlich, in die entgegengesetzte Richtung aus: Selbstrealisierung ohne Rücksicht auf den Westen«[2].

Aus dieser Sicht ist es fraglich, ob und inwieweit in der Mehrzahl der unterentwickelten Länder Entwicklung tatsächlich geschieht. Erfahrungstatsachen in vielen dieser Länder deuten mehrfach dar-

2 C. A. O. van Nieuwenhuijze, Development: A Challenge to Whom? Studies in the Social Sciences, Bd. 10, Den Haag–Paris 1969, S. 16 f. Vgl. weiter Friedrich A. v. Hayek, Vorwort zu Jochen Röpke, Primitive Wirtschaft, Kulturwandel und die Diffusion von Neuerungen, Tübingen 1970, S. VI; Paolo Freire, Education et Conscientisation. IRFED, Développement et Civilisations, Heft 23, September 1965, S. 18 f., und stellenweise Marshall Sahlins, Stone Age Economics, London 1972.

auf hin, daß die mechanistische Durchführung von exogen geplanten Modernisierungsmaßnahmen Fehlentwicklungen bewirkt, welche bereits unter dem Zeichen einer umfassenden sozioökonomischen Desorganisation wie einer tiefgreifenden sozialen Desorientierung bekannt geworden sind. Zu diesen Fehlentwicklungen gehören auch Dinge wie die gespaltene Persönlichkeit, das fehlende Selbstvertrauen, mangelnde Initiative und Originalität, soziale Verzettelung, Verzweiflung und Unsicherheit. Solche Fehlentwicklungen sind zweifellos Folgen der spezifischen Bedingungen, unter denen mit fremden Mitteln besonders eifrig aber auch vielfach konzeptionslos auf die Entwicklung hingearbeitet wird. Dieser Eifer findet seinen ausgesprochen politisch provokativen Ausdruck im Titel des populärwissenschaftlichen Büchleins des ehemaligen deutschen Bundesministers für wirtschaftliche Zusammenarbeit, Dr. Erhard Eppler: Wenig Zeit für die Dritte Welt[3]. Ob es in Wirklichkeit wenig Zeit für die »Dritte Welt« gibt, ist zweifelsohne ein Problem, das vor allem politisch-ideologisch wie auch nach dem individuellen Geschmack entschieden werden kann. Das Zeitproblem dürfte also insbesondere nur diejenigen Kreise interessieren, die in der Unterentwicklung ein spezifisches Dilemma sehen wollen. Dieses Dilemma löst man aber praktisch nicht mit einem Ultimatum, wie es Eppler formuliert hat.

Ungleich der parteiisch-traditionellen Auffassung, nach der Entwicklung eine irgendwie natürliche Prärogative der klimatisch gemilderten Zone oder aber auch der weißen Rasse sei, gibt es heute kritische Stimmen, nach denen eine enge Beziehung zwischen Unterentwicklung und Politik insbesondere in der Form von illegitimer Machtausübung postuliert und akzeptiert werden sollte. Auf diesem Verständnis basieren zum Beispiel Jean Ziéglers Ausführungen über das Ghana der früheren Kolonialepoche: »In demographischer Hinsicht hatte der (Sklaven-)Handel verheerende Folgen: in weniger als fünfzig Jahren (1765–1810) war die Ashanti-Bevölkerung auf ein Drittel ihrer ursprünglichen Zahl geschrumpft. Auch für die Wirtschaft ergaben sich empfindliche Folgen: für eine Bevölkerung, die regelmäßig dezimiert wird, genügen die frei wachsenden Früchte. Die Bauern geben die Bestellung der Felder auf, die Pflanzer das Anpflanzen, die Viehzüchter stellen die Tierhaltung ein. Die Rückkehr zum Sammler geht parallel mit der Gleichgültig-

3 Erhard Eppler, Wenig Zeit für die Dritte Welt, Stuttgart–Berlin–Köln–Mainz 1971.

keit gegenüber größerer ackerbaulicher Tätigkeit; wenn ein Afrikaner sich der Tatsache bewußt ist, daß er jeden Tag zusammen mit seiner Familie verschleppt werden kann, ohne daß irgendeine Hoffnung auf Rückkehr besteht, und daß die geleistete Arbeit keinem seiner Angehörigen zugutekommt, so wird er die Mühe der Feldbestellung nicht länger auf sich nehmen. Das regelmäßige Hereinbrechen der Sklavenhändler mit ihrer unverständlichen Gewaltsamkeit ist der Entfaltung des Individuums kaum förderlich. Initiativen – seien sie individuell oder kollektiv – werden nicht ergriffen. Während des ganzen 19. Jahrhunderts und noch lange nach Abschaffung der Sklaverei wirkten diese furchtbaren Erlebnisse im ghanaischen Volke nach.«[4]

Unter den spezifischen Bedingungen einer Fremdherrschaft kolonialer Prägung, die u. a. auch den Sklavenhandel regelrecht massiv förderte, entstand demnach im Bezugsland eine besondere Situationslogik, die sich im ökonomischen Bereich in der Form einer ausgeprägt negativen Einstellung zur Produktion manifestierte. Sozioökonomische Aktivitäten, die bis dahin in voller Blüte waren, gingen dergestalt merklich zurück, daß sie einfach der Sammeltätigkeit Platz machten. Daraus sieht man, wie und in welchem Umfang eine heteronom bedingte und bestimmte und daher auch zumindest für die Mehrheit der Bevölkerung der unterentwickelten Länder unverständliche Politik die Entwicklung dieser Länder in eine ernste Sackgasse führen kann.

Kaum anders verhält es sich auch mit der aktuellen Entwicklungspolitik der Industrienationen, sofern es allenthalben um ihre globalen Wirkungen geht. Nicht der Umfang der Entwicklungshilfe als solcher bestimmt im Endeffekt den Erfolg der internationalen Entwicklungspolitik. Für diesen Erfolg sind vielmehr die Gründe für die Vergabe von Entwicklungshilfe und die aus diesen Gründen folgenden Praktiken der Entwicklungshilfeorganisation, -verwaltung, -kontrolle und -koordination besonders relevant.

Bekanntlich ist die Entwicklungspolitik der Industrienationen schlechthin weder ideologisch noch politisch frei. Wie es Simon Kuznets für die Industrienationen des Westens feststellt, sind der Gedanke des stetigen Wachstums und die ihm korrespondierende Gesellschafts- und Wirtschaftspolitik keinesfalls neu.

»Neu ist, daß neben den wirtschaftlich erfolgreichen und relativ

---

4 Jean Ziégler, Sociologie de la Nouvelle Afrique, Collection Idées, Band 59, Paris 1964, S. 67 f.

freien Demokratien neue autoritäre Staaten entstehen, deren erklärte weltliche Religion in materiellen Errungenschaften liegt und deren Theorien über Orthodoxie und Häresie den freien und friedlichen Verkehr mit den übrigen Ländern der Welt behindern.«[5]

Wenn also schon die Existenz von sozialistischen Staaten in den Industrienationen des Westens als ein besonders großes Problem perzipiert wird, welches auch im Sinne der freizügigen Knüpfung und Pflege von Beziehungen mit anderweitigen Staaten und im Hinblick auf die grenzenlose Erweiterung von Märkten für die Großindustrie als ein Hinderungsfaktor beurteilt wird, kommt man in diesem speziellen Zusammenhang nicht umhin festzustellen, daß die Entwicklungspolitik der Industrieländer zu einem nennenswerten Teil ein Mittel der Selbstverteidigung und der Selbstbehauptung nach außen sein muß. Entwicklungspolitik ist auch darum eine integrierende Komponente des umfassenden Kampfes der westlichen Industrienationen gegen Sozialismus und/oder Kommunismus auf Weltebene. Insofern schon intendieren die Industrienationen des Westens mit ihrer Entwicklungspolitik, zurückgebliebene Länder insbesondere der westlichen Hemisphäre für sich zu gewinnen, wo diese Gewinnung noch nicht vollzogen ist, und sie in ihrem ausschließlichen Einflußbereich zu halten. Auch so hat die Entwicklungspolitik der westlichen Industrienationen jedenfalls primär mit dem eigentlichen sozioökonomischen Fortschritt in den rückständigen Ländern nichts zu tun. »Auslandhilfe wird vielfach deswegen kritisiert, weil der Kritiker glaubte, das Ziel der Hilfe sei wirtschaftliches Wachstum gewesen, und dabei war das überhaupt nicht das Ziel ... Es hängt davon ab, was der Hauptzweck ist, und zur Hälfte ist der Hauptzweck die Lösung einer kurzfristigen politischen Krise; wirtschaftliche Entwicklung, sofern diese überhaupt eintritt, ist nur ein Nebenergebnis.«[6]

Selbst der Pearson-Bericht enthält Passagen in ähnlichem Ton: »Scharfe Kritik wurde auch wegen der Verschwendung von Auslandshilfe in den Entwicklungsländern laut; überdies wurde geklagt, daß Entwicklungshilfe unweigerlich dazu führe, daß die Geberländer in politische Konflikte und militärische Auseinandersetzungen der Empfängerländer verwickelt werden. Ein Großteil

---

5 Simon Kurnets, Economic Growth and Structure, Selected Essays, New York 1965, S. 3.

6 D. A. Fitzgerald, zitiert von Paul A. Baran und Paul M. Sweezy, Monopoly Capital. An Essay on the American Economic and Social Order, Harmondsworth 1966, S. 201, Fußnote 1.

der bilateralen Entwicklungshilfe diente tatsächlich dazu, kurzfristige politische oder strategische Vorteile zu erlangen oder Exporte der Geberländer zu fördern. In den fünfziger Jahren wurden auch beträchtliche Beträge an Auslandshilfe eher deshalb gewährt, um einigen Ländern den Unterhalt großer Streitkräfte zu ermöglichen, als deshalb, um ihr Wirtschaftswachstum zu beschleunigen. In keinem dieser Fälle war die Förderung langfristiger Wirtschaftsentwicklung das primäre Ziel ausländischer Unterstützung.«[7] Entwicklungshilfe ist deshalb auch »keine Humanitätsduselei, sondern ein politisches Kalkül«[8]. Diese kurze Formel der politischen Kennzeichnung der Entwicklungshilfe erhält eine erweiterte Erläuterung durch Horst Dumke: Entwicklungspolitik dient dazu, »Mittel und Wege zu finden, um eine enge Zusammenarbeit und langfristige Bindung zwischen den Entwicklungsländern und (den Industrienationen des Westens) herzustellen und somit die Verwirklichung einer Reihe von außenpolitischen Zielsetzungen wie ... Nichtanerkennung der Sowjetzone und Nichteinbeziehung der Entwicklungsländer in die östliche Einflußsphäre zu ermöglichen.«[9] Das ist ein von den Industrienationen des Westens kollektiv verfolgtes Ziel, an dem auch die Bundesrepublik Deutschland aktiv beteiligt ist: »Tatsächlich ist die deutsche Entwicklungshilfe in konzentrierter Form ... nach politischen Notwendigkeiten im genauen Sinne des Wortes gegeben worden. Es galt (und gilt weiterhin), einerseits Regierungen, die aus der absoluten Neutralität zur sogenannten ›positiven Neutralität‹, die meist mit der Parteinahme zum Ostblock gleichzusetzen ist, auszupendeln drohen, wieder ein Rückpendeln zu erleichtern oder einer solchen außenpolitischen Tendenz vorzubeugen oder eine positive Neutralität gegenüber dem Westblock zu unterstützen. Damit ist kein Mißbrauch der Entwicklungshilfe, sondern deren sachgerechte Einordnung gegeben.«[10] Mit diesen wenigen Zitaten – man könnte sie zahlenmäßig erweitern, da es über den betrachteten Problembereich mehr als genug Informationsmaterial gibt – soll einfach dokumentiert und vorgeführt werden, daß die weltweite Entwicklungspolitik sowohl in ihrer Konzeption als auch in ihrer Zielsetzung in erster Linie den Interessen der Gebernationen zu dienen hat und auch tatsächlich weit-

7 Lester B. Pearson und andere, Der Pearson-Bericht – Bestandsaufnahme und Vorschläge zur Entwicklungspolitik, Wien–München–Zürich 1969, S. 22 f.
8 K. Hesse, zitiert in Süddeutsche Zeitung, München, 17. 10. 1960.
9 Horst Dumke, zitiert in: Das Parlament, Bonn, 23. 3. 1964, Beilage.
10 Oskar Splett, zitiert in: Außenpolitik, Stuttgart, 10/1962, S. 682.

gehend dient, da sie im Endeffekt auf eine stärkere Verkettung der unterentwickelten Länder an das kapitalistische Weltsystem gerichtet ist.

Diese Bindung, die nicht auf dem Prinzip der Gleichheit, sondern eher auf dem der Unterordnung der unterentwickelten Länder basiert[11], findet schon ihren Ausgang in der Politik der offenen Tür gegenüber den westlichen und der verschlossenen Tür gegenüber den sozialistischen Staaten, die den rückständigen Ländern über subtile Mittel wie Schulbildung, Religion, Massenkommunikationsmedien, die Ideologie der Demokratie und ihre institutionellen Organisationsformen nahegelegt wird. Dazu kommt das historische Moment, welches die Annahme dieser Fremdgüter durch die zurückgebliebenen Länder besonders leichtgemacht hat und weiterhin macht. Insbesondere Gunnar Myrdal hat mit seiner Theorie des weichen Staates hinreichend auf diesen historischen Hintergrund der unterentwickelten Regionen schlechthin hingewiesen[12]. Dieser besteht vor allem in der kolonialpolitisch oder halbkolonialpolitisch bedingten ökonomisch-technischen, institutionellen wie sozialkulturellen Programmierung der unterentwickelten Länder auf die Expansionsbedürfnisse der Industrienationen, insbesondere des Westens. Diese Programmierung erzeugt ihrerseits in den Ländern der »Dritten Welt« eine besondere geistige Einstellung, welche die Menschen eher auf den wahllosen Konsum von Industriegütern als auf die Besinnung auf die notwendige Eigenanstrengung bei der Entwicklung ihrer Länder richtet. Auf diese Sachlage, die das ökonomische Wachstum der Industrienationen zum Nachteil desjenigen der rückständigen Gebiete selbst sicherstellt, weist Peter Heintz indirekt mit der Feststellung hin: »Die Situation der Unterentwicklung ist durch wachsende Konsumerwartungen oder Konsumansprüche gekennzeichnet, die in keiner Beziehung zu dem bestehenden Lebensstandard stehen. Oder anders ausgedrückt: Die angestrebten Konsumziele stehen in keinem Verhältnis zu den vorhandenen Mitteln.«[13] Eine kritische Beurteilung dieser Aussage läßt erkennen, daß auch die Entwicklungspolitik die Tendenz in sich birgt, nicht nur neue Wünsche in die unterentwickelten Länder hineinzutragen,

---

11 Vgl. hierzu Gustavo Lagos Matus, Der Status der Nation und das internationale Schichtungssystem, in: Peter Heintz, Soziologie der Entwicklungsländer – Eine systematische Anthologie, Köln–Berlin 1962.

12 Vgl. Gunnar Myrdal, a.a.O., insbesondere Kapitel 7.

13 Peter Heintz, Ein soziologisches Paradigma der Entwicklung mit besonderer Berücksichtigung Lateinamerikas, Stuttgart 1969, S. 6.

sondern auch die dargestellte, ökonomisch kaum zu rechtfertigende Sachlage entschieden zu fördern und zu festigen. Die Verfügbarkeit von Entwicklungsmitteln für Nachfrage- und Konsumzwecke dient zur Entfremdung der Konsumentenschaft in der »Dritten Welt«, so wie sie sie an die Konsumideale der Industriegesellschaften kettet. Hierzu greift man zumeist auf inhaltleere Begriffe der Konsumentenfreiheit und -souveränität, alles Dinge, die in der besonderen Situation der Länder der »Dritten Welt« höchst utopische, ideologisierende Elemente enthalten müssen.

Da die aktuelle Entwicklungspolitik der Industrienationen nicht grundsätzlich darauf gerichtet ist, die genannte historische Programmierung in Frage zu stellen und so stillschweigend davon ausgeht, daß die kolonialpolitisch oder halbkolonialpolitisch überlieferten Erbgüter und Strukturen im Kontext der Länder der »Dritten Welt« situationsadäquat sind, verlängert sie die Ära der Fremdherrschaft über rückständige Gebiete, und dies auch immer, wenn die Instrumente der zeitgenössischen Entwicklungspolitik im Vergleich zu denjenigen der eigentlichen Kolonialpolitik anderer Art sein mögen. Darin finden verschiedene, politisch orientierte und engagierte Wissenschaftler einen ausreichenden Grund, die laufende Entwicklungspolitik mit der Kolonialpolitik der früheren Zeiten gleichzusetzen. Auch die Erkenntnis, daß die augenblickliche Entwicklungspolitik im Unterschied zur kolonialen Entwicklungspolitik meist kollektiv konzipiert und betrieben wird, hindert keineswegs daran, die moderne Entwicklungspolitik als eine Kolonialpolitik andersherum zu deuten. Zu beobachten ist auch tatsächlich, daß ähnlich wie die Kolonialpolitik die moderne Entwicklungspolitik den Menschen der unterentwickelten Gebiete keine besondere Achtung schenkt: »Wir tun nur Eines: Wir halten grundsätzlich – oft unbewußt, aber um so hartnäckiger, da dergestalt unser Gewissen unbelastet bleibt – an dem ›alten‹ Herrschaftsstil fest, der ... eine weiße Erdherrschaft getragen hat ... Wir betrachten die Menschen in den ›unterentwickelten‹ Ländern zwar nicht einfach nur mehr als Ware, die wir einkaufen und verkaufen, wir betrachten sie jedoch ... als ein Objekt, das verwertet werden kann, ja verwertet werden muß, soll der Kreislauf unserer Wirtschaft nicht gestört werden.«[14] Auch Gerhard Schröder sagt in diesem Zusammenhang: »Wir kümmern uns tatsächlich um unsere eigenen Inter-

---

14 Friedrich Heer, Ein Größerer Mensch – Eine Größere Gesellschaft, Radius, Heft 1, März 1970, S. 29.

essen, wenn wir (die Länder der ›Dritten Welt‹) besuchen, und wir denken dabei nicht an karitative Zwecke.« Es gehe lediglich darum, »daß wir diese Länder, soweit das geht, gewinnen, mit einzutreten für unsere politischen (wie ökonomischen) Anliegen«[15]. Alle diese Bemerkungen decken sich weitestgehend mit dem Inhalt dessen, was Wilhelm Grotelüschen schon ein paar Dekaden vorher feststellte: »Wir brauchen die Kolonien (heute würde man besonders wohlgefällig von jungen Staaten sprechen) zunächst aus wirtschaftlichen Gründen; wir brauchen Rohstoffe für unsere Industrie und wir brauchen Absatzmärkte für die Fertigwaren dieser Industrie.«[16]

Unterentwickelte Regionen der westlichen Hemisphäre insbesondere unterliegen demnach seit undenklichen Zeiten einer umfassenden Druck- und Gewaltpolitik von der Seite der Industrienationen vornehmlich des Westens, so daß nicht von der Bedeutung der zeitgenössischen Entwicklungspolitik gesprochen werden kann ohne steten Hinweis auf die historisch ungleichen Machtverhältnisse zwischen den beiden Gruppen von Ländern. Aktuell modisch gewordene Begriffsbildungen wie etwa Partnerschaft, Kooperation, Zusammenarbeit deuten, entgegen ihrem eigentlichen Wortsinn, entschieden mehr auf ein vertikales als auf ein horizontales Zusammentun, mehr auf Einseitigkeit als auf Zweigleisigkeit der Beziehungen und erfüllen im Weltsystem, an dem Industrienationen und unterentwickelte Länder bedeutend ungleich partizipieren, eine Funktion der Tarnung und der Vertuschung der ungleichen Machtverhältnisse zwischen den Industrienationen und den Ländern der »Dritten Welt«. Eine »Vogelperspektive« liegt deshalb auch der Entwicklungspolitik der Industrienationen vis-à-vis den unterentwickelten Ländern zugrunde, so daß drängende Wünsche der jeweiligen Regionen der »Dritten Welt« auf Grund der bereits erwähnten historischen Programmierung kaum zum Tragen kommen können. Dieser Vogelperspektive folgen besondere entwicklungspolitische Praktiken, die dazu konzipiert sind, die sogenannten Entwicklungsländer an die Industrienationen des Westens zu ketten. Das hat auch Folgen für die politische Willensbildung in den Ländern der »Dritten Welt« allgemein. Unnötigerweise werden diese Länder in internationale politisch-ideologische Auseinandersetzun-

---

15 Gerhard Schröder, in: National-Zeitung, Berlin, 21. 5. 1964.

16 Wilhelm Grotelüschen, Hauptgesichtspunkte für die Behandlung der deutschen Kolonien in der Schule, in: Zeitschrift für Erdkunde, Jahrgang 4, 1936, Heft 17/18, S. 808.

gen und Konflikte hineingezogen mit dem Ergebnis, daß sich unterentwickelte Länder bedeutend mehr mit fremden als mit den eigenen gesellschaftspolitischen Anliegen zu befassen haben.
Im Lichte des oben Gesagten besteht kein Zweifel darüber, daß die Entwicklungspolitik der Industrienationen gegenüber den rückständigen Ländern umfassende Probleme auslösen muß, die in ihrem Zusammenwirken eine Anomiesituation herbeiführen. Einer der wichtigen Aspekte dieses Umstandes der sozialen Malaise ist die Orientierungsschwierigkeit bei der Fassung von politisch und ideologisch relevanten Entscheidungen in den Ländern der »Dritten Welt«. Politisch ist diese Orientierungsschwierigkeit mit dem Umstand verbunden, daß die Industrienationen unter bestimmten Voraussetzungen den unterentwickelten Ländern einfach ihren Willen auferlegen, wenn immer die von den Industrienationen permanent praktizierte Politik der Gehirnwäsche und der Seelenmassage die Annahme dieses Willens durch die unterentwickelten Länder nicht schon institutionalisiert hat. Das genannte Orientierungsproblem widerspiegelt die komplexe Zusammensetzung des Industrienationenkollektivs, das Entwicklungspolitik weltweit einleitet und betreibt. Nicht einzig die Länder des Atlantischen Bündnisses, sondern auch die Comecon-Länder stellen auf Grund ihrer jeweiligen kollektiven Hilfe spezifische gruppengebundene Anforderungen an die einzelnen unterentwickelten Länder. Diese Anforderungen leiten sich von den übergeordneten Interessen und Zielen des jeweiligen Kollektivs ab. Es erübrigt sich, mit Nachdruck zu erwähnen, daß diese Interessen und Ziele die unmittelbare Reflexion der aktuellen weltpolitischen Machtkonstellationen sind, so wie diese von den einzelnen Blöcken im Hinblick auf ihre jeweilige Situation und die Verbesserung ihrer jeweiligen internationalen Machtstellung interpretiert werden. Innerhalb eines jeden der Nationenkollektive gibt es nun aber eine Fülle von spezifischen Länderorganisationen und individuellen Nationen mit ihren jeweiligen partikularistischen Interessen und Zielen, die nicht unbedingt in die gleiche Richtung wie die übergeordneten kollektiven Interessen und Ziele gehen müssen. Die Homogenität der Industrienationenkollektive nach außen ist damit schon nur partiell gegeben und realisiert. Neben dem homogenen Auftreten der Industrienationen als Mitglieder eines jeweiligen politisch-ideologischen Blocks gibt es immer einen Bereich von heterogenen Interessen, von Ambivalenzen, Widersprüchen und von latenten Konflikten, die auch bis in die unterentwickelten Länder in der Form von spezifischen Anforderungen hin-

eingetragen werden. Nicht einzig haben also unterentwickelte Länder auf kollektive Aktionen, sondern zugleich auch auf individuelle Wünsche der Industrienationen einzugehen und auf sie zu reagieren. Wie es dabei konkret den unterentwickelten Ländern zumute ist, ist schon im Hinblick auf die Zahl der Industrienationengemeinschaften, ihrer jeweiligen organisierten Subgruppen und der individuellen Industrienationen nur zu leicht verständlich. Insbesondere die politisch-diplomatische Verzettelung der unterentwikkelten Länder ist die natürliche Folge einer solchen konfusen Sachlage. Das Feld, auf dem die Entwicklungspolitik operiert, ist infolgedessen derart komplex und vielschichtig, daß Länder mit einem relativ niedrigen Grad der institutionellen Spezialisation und folglich auch mit einer komparativ unbedeutenden Stoßkraft nach außen wenig Übersicht und so auch wenig Anteil am internationalen Entscheidungsprozeß haben. So ist es zu einem großen Teil erklärlich, daß die Industrienationen auf dem Gebiet der Entscheidung darüber, was in der Welt und auch mitunter in der »Dritten Welt« zu geschehen hat, gegenüber den unterentwickelten Ländern eine nahezu absolute Macht besitzen. Die früher erwähnten Fehlentwicklungen in den unterentwickelten Ländern beziehen sich speziell auf diese Monopolstellung, die Industrienationen auf dem Gebiet der praktischen Machtausübung besitzen. Die Konzentration der Entscheidungsmacht in der Industriewelt bedingt, daß auch wichtige Entwicklungsentscheidungen mit Bezug auf die rückständigen Länder direkt oder indirekt von den Industrienationen getroffen werden. Diese Aussage ist konkret prüfbar an der Wirkungsweise der in den unterentwickelten Ländern fremdherrschaftlich errichteten sozioökonomischen und soziopolitischen Strukturen. So wie diese Strukturen von ihrer Entstehung her absolute Fremdkörper sind, so auch folgt ihre weitere Expansion fremden Idealen und Modellen, deren Substrate und Grundlagen kaum oder nur sehr bedingt den Existenzdaten der zurückgebliebenen Regionen entsprechen. Das heißt kurzum, daß diese Strukturen nach wie vor weitgehend unabhängig von den drängenden Belangen der unterentwickelten Länder bestehen und sich eigenständig wie eigengesetzlich nach dem Parkinson-Modell weiter reproduzieren und weiterentwickeln. Die Bedeutung dieser Strukturen ist deshalb nur noch entfernt durch das von den Industrienationen beherrschte Weltsystem zu verstehen.

Die Frage nach der Bedeutung der entwicklungspolitischen Bemühungen der Industrienationen um das Wohlergehen der unterent-

wickelten Länder ist darum weniger mit Zahlenangaben als mit der Überlegung zu entscheiden, wie es trotz Interessenpolitik gelingt, unterentwickelte Länder von innen heraus kognitiv-aktiv und planerisch werden zu lassen. Diese Frage ist weniger quantitativer als qualitativer Art.
Die Qualität der Entwicklungspolitik ist meiner Auffassung nach grundsätzlich an den Bedingungen zu messen, unter denen fremde Transfergüter in der Form von Technologien und Institutionen auf das zeitliche Entwicklungsniveau und somit auf die reale Aufnahmekapazität einzelner unterentwickelter Länder abgestimmt werden oder aber auch unter denen eigenständige Technologien und Institutionen jeweiliger unterentwickelter Länder tendenziell auf das Niveau derjenigen der Industrienationen angehoben werden. Gemeint sind an dieser Stelle Möglichkeiten für das »downgrading« oder für das »upgrading« von entwicklungsrelevanten Technologien und Institutionen. Unterstellt ist hierbei, daß die soziale Brauchbarkeit und Nutzenstiftung von Technologien und Institutionen immer vom Verständnis abhängig sind, welches Menschen von ihnen haben. So perfekt auch eine Technologie oder eine Institution sein mag, ihr sozialer Wert ist nicht rein technologisch oder rein institutionell zu verstehen und zu begründen. Der Faktor Mensch steht immer hinter der Bewertung und Verwertung von Technologien und Institutionen. Es gilt deshalb auch, eine permanente funktionale Beziehung zwischen den Menschen und den Mitteln der Entwicklungsförderung herzustellen, will man eine sozial relevante Entwicklungspolitik initiieren und in die Tat umsetzen.
Wie die Erfahrung auf dem Gebiet der internationalen Entwicklungspolitik aber immer wieder zeigt, bedienen sich die Industrienationen des Mittels des puren Transfers ihrer Technologien und Institutionen, und dies auch immer gleichgültig, wie die breiten Schichten in den unterentwickelten Ländern die fremden Transfergüter aufnehmen, sie verwerten und auf sie reagieren. Die Wirkungen der Transferpolitik wurden also bisher kaum im Sinne der Bemühungen um eine bessere, effizientere Gestaltung der Entwicklungspolitik erkannt und erforscht. Dadurch hat die Entwicklungspolitik der Industrienationen gegenüber den unterentwickelten Ländern ihre wirkliche »emanzipatorische« Aufgabe absolut verfehlt, da sie eher die einseitige Abhängigkeit der unterentwickelten Länder von den Industrienationen bewirkt und sie auch auf diese Weise die bereits in den rückständigen Ländern im Ansatz vorhandenen Entwicklungspotentiale immer mehr zurückdrängt. Die Folge

davon ist die Entwicklung einer besonderen weltweiten Arbeitsteilung, in der unterentwickelte Länder gegenüber den Industrienationen u. a. grundsätzlich ein Reservoir von Konsumenten bereitstellen, wobei nahezu alle wichtigen Bereiche der ökonomischen Güterproduktion den Industrienationen vorbehalten sind. Die Industrienationen decken selbst den Bedarf der unterentwickelten Länder an entscheidenden seelischen Nahrungen wie Bildungsinhalte, religiöse und politische Glaubenssätze, Massenkommunikation, die infolge der bereits genannten Gehirnwäsche und der strukturellen Programmierung eifrig und massenhaft in den unterentwickelten Regionen insbesondere der westlichen Hemisphäre rezipiert werden. Auf der ganzen Linie also stellen sich unterentwikkelte Länder als Konsummärkte für industrielle und geistige Produkte der Industrienationen dar, was zugleich bedeutet, daß das Dasein dieser Gattung von Ländern eine Quelle ist, woraus die Industrienationen strategische Mittel zu einer zusätzlichen Unterstützung ihrer eigenen ökonomischen Expansion wie zur Stärkung ihrer politisch-ideologischen Machtstellung in der Welt ableiten. Die Konsequenz davon ist, daß in komparativer Sicht die Industrienationen bedeutend mehr von ihrer eigenen Entwicklungspolitik profitieren als die unterentwickelten Länder. Diese Meinung hält auch immer noch stand, wenn neuerdings statistisch argumentiert wird, daß die Industrienationen des Westens unter sich selbst mehr ökonomische Transaktionen nachweisen, als dies zwischen ihnen und den unterentwickelten Ländern der Fall ist. Diese einzig quantitativ orientierte Betrachtung reicht kaum aus, um die bisher in diesem Aufsatz vertretene Auffassung zu widerlegen. Wie bereits angedeutet, ist die Frage nach der Relevanz der Entwicklungspolitik der Industrienationen für die Entwicklung der unterentwickelten Länder hauptsächlich eine qualitative. Sie impliziert neben rein ökonomischen Verflechtungen auch eine wichtige soziologisch-politische Dimension, die sich der quantitativen Beweisführung entzieht. Es handelt sich hierbei um das internationale Schichtungs- und Machtsystem, das unterschiedlich wirkt, je nachdem, ob es auf die Beziehungen der Industrienationen untereinander oder auf die Verhältnisse zwischen den Industrienationen und den unterentwikkelten Ländern angewandt wird. Während die Industrienationen in ihren Beziehungen miteinander bestrebt sind, sich prinzipiell zu respektieren, verhalten sie sich grundsätzlich nicht in der gleichen Weise, wenn sie mit den unterentwickelten Ländern zu tun haben. Insbesondere hier gewinnen in der Regel paternalistische Attitüden,

das koloniale Auftreten und die Imponierhaltung die Oberhand über das Prinzip der gegenseitigen Beachtung. Darin wurzelt schon eine abwertende wie auch unterwerfende Neigung, die in ihrer Verbindung mit der Existenz in den Ländern der »Dritten Welt« von fremden, eigengesetzlich auf heteronomer Basis expandierenden Strukturen den Weg für eine erbarmungslose Ausbeutung der unterentwickelten Länder zu Gunsten der Industrienationen öffnet. Dabei dürfte die Frage danach, wieviel eigentlich geplündert wird, nicht so sehr relevant sein. Das Wenige, was die unterentwickelten Länder besitzen, fließt in die Tasche der Industrienationen. Es ist daher auch nicht bedeutungslos, daß zur Charakterisierung der Beziehungen zwischen den Industrienationen des Westens und den unterentwickelten Ländern der westlichen Hemisphäre im Unterschied zu den »normalen« Verhältnissen unter den Industrienationen selbst der Begriff Imperialismus eine häufige Verwendung findet. Dabei erkennt man an, daß Imperialismus verschiedene Wirkungsbereiche hat. Er reicht von der einfachen ökonomischen Ausbeutung über die politische Entfremdung bis hin zur geistigen Perversion und Unterwerfung der Menschen in den unterentwickelten Ländern[17]. Imperialismus ist auch darum schon ein ganzheitliches Phänomen, das äußerst bedingt auf die selektiv-vertraglichen Beziehungen zwischen den Industrienationen übertragbar ist.
Die Gründe, mit denen man die überwiegend negative Bedeutung der weltweiten Entwicklungspolitik der Industrienationen belegt, und aus denen sich viele Leute von dieser Entwicklungspolitik distanzieren, sind äußerst mannigfaltig und lassen sich im einzelnen nur im Rahmen eines umfangreichen Werkes im Detail darstellen und besprechen. Interessenten für diese Gründe seien auf Pierre Jalée[18], aber auch vor allem auf kritische Autoren wie P. T. Bauer[19], Harry Magdoff[20] und Senator Frank Church[21] verwiesen.

---

17 Vgl. hierzu Hans-Ulrich Wehler, Imperialismus, Neue wissenschaftliche Bibliothek 37, Köln–Berlin 1970.

18 Pierre Jalée, Le pillage du Tiers Monde, Paris 1969, und derselbe, L'impérialisme en 1970, Paris 1969.

19 P. T. Bauer, Europa entwickelte sich ohne Hilfe, in: Bundesministerium für wirtschaftliche Zusammenarbeit: Entwicklungspolitik, Materialien Nr. 9, Bonn, Dezember 1970.

20 Harry Magdoff, Das Zeitalter des Imperialismus – Die ökonomischen Hintergründe der US-Außenpolitik, Frankfurt am Main 1970.

21 Senator Frank Churchs Rede vor dem amerikanischen Senat am 29. Oktober 1971, in: Bundesministerium für wirtschaftliche Zusammenarbeit: Entwicklungspolitik, Materialien Nr. 24, Bonn, Februar 1972.

II. Zur Neuordnung der Weltwirtschaft

Helmut Hesse

Konsequenzen aus einer Neuordnung der Weltwirtschaft für die Entwicklungspolitik*

Dr. rer. pol. Helmut Hesse, Professor für Volkswirtschaftslehre. Geboren 1934. 1955-1968 Universität Münster, jetzt Hochschullehrer an der Universität Göttingen. Professor Hesse ist Mitglied des wissenschaftlichen Beirats beim Bundesministerium für Wirtschaft.

1. *Die Problemstellung*

1. In diesem Aufsatz soll der Frage nachgegangen werden, ob diejenigen Industrieländer, die sich zu einer Neuordnung der Weltwirtschaft bekennen, für ihre Entwicklungspolitik ein neues Konzept zu entwerfen und sie in einem neuen Rahmen durchzuführen haben. Die Frage ist deshalb wichtig, weil das wesentliche Anliegen, das mit einer Neuordnung der Weltwirtschaft verfolgt wird, die Überwindung der Armut in der Welt ist. Da dies letztlich auch das Ziel der Entwicklungspolitik vieler Länder ist, darf gefragt werden, ob nicht mit der Zustimmung zu einer neuen Weltwirtschaftsordnung und mit der Bindung der nationalen Wirtschafts- und Sozialpolitik an Regeln, die diese neue Ordnung ausmachen, der Entwicklungspolitik ein neues Konzept vorgezeichnet ist.
2. Die Beantwortung der aufgeworfenen Frage macht es erforderlich, auf die Vorschläge zur Neuordnung der Weltwirtschaft einzugehen. Ehe nicht geklärt worden ist, wie die neue Weltwirtschaftsordnung beschaffen sein soll, lassen sich Konsequenzen für die Entwicklungspolitik nicht ziehen. Da gegenwärtig die unterschiedlichsten Reformvorschläge gemacht werden und sich noch keine einheitliche Vorstellung von einer neuen Ordnung herausgebildet hat, da zudem die verschiedenen Diskussionsbeiträge und Forderungen nicht allgemein bekannt sind, ist es erforderlich, den bisher entwor-

* Manuskript abgeschlossen am 30. 10. 1975.

fenen Modellen einer neuen Welt breiten Raum zu gewähren, ehe das eigentliche Thema behandelt werden kann. So werden in diesem Aufsatz zunächst die Weltprobleme erörtert, um derentwillen eine neue Weltwirtschaftsordnung gefordert wird. Es werden dann die Argumente aufgelistet, mit denen gewöhnlich die These begründet wird, diese Probleme ließen sich nicht im Rahmen der bestehenden Ordnung lösen. Anschließend werden die Vorschläge zur Neuordnung der Weltwirtschaft vorgetragen und kritisch analysiert. Erst danach können die Schlußfolgerungen für die Entwicklungspolitik gezogen werden.

2. *Welches sind die wichtigsten wirtschaftlichen Weltprobleme, deren Lösung durch eine Neuordnung der Weltwirtschaft ermöglicht werden soll?*

3. Die neuesten Reformvorschläge werden mit dem Hinweis begründet, es gäbe gegenwärtig einige Probleme, die sich weltweit stellten, jedes Land direkt berührten und sich nur im Rahmen einer neuen Weltwirtschaftsordnung lösen ließen. Hierbei handelt es sich unter anderem um das Einkommensverteilungsproblem, um das Nahrungsproblem, um das Rohstoffproblem, um das Rüstungsproblem und – last not least – um das Währungsproblem.

2.1. *Das internationale Einkommensverteilungsproblem*

4. Das erste Problem läßt sich bereits mit Hilfe der internationalen Einkommensstatistiken andeuten. Im Jahre 1972 (für spätere Jahre liegen zur Zeit vergleichbare Angaben nicht vor) betrug das jährliche Pro-Kopf-Einkommen in den westlichen Industrieländern im Durchschnitt 3 670 US-$, in den Entwicklungsländern dagegen nur 280 US-$, in den ärmeren Entwicklungsländern sogar nur 110 US-$[1]. Das Pro-Kopf-Einkommen in den westlichen Industrieländern war somit im Durchschnitt 34mal höher als in den ärmeren Entwicklungsländern. Diese Zahlen vermitteln allerdings nur ein ungefähres Bild des Problems; denn das internationale Einkommensgefälle ist kein getreues Spiegelbild des internationalen Wohlstandsgefälles. Teilweise werden nämlich die produzierten Güter

---

1 *World Bank Atlas* 1974, S. 8.

und die erbrachten Dienstleistungen in einer von Land zu Land unterschiedlichen Weise zum Sozialprodukt zusammengefaßt, oder es werden Doppelzählungen begangen; teilweise werden in reicheren Ländern mehr als in ärmeren Güter und Dienstleistungen dem Sozialprodukt zugerechnet, die lediglich der Vermeidung von Wohlstandseinbußen dienen und Aufwandscharakter haben[2]; und teilweise sind die Maßstäbe zur relativen Bewertung der Produktion und damit zur Ermittlung der relativen Einkommen verzerrt[3]. Beseitigt man alle diese Mängel, ergibt sich, daß das internationale Wohlstandsgefälle nicht ganz so kraß, aber immer noch kraß genug ist. Nimmt man die korrigierten Pro-Kopf-Einkommen der reichsten Regionen dieser Welt mit einem Weltbevölkerungsanteil von 10 % und vergleicht sie mit den korrigierten Pro-Kopf-Einkommen in den ärmsten Regionen dieser Welt mit einem Anteil an der Weltbevölkerung von ebenfalls 10 %, so gelangt man zu einem Gefälle von 13 : 1[4].

5. Was in diesen Globalzahlen zum Ausdruck kommt, wird durch statistische Angaben zu einzelnen Teilbereichen wirtschaftlichen Handelns bestätigt. So macht der Anteil der Entwicklungsländer an der gesamten Industrieproduktion der westlichen Welt nur 7 % aus, obwohl sich ihr Anteil an der Gesamtbevölkerung der westlichen Welt auf etwa 70 % beläuft. Es befindet sich weiterhin ein solch großer Anteil der Kapazitäten zum Transport, zum Vertrieb und zur Weiterverarbeitung von Rohstoffen im Besitz der Industrieländer, daß die Entwicklungsländer für ihre exportierten Rohstoffe nur etwa 15 % der Summe erhalten, die der Endkäufer für die

---

2 Es gibt eine umfangreiche Literatur, in der hierauf im einzelnen eingegangen und in der angegeben wird, welche Zuschläge zum und welche Abschläge vom offiziell ausgewiesenen Sozialprodukt gemacht werden müssen, um internationale Wohlstandsvergleiche vornehmen zu können. Siehe beispielhaft *W. D. Nordhaus* and *J. Tobin,* Is Growth Obsolete? In: Economic Research: Retrospect and Prospect Economic Growth, Fiftieth Anniversary Colloquium V, NBER, New York 1972; und *Christian Leipert,* Unzulänglichkeiten des Sozialprodukts in seiner Eigenschaft als Wohlstandsmaß, Tübingen 1975.

3 *W. Beckermann* (International Comparisons of Real Incomes. Paris: OECD 1966) hat den Versuch gemacht, das Ausmaß der Verzerrung zu ermitteln. Dabei gelangte er zu dem Ergebnis, daß Pro-Kopf-Einkommen unter 1 500 US-$ pro Jahr mit einem bestimmten Faktor zu multiplizieren seien, wenn man sie mit Pro-Kopf-Einkommen anderer Länder vergleichen wolle, die über 1 500 US-$ liegen. Für Einkommen bis 125 US-$ ist dieser Multiplikator beispielsweise 3.

4 Errechnet von *Jan Tinbergen.* Siehe: Reviewing the International Order *(RIO),* Interim Report prepared during the second general meeting held 17-20 june 1975 in Rotterdam, S. 5 f.

weiterverarbeiteten Produkte schließlich zahlt[5]. Das internationale Einkommensverteilungsproblem zeigt sich auch darin, daß im Jahre 1974 ein Achtel der Weltbevölkerung unterernährt war, oder darin, daß der durchschnittliche Nordamerikaner pro Jahr eine Tonne Getreide verbraucht, sei es direkt in Form von Brot usw., sei es indirekt in Form von Fleisch, Milch und Eiern, zu deren Erzeugung Getreide verfüttert wurde. Demgegenüber betrug der entsprechende Verbrauch in den Entwicklungsländern im Durchschnitt nur ein Fünftel hiervon[6]. Weitere Beispiele dieser Art lassen sich anfügen. Sie können sogar Bereichen entnommen werden, die man nicht unmittelbar mit dem Einkommensverteilungsproblem verbindet, zum Beispiel dem Währungsbereich. Die Tatsache nämlich, daß von dem in den vergangenen zwei Dekaden zusätzlich geschaffenen internationalen Geld nur etwa 4 % den Entwicklungsländern zugeflossen sind[7], spiegelt letztlich das Verteilungsproblem wider.

6. Angesichts dieser Ungleichheit der internationalen Einkommensverteilung ist es verständlich, daß die Entwicklungsländer Regelungen einfordern, die ihnen die Chance zum teilweisen Aufholen des Einkommensvorsprungs bieten. Dabei denken sie weniger an eine Erhöhung der Entwicklungshilfe der relativ reichen Völker[8]. Sie verlangen vielmehr institutionelle Reformen, die ihnen eine Verringerung des Wohlstandsgefälles aus eigener Kraft gestatten[9].

---

5 Angaben übernommen aus: Proposals for a New International Economic Order, prepared by a Special Task Force of the *Third World Forum*, Mexiko, August 21-24, 1975, S. 2.

6 *Lester Brown* and *Erik Eckholm*, The Global Food Crisis. »Dialogue«, Vol. 8 (1975), No. 2, S. 16.

7 *Third World Forum*, a.a.O., S. 2. Hier wird auf eine nicht näher benannte Analyse von *Robert Triffin* verwiesen.

8 So heißt es in einer Veröffentlichung des *Aspen Institute for Humanistic Studies:* »Die ärmsten Nationen ... sind aufgrund der gemachten Erfahrungen überzeugt, daß durch Hilfe mit Almosencharakter weder soziale Gerechtigkeit noch ausgewogene Entwicklung zu erreichen ist.« In: The Planetary Bargain. Proposals for a New International Economic Order to Meet Human Needs. Report of an International Workshop convened in Aspen, Colorada, July 7 - August 1, 1975, S. 6.

9 Formulierungen wie die folgende finden sich in vielen Resolutionen oder Deklarationen: »Hauptzweck der neuen Weltwirtschaftsordnung muß die Schaffung internationaler Wirtschaftsbeziehungen sein, die geeignet sind, Abhängigkeit, Ungerechtigkeit und Diskriminierung so zu beenden, daß die Selbständigkeit (›self-reliance‹) erleichtert wird.« *Algier International Symposium*, June 24-27, 1975: Making Operative the New International Order and the Charter of Economic Rights and Duties of States, Mimeo, Chapter 1, page 6. – Im *Dag Hammarskjöld Report* 1975 wird der Gesichtspunkt der »self-reliance« hervorgehoben. Siehe: The Dag Hammarskjöld Report: What Now. Prepared on the occasion of the Seventh Special Session of the United Nations General Assembly.

Im Hinblick hierauf sind bestimmte Zielvorstellungen entwickelt worden: So wurde von der Gruppe der 77 in Algier das Ziel gesetzt, den Anteil der Entwicklungsländer an der gesamten Industrieproduktion der westlichen Welt von gegenwärtig etwa 7 % bis zum Jahr 2000 auf 25 % zu erhöhen[10]; und so hält man innerhalb der nächsten vier Dekaden eine Verringerung des Wohlstandsgefälles von gegenwärtig 13 : 1 auf 6 : 1 für möglich[11].

7. Auch die Bundesrepublik sollte ein Interesse an der Lösung des internationalen Verteilungsproblems haben. Man braucht zum Nachweis dieses Interesses nicht einmal auf moralische Gründe hinzuweisen, also beispielsweise darauf, daß alle politischen Parteien in der Bundesrepublik Chancengleichheit und Gerechtigkeit verwirklichen wollen und unglaubwürdig würden, wenn sie diese Ziele nur innerhalb der Landesgrenzen akzeptierten. Man kann auch ein handfestes ökonomisches Interesse benennen. Die Bundesrepublik Deutschland ist so eng mit der Weltwirtschaft verflochten und so stark von Rohstoffeinfuhren abhängig, daß es verhängnisvoll wäre, würde sich die Dritte Welt im Gefühl, allein auf sich gestellt zu sein, zu einem autarken Block zusammenschließen, den Zugang zu ihren Rohstoffquellen vermauern und ihre Märkte für die meisten unserer Exportgüter abriegeln. Mit einem funktionierenden Welthandel, von dem die Bundesrepublik relativ stark abhängig ist, darf zudem nicht sicher gerechnet werden, wenn politische Krisen die Welt erschüttern. Da deren Entstehung, ja, da das Auftreten weiterer Gewalt und schlimmeren Terrors bei Fortbestehen oder gar Verschärfung des Verteilungsproblems wahrscheinlicher werden, gebieten schon rein wirtschaftliche Gründe, an der Lösung des Verteilungsproblems mitzuarbeiten[12].

---

10 Siehe: Declaration and Plan of Action on Industrial Development and Cooperation drawn up by the *Group of Seventy Seven*, Algiers, February 1975, hier Abschnitt 12 der Deklaration. Diese Zielsetzung findet sich in der Deklaration wieder, die auf der 2. *UNIDO-Konferenz* am 26. März 1975 in Lima verabschiedet wurde, hier Abschnitt 28 der Lima-Deklaration; abgedruckt in UNIDO-Dokument ID/CONF. 3/31 vom 9. Mai 1975.

11 *RIO*, Interim-Report, a.a.O., S. 5.

12 Die International Confederation of Free Trade Unions (ICFTU) zieht einen noch weitergehenden Schluß: »Wenn auf dem Wege friedlicher Neuerungen die Herstellung größerer Gleichheit und Gerechtigkeit nicht erreicht wird, droht der Welt eine Zukunft voller Terrorismus, Guerillakrieg, lokaler Kriege und sogar weltweiter Auseinandersetzungen angesichts des wachsenden Zugangs zu konventionellen, aber auch atomaren, chemischen und biologischen Waffen.« In: ICFTU, Eleventh World Congress, Ciudad de Mexico, D. F., 17-25 October 1975, Agenda Item 8, Economic Security and Social Justice, ICFTU Policies 1975-78, S. 5.

8. Das Nahrungsproblem läßt sich durch die Gegenüberstellung der durchschnittlichen jährlichen Steigerungsrate der Getreideproduktion und der Steigerungsrate des Getreidebedarfs darstellen. In den letzten 15 Jahren stieg der Getreidebedarf jährlich um durchschnittlich 3,6 %. Man ermittelt diese Zahl, indem man zu der jährlichen prozentualen Zunahme der Weltbevölkerung von ca. 2,1 % einen Wert hinzufügt, der die Mehrnachfrage nach Getreide und Getreideprodukten als Folge einer Erhöhung der Pro-Kopf-Einkommen angibt. Da erfahrungsgemäß auf eine einprozentige Steigerung des realen Einkommens die reale Nachfrage nach Getreide und Getreideprodukten durchschnittlich um etwa 0,6 % ansteigt und da die realen Pro-Kopf-Einkommen in der Welt während der letzten 15 Jahre im Durchschnitt um rund 2,5 % pro Jahr angestiegen sind, beträgt dieser Zuschlag $0,6 \cdot 2,5 = 1,5$ %. Die gesamte Steigerungsrate des Bedarfs von 3,6 % beinhaltet von Jahr zu Jahr wachsende, absolute Beträge: Im Jahr 1950 betrug der zusätzliche jährliche Getreidebedarf noch etwa 12 Mio. Tonnen, nur 20 Jahre später dagegen schon 30 Mio. Tonnen. Das entspricht etwa der durchschnittlichen Gesamtjahresernte von Kanada, Australien und Argentinien[13].

9. Es bedarf keiner näheren Erläuterung, daß ein solch großer jährlicher Zusatzbedarf nicht problemlos gedeckt werden kann. Tatsächlich war auch die durchschnittliche, prozentuale jährliche Steigerungsrate der Weltgetreideproduktion in den letzten 15 Jahren mit etwa 2,6 % wesentlich niedriger. Die Diskrepanz zwischen den beiden Wachstumsraten erklärt, weshalb es in den letzten Jahren zu Hungersnöten und zu vermehrter Unterernährung in weiten Teilen der Welt gekommen ist und weshalb die Weltgetreidereserven stark abgenommen haben. Im Jahre 1961 reichten sie noch aus, um die Weltbevölkerung 95 Tage zu ernähren, im Jahre 1974 nur noch für 26 Tage[14]. Die FAO (Food and Agricultural Organization der Vereinten Nationen) hat prognostiziert, daß diese Entwicklungen sich fortsetzen werden und der Fehlbedarf weiter ansteigt.

10. Da diesen Fehlbedarf weitgehend die Dritte Welt wird hin-

---

13 *Lester Brown* and *Erik Eckholm*, a.a.O., S. 17.

14 Alle Angaben übernommen aus oder geschätzt nach: *FAO*, Production Yearbook, verschiedene Jahrgänge.

nehmen müssen, könnte man die Auffassung vertreten, daß die Bundesrepublik keinen sonderlichen Schaden erleiden müßte, wenn das Problem nicht vollständig gelöst würde. Selbst wenn man gegenüber einer solchen Auffassung nicht moralische Bedenken erheben wollte, muß man sie angesichts der großen Abhängigkeit der Staaten voneinander als irrig bezeichnen. Die letzten Jahre haben gezeigt, daß der durch Mißernten verursachte Fehlbedarf einzelner Länder einen Schock für die ganze Weltwirtschaft auslösen kann, der auch in der Bundesrepublik spürbar wird. Als beispielsweise die Sowjetunion im Jahre 1972 nach einer Mißernte eine große Menge Weizen in den USA einkaufte, stieg dort der Getreidepreis. Dieser Preisanstieg und die dadurch bedingte Verteuerung der Fleischproduktion veranlaßten im Folgejahr die US-Regierung zu einem Exportembargo von Sojabohnen, die für die Viehfütterung auch in der EWG von großer Bedeutung sind. Innerhalb von zwei Jahren verdoppelte sich der Sojabohnenpreis. Der Weizenpreis verdreifachte sich, der Reispreis folgte. Solche immensen Preissteigerungen beinhalten für alle Importländer ein großes Problem. Der Erdölpreisanstieg hat jedem Einwohner davon einen Eindruck vermittelt.

11. Das Nahrungsproblem ist eng mit dem schon erörterten Verteilungsproblem verbunden. Die Preissteigerungen nämlich, die sich infolge der Verknappung ergeben, treffen besonders hart die armen Länder. Reiche Länder – wie die UdSSR, auf deren Weizenkäufe beispielhaft hingewiesen wurde – decken sich relativ problemlos auf dem Weltmarkt ein. Arme Länder können das nicht in gleicher Weise tun. Somit sind auch hier alle die Gründe zu nennen, aus denen sich Länder wie Deutschland bereits aus rein wirtschaftlichem Interesse an einer Lösung des internationalen Verteilungsproblems beteiligen sollten. An den gegenwärtigen Bemühungen, Minimumstandards der Nahrungsmittelversorgung zu definieren und diese Versorgung jedem Menschen »by virtue of being born into the world we call civilized«[15] durch entsprechende Vorkehrungen garantieren zu können, sollten diese Länder selbst dann teilnehmen, wenn sie für sich selbst ein Nahrungsproblem nicht befürchten.

---

15 *Aspen Institute,* The Planetary Bargain, a.a.O., S. 3.

2.3. *Das Rohstoffproblem*

12. Das Rohstoffproblem erwächst aus der Tatsache, daß die einzelnen Rohstoffvorkommen ungleich auf die Länder dieser Welt verteilt sind. So ist Erdöl vornehmlich auf den Nahen Osten, auf Nordafrika, den karibischen Raum und auf die Nordsee konzentriert; und Kupfer wird – um ein anderes Beispiel zu nennen – hauptsächlich in Chile, Katanga und den USA gefördert. Diese ungleiche Verbreitung der Rohstoffvorkommen würde für die Weltwirtschaft kein Problem beinhalten, wenn jedes Verbraucherland unbegrenzte Rohstoffmengen erwerben könnte und damit freien Zutritt zu den Rohstoffquellen dieser Welt hätte. Das ist jedoch seit einigen Jahren nicht mehr uneingeschränkt der Fall. Einige Länder sind aus unterschiedlichen Gründen dazu übergegangen, ihre Rohstoffexporte zu beschränken. Einmal ist – nicht zuletzt unter dem Einfluß einiger vom Club of Rome aufgestellten, wenn auch nicht immer stichhaltigen Thesen[16] – in einigen Ländern die Furcht gestiegen, ihre Rohstoffe könnten sich bald erschöpfen. Mit dem Ziel, wenigstens Teile dieser Vorkommen nachfolgenden Generationen des eigenen Volkes zu reservieren, haben diese Länder ihre Rohstoffexporte eingeschränkt. Zum anderen haben einige Länder, wie das Beispiel der ölproduzierenden Staaten zeigt, den bisher erfolgreichen Versuch unternommen, durch Exporteinschränkungen den relativen Preis ihrer Ausfuhrprodukte zu erhöhen und so notwendige Importwaren günstiger gegen Rohstoffe auszutauschen. Auch haben einige Entwicklungsländer ihre Rohstoffausfuhren in der Absicht reduziert, ihren Verarbeitungsindustrien einen Konkurrenzvorteil vor den Verarbeitungsindustrien solcher Industrieländer zu verschaffen, die nicht selbst über entsprechende Rohstoffvorkommen verfügen[17]. Bedeutsamer als diese Politik ist für die Entwicklung der Weltwirtschaft, daß eine steigende Zahl von Ländern den Preisauftrieb im Inland mit Exportrestriktionen zu bekämpfen sucht: heimisches Angebot wird vom Weltmarkt auf den Inlandsmarkt umgeleitet, um hier Knappheiten als Grund von

---

16 So ist prognostiziert worden, daß die Vorkommen von Erdöl, Kupfer, Zink, Bauxit, Quecksilber und Silber in der Welt in weniger als einem halben Jahrhundert erschöpft sein werden. Siehe *D. H. Meadows* (Ed.), The Limits to Growth. A Report for the Club of Rome's Project on the Predicament of Mankind. New York, 1972, S. 56-59.

17 Ein Beispiel lieferte Brasilien, das zur Förderung seiner Schuhindustrie seine Lederexporte reduzierte. Siehe dazu *United Nations*, Leather and Leather Products. A Report of the UNCTAD Secretariat, New York, 1971, S. 67.

Preissteigerungen zu beseitigen. Schließlich ist zu erwähnen, daß Exportbeschränkungen aus rein außenpolitischen Gründen ausgesprochen worden sind. Abnehmerländer sollten – wie es das Beispiel der Niederlande während der Erdölkrise zeigt – zu einer Änderung ihrer Außenpolitik bewegt werden.

13. Wie immer die Einschränkungen von Rohstofflieferungen begründet werden, sie haben durchweg negative Folgen für die Volkswirtschaft rohstoffabhängiger Länder. Welcher Art diese Folgen sein können, kann sich leicht ausmalen, wer an die Erdölkrise zurückdenkt. Diese Folgen stellen jedoch nur einen Aspekt des Problems dar. Der andere ist der Tatsache zuzuschreiben, daß kaum ein Land autark bei allen Rohstoffen ist. Das bedeutet, daß dann, wenn Rohstoffexportbeschränkungen um sich greifen, wenn also Länder, denen der Zugang zu den Rohstoffen anderer Staaten verwehrt wird, mit einer Versperrung des Zugangs zu ihren eigenen Rohstoffen antworten, das System der internationalen Arbeitsteilung in ähnlicher Weise wie in den dreißiger Jahren dieses Jahrhunderts zusammenbrechen würde. Eine große, dauernde Weltwirtschaftskrise wäre dann zu befürchten, ein neuer Weltkrieg könnte daraus erwachsen. Man darf also behaupten, daß jedes Land ein Interesse an der Lösung des skizzierten Rohstoffproblems haben sollte.

14. Das Rohstoffproblem ist eng mit dem internationalen Verteilungsproblem verknüpft. Exportbeschränkungen nämlich führen wie die Erschöpfung von Rohstoffvorkommen zu einer Verknappung auf dem Weltmarkt und damit zu Preissteigerungen. Diese belasten insbesondere rohstoffarme Entwicklungsländer und erschweren oder verhindern sogar ihre wirtschaftliche Entwicklung. Das Bestreben, den Lebensstandard in diesen Ländern mittels einer relativ schnellen Industrialisierung merklich zu erhöhen, kann dann am Rohstoffmangel scheitern.

2.4. *Das Rüstungsproblem*

15. Mit dem Begriff Wirtschaftsordnung verbindet man normalerweise die Leitsätze, nach denen über knappe Ressourcen zur Befriedigung menschlicher Bedürfnisse entschieden wird, und die »institutionellen und organisatorischen Steuerungselemente«[18], mit deren

18 *Hans Ohm*, Allgemeine Volkswirtschaftspolitik II. Der volkswirtschaftliche Gesamtorganismus als Objekt der Wirtschaftspolitik. 2., verb. und ergänzte Auflage, Berlin 1969, Sammlung Göschen, Band 1196/1196 a, S. 145.

Hilfe die wirtschaftlichen Handlungen der Menschen aufeinander abgestimmt werden. Die Fragen, welchen Menschen in welchem Ausmaß die hergestellten Güter zufließen, wieviel Nahrungsmittel produziert und an wen verteilt werden und wer Rohstoffe in welchem Umfang und zu welchem Zweck in Anspruch nimmt, werden unmittelbar auf das Wirtschaftsleben von Menschen und Völkern bezogen. Ohne Zögern wird zugegeben, daß ihre Beantwortung von der herrschenden Wirtschaftsordnung abhängt. Deshalb bereitet es in der Regel keine Schwierigkeiten, die bisher behandelten Probleme, das Verteilungsproblem, das Nahrungsproblem und das Rohstoffproblem, mit der Weltwirtschaftsordnung in Verbindung zu bringen. Anders ist es bei dem vierten Problem, dem Rüstungsproblem. Wer von ihm spricht, denkt meist zuerst an Begriffspaare wie Bedrohung und Sicherheit, Zerstörung und Abschreckung, Völkermord und Völkerverständigung, nicht aber an Leitsätze für den Ressourceneinsatz oder an Elemente zur Steuerung wirtschaftlicher Handlungen und damit an die Weltwirtschaftsordnung. Daß diese betroffen ist, wird meist erst dann erkannt, wenn man die enorme Inanspruchnahme knapper Ressourcen durch Rüstung und Verteidigung bedenkt. Im Jahre 1974 wurden in der Welt – gemessen in Preisen und umgerechnet zu Wechselkursen des Jahre 1974 – 210,3 Mrd. US-$ für diesen Zweck ausgegeben. Dieser Betrag entspricht etwa dem gesamten Einkommen, das die ärmsten 40 % der Menschheit in diesem Jahr erzielten. Dieser Betrag bedeutet, und zwar wiederum zu konstanten Preisen berechnet, eine Verdoppelung der Ausgaben für Verteilung und Rüstung seit 1950. Der Anteil an diesen Ausgaben, der auf die Entwicklungsländer entfällt, ist in den letzten 20 Jahren trendmäßig gestiegen, und zwar von etwa 6 % im Jahre 1954 auf 17 % im Jahre 1974[19]. Da die Entwicklung neuer Waffen kostspielig ist und da die Waffenproduktion zum Teil hohe technische Kenntnisse und technologische Fähigkeiten voraussetzt, muß der größte Anteil der von Entwicklungsländern gewünschten Waffen eingeführt werden. So überrascht nicht, daß der Betrag, den sie für Waffenkäufe im Ausland aufwendeten, rasch gestiegen ist. Er hat sich von 1950 bis 1974 mehr als verzwölffacht. Damit belasteten die Entwicklungsländer ihre Zahlungsbilanzen stark; die Einfuhr von solchen Investitionsgütern, die zur Beschleunigung der Entwicklungsprozesse führen können, wurde dadurch erschwert.

19 Die Angaben wurden dem *RIO-Interim-Report*, a.a.O., Annex 9, entnommen.

16. Im Hinblick auf einen zweiten Aspekt ist die Weltwirtschaftsordnung durch die Produktion von und den Handel mit Waffen berührt. Je mehr Waffen produziert werden, je leichter sie zu erwerben sind und je verbreiteter ihr Besitz ist, desto größer ist die Wahrscheinlichkeit ihrer Anwendung bei regionalen, nationalen und sogar globalen Konflikten. Das bedeutet für das System der internationalen Arbeitsteilung eine wachsende Gefährdung. Viele Länder ziehen daraus sicherheitspolitische Konsequenzen und lassen nicht zu, daß komparative Kostennachteile des Inlandes zur Aufgabe der Produktion lebenswichtiger Güter im Inland führen. Diese Entwicklung beinhaltet den Verzicht auf volle Ausnutzung einer internationalen Arbeitsteilung und damit auf Produktivitätsgewinne.

17. Aus den vorgetragenen Zahlen und Überlegungen wird der Schluß gezogen, daß eine Neuordnung der Weltwirtschaft erschwert oder gar unmöglich ist, wenn nicht das Rüstungsproblem gelöst wird. Man denkt daran, das Problem nicht nur durch Abrüstungsabkommen zu lösen, sondern gleichzeitig durch Beeinflussung des Welthandels mit Waffen und solchen Rohstoffen, die zu ihrer Produktion benötigt werden, und durch Beeinflussung und Überwachung der Erforschung sogenannter dualer Technologien[20].

2.5. *Das Währungsproblem*

18. Das Rüstungsproblem und die anderen drei bisher erörterten Probleme ließen sich mit wenigen Zahlen relativ schnell verdeutlichen. Das ist beim fünften Weltwirtschaftsproblem, dem der internationalen Währung, nicht möglich. Es erschließt sich dem Laien erst nach einigen Vorüberlegungen. Sie sind im Hinblick auf die Frage anzustellen, ob Volkswirtschaften zur Durchführung internationaler, wirtschaftlicher Transaktionen auf die Verfügung über ein international anerkanntes Tauschmittel, also über internationales Geld, angewiesen sind. Diese Frage ist zu bejahen; denn Länder treiben miteinander Handel, sie gewähren einander Kredite, und sie unterstützen einander durch Schenkungen. Da die Weltwirtschaft wächst und mit ihr der Welthandel und die Kapital-

---

20 Duale Technologien können sowohl friedlichen wie zerstörerischen Zwecken dienen. Ein Beispiel hierfür liefern die Technologien zur Herstellung von Atomenergie.

anlage in fremden Ländern, muß die Menge des internationalen Geldes zunehmen. Es muß somit Geldschöpfung betrieben werden. Doch wer soll das tun? Und wie kann sichergestellt werden, daß nicht zuviel oder zu wenig internationales Geld geschaffen wird? Mit diesen beiden Fragen erschließt sich die erste Anforderung, die ein internationales Währungssystem erfüllen muß. In den vergangenen Jahren ist diese Anforderung nicht erfüllt worden. Das zeigt sich bereits in der Tatsache, daß sich die Menge internationalen Geldes, die sich von 1950 bis 1969 jährlich nur um durchschnittlich 2,5 % erhöhte, in der kurzen Zeit von Ende 1969 bis Ende 1972 mehr als verdoppelte[21] und damit die Weltinflation beschleunigte. Obwohl diese ungeheure Geldschöpfung zu wichtigen währungspolitischen Reaktionen führte[22], gelang es nicht, den jährlichen Zuwachs internationalen Geldes auf das für die fünfziger und sechziger Jahre geltende Maß zurückzuschrauben. In den Jahren 1973 und 1974 betrugen die jährlichen Zuwachsraten noch durchschnittlich 18 %[23].

19. Das internationale Währungssystem sollte nicht allein zu einer bedarfsgerechten Geldvermehrung führen, es sollte eine zweite Anforderung erfüllen und sicherstellen, daß die Zahlungsbilanzen der einzelnen Länder zwar nicht jährlich, aber doch mittelfristig ausgeglichen sind. Es sollte verhindert werden, daß ein Land immer mehr Schulden machen kann und mit seiner dadurch ermöglichten Nachfrage auf dem Weltmarkt inflationäre Tendenzen auslöst. Umgekehrt sollte nicht zugelassen werden, daß Länder durch Anhäufung internationalen Geldes in den Tresoren ihrer Zentralbanken internationales Geld stillegen und dadurch deflationär auf die Weltwirtschaft wirken. Diese Anforderung wurde in der Nachkriegszeit ebenfalls nicht erfüllt. Einen funktionierenden Anpassungsmechanismus, der Überschußländer zum Abbau ihrer Devisenvorräte und Defizitländer zu der Beseitigung ihrer Defizite zwang, hat es nicht gegeben. So war es den Vereinigten Staaten allein auf Grund der Tatsache, daß Dollars als internationales Geld aner-

21 Hierbei ist in Dollars gerechnet. Rechnet man in Sonderziehungsrechte um, ergibt sich eine Steigerung von 87 %. Berechnet nach: *International Financial Statistics*, January 1975 und May 1975.

22 Der das internationale Währungssystem in der Nachkriegszeit charakterisierende Gold-Dollar-Standard wurde im August 1971 aufgehoben, und die das internationale Währungssystem seit dem 2. Weltkrieg prägenden festen Wechselkurse wurden weitgehend durch flexible Kurse ersetzt.

23 Bewertet in US-$. Die Zuwachsraten betrugen 11 %, wenn man in Sonderziehungsrechten bewertet.

kannt wurden, möglich, Devisenbilanzdefizite großen Ausmaßes zu schaffen, ohne irgendwie unter Druck geraten zu sein, die Defizite zu beseitigen. Umgekehrt haben einige westeuropäische Länder und Japan riesige Devisenreserven angehäuft, ohne gezwungen gewesen zu sein, sie durch Änderungen des Wechselkurses oder der Wirtschaftspolitik wieder abzubauen.

20. Schließlich muß man an das internationale Währungssystem die Erwartung knüpfen dürfen, daß nicht spekulative Geldströme größeren Ausmaßes von Land zu Land fließen, den internationalen Geldverkehr massiv stören und zu Wechselkursänderungen führen, die weder dem internationalen Warenaustausch noch dem internationalen Kapitalverkehr entsprechen. Das herrschende Währungssystem hat dieser Erwartung nicht entsprochen. Mehrfach haben spekulative Geldströme Währungskrisen heraufbeschworen, ja, sie haben das Währungssystem der Nachkriegszeit zum Einsturz gebracht und wesentlich dazu beigetragen, daß das internationale Währungsproblem überhaupt besteht und nun, im Zuge der Neuordnung der Weltwirtschaft, gelöst werden muß. Dies liegt auch im Interesse der Bundesrepublik Deutschland, die mehrfach im Mittelpunkt spekulativer Geldbewegungen stand, die sich nicht vom internationalen Inflationszug abhängen kann und die wegen ihrer starken Exportabhängigkeit auf geordnete Währungsverhältnisse angewiesen ist, weil sie die Voraussetzung für einen geordneten Warenaustausch bilden.

3. *Warum lassen sich diese Probleme nicht im Rahmen der bestehenden Weltwirtschaftsordnung lösen?*

21. Hiermit sind die fünf wichtigsten Probleme genannt, um derentwillen eine Neuordnung der Weltwirtschaft gefordert wird[24]. Es wird behauptet, daß sie sich nur durch eine gemeinschaftliche

---

24 Man kann darüber streiten, ob die genannten Probleme die wichtigsten sind. Das Problem der Umweltbelastung ist zu einem globalen Problem geworden und könnte – nicht zuletzt unter dem Eindruck der Veröffentlichungen von Meadows et al (siehe z. B. *Dennis L. Meadows, William W. Behrens, III, Donella H. Meadows, Roger F. Naill, Jørgen Randers, Erich K. O. Zahn,* Dynamics of Growth in a Finite World. Cambridge, Massachusetts, 1974) – als mindestens so wichtig bezeichnet werden wie eins der fünf erörterten Probleme. Da es eine entscheidende Ursache in der zunehmenden Industrialisierung hat, läßt es sich nicht losgelöst vom Ausmaß der Weltindustrieproduktion und von den Standorten der Produktionsstätten lösen und ist deshalb bei einer Neuordnung der Weltwirtschaft mitzuberücksichtigen.

Bemühung aller Länder zufriedenstellend lösen ließen. Ein einzelnes Land könne mit isolierten Aktionen nur wenig zur Lösung beitragen; auch von zweiseitigen Abkommen sei wenig zu erwarten. Ausgehend von dieser Überzeugung ist geprüft worden, ob die bestehende Weltwirtschaftsordnung eine solche gemeinschaftliche Bemühung sicherstellt oder doch zumindest einleitet. Die gefundene Antwort lautet »Nein« und wird besonders mit vier Argumenten begründet, auf die nun im zweiten Hauptteil dieses Aufsatzes eingegangen werden soll.

3.1. *Zur Lenkungsfunktion der Weltmarktpreise*

22. Nach dem ersten Argument sind die Lenkung des Welthandels und damit zu einem guten Stück die Gestaltung der internationalen Arbeitsteilung dem Preismechanismus auf den Weltmärkten anvertraut worden. Von diesem sei aber aus einer Reihe von Gründen keine Lösung der genannten Probleme zu erwarten. Insbesondere ließen sich diejenigen, die Güter anböten und nachfragten und damit die Preishöhe beeinflußten oder gar bestimmten, nur von ihrem Eigennutz leiten, nicht aber von der Armut anderer Menschen oder der Erschöpfung von Rohstoffreserven. Wenn dieser Prozeß, bei dem jeder seinen eigenen Nutzen verfolge, zu einem befriedigenden Gesamtergebnis führe, sei es unerheblich, aus welchen Motiven heraus Menschen wirtschaftlich tätig würden. Das Ergebnis sei aber eben nicht befriedigend[25], und zwar vornehmlich wegen der bestehenden Ungleichheit der Einkommensverteilung. Sie bewirke nämlich, daß die internationale Güterproduktion weitgehend auf die Befriedigung der Bedürfnisse der Menschen reicher Länder ausgerichtet sei, die wegen ihrer vergleichsweise hohen Einkommen umfangreiche Nachfrage entfalten könnten. Hinzu käme, daß auf der Angebotsseite relativ große Unternehmen dank ihrer Wirtschaftsmacht die Preisbildung so beein-

---

25 So finden sich in internationalen Resolutionen häufig Formulierungen wie die folgende, die der auf der 2. UNIDO-Konferenz am 26. 3. 1975 beschlossenen Lima-Deklaration entnommen worden ist ((Paragraph 42): Die Mitgliedsländer »... erklären feierlich ... daß das uneingeschränkte Spiel der marktwirtschaftlichen Kräfte nicht das geeignetste Instrument zur Förderung der Industrialisierung auf der ganzen Erde oder zur Verwirklichung einer wirksamen internationalen Zusammenarbeit darstellt ...« – Die *Lima-Deklaration* ist u. a. veröffentlicht im *UNIDO-Dokument* ID/CONF. 3/31 vom 9. Mai 1975, S. 44-63.

flußten, daß von einer international optimalen Verwendung der knappen Ressourcen nicht mehr die Rede sein könne. Einer Lösung der erörterten Probleme stünden auch die relativ starken Schwankungen der Weltmarktpreise einiger Güter entgegen, die ihre Ursache einmal in der langen Ausreifungszeit wichtiger landwirtschaftlicher Produkte hätten, zum anderen in der Gepflogenheit vieler Länder, bei konjunkturellen Nachfrageeinbrüchen die Hauptlast der Anpassung an diese Nachfragerückgänge auf fremde Lieferländer abzuwälzen.

3.2. *Der souveräne, nationale Staat als Entscheidungsträger*

23. Damit ist schon zum zweiten und entscheidenden Argument übergeleitet worden. Danach greifen die Regierungen in vielfältiger Weise, z. B. mit Zöllen, mengenmäßigen Beschränkungen, administrativen Maßnahmen, Subventionen und Steuern in das freie Spiel von Angebot und Nachfrage ein. Dabei lassen sie sich fast immer von rein nationalen Zielsetzungen leiten. Die Erhöhung der nationalen, nicht der internationalen Wohlfahrt ist ihr Ziel.

24. Die im Rahmen der bestehenden Welthandelsordnung verabredeten Regeln tragen diesem Tatbestand Rechnung. Sie sehen vor, daß souveräne Staaten miteinander um gegenseitige Zugeständnisse verhandeln. Nach dem Prinzip der Reziprozität muß der Vorteil, den ein Land aus dem Zugeständnis eines anderen zieht – z. B. im Hinblick auf Zollsenkungen –, mit Zugeständnissen seinerseits beantwortet werden. Für wirtschaftlich oder politisch gleich starke Länder ist dies ein faires Prinzip, es versagt aber im Hinblick auf Entwicklungsländer, die in solchen Verhandlungen wenig anzubieten haben, und es versagt im Hinblick auf Länder, die über ungleiche Reserven knapper Rohstoffe verfügen[26]. Hinzu kommt, daß dieses Prinzip neben ein anderes, für das Welthandelssystem der Nachkriegszeit charakteristisches Prinzip gestellt worden ist: neben das Prinzip der Bilateralität. Nach diesem Prinzip werden die Verhandlungen um Zugeständnisse bilateral aufgenommen und nicht multilateral geführt; sie werden von jeweils zwei Ländern oder Ländergruppen geführt, die dabei jeweils ihre nationalen In-

26 Siehe dazu im einzelnen: *K. R. Gupta,* A Study of General Agreement on Tariffs and Trade. Delhi, New Delhi, Jullundur Lucknow, Bombay, Calcutta, Madras 1967, S. 60.

teressen verfolgen. Obwohl beide Prinzipien inzwischen durchbrochen worden sind[27], haben sie immer noch gestaltende Kraft. Sie erschweren es, weltweite, alle Länder berührende Handelsprobleme in einer gemeinsamen Anstrengung zu lösen. Dieses Urteil gilt auch angesichts der Tatsache, daß jedes Zugeständnis, das ein Land einem anderen macht, nach dem sogenannten Prinzip der unbedingten Meistbegünstigung als allen Ländern gegenüber gemacht gilt.

25. Auch das bestehende Weltwährungssystem spiegelt mehr nationale Interessen als internationale Zielsetzungen wider[28]. Das internationale Geld besteht heute – trotz Einführung der Sonderziehungsrechte – weitgehend aus Gold und nationalen Währungen, besonders aus dem Dollar. Das Angebot von Gold für Reservezwecke erfolgte in der Vergangenheit auf Grund nationaler Entscheidungen. Es wurde maßgeblich bestimmt durch Entscheidungen z. B. der Südafrikanischen Republik oder durch die unregelmäßigen Goldverkäufe des Ostblocks. Die Steigerung der Dollarvorräte dagegen wurde durch die Defizite in der Devisenbilanz der USA bestimmt. Auf ihr Ausmaß konnten die Länder, die Dollars als Währungsreserven hielten, keinen Einfluß nehmen, auch nicht auf den Wert (Wechselkurs) des Dollar. Die Entscheidung lag bei der amerikanischen Regierung.

---

27 So wurde mit Wirkung vom Jahre 1966 an das *Allgemeine Handels- und Zollabkommen* (GATT) ein Teil IV angefügt. Dort heißt es im Art. XXXVI, Abschnitt 8: »Die entwickelten Vertragspartner erwarten für die von ihnen bei Handelsverhandlungen zur Verringerung oder Abschaffung von Zollschranken und anderen Hemmnissen gemachten Zugeständnisse keine Gegenseitigkeit von den weniger entwickelten Vertragspartnern.« So wurde auch das Allgemeine Präferenzzollsystem nicht in bilateralen Verhandlungen geschaffen, sondern von der Welthandelskonferenz 1964 in Genf behandelt, im Kern von den OECD-Ländern gestaltet und schließlich auf der 2. Welthandelskonferenz 1968 in New Delhi beschlossen.

28 Das *Aspen*-Institute, a.a.O., S. 26, formuliert diesen Sachverhalt wie folgt: »Das internationale Währungssystem krankt vor allem daran, daß es nicht international ist. Regierungen verfügen über Devisenreserven in Form von Anrechten nicht auf die Weltwirtschaft als Ganzes, sondern auf Ressourcen einiger weniger anderer Länder. Allerdings haben diejenigen, die über diese Reserven verfügen, so gut wie nichts mit den Entscheidungen über die Wertentwicklung der Anrechte zu tun: ihr Wert ergibt sich im wesentlichen aus nationalen Maßnahmen, die die währungschaffende Regierung mit geringer oder ganz ohne internationale Absprache durchführt.«

3.3. *Transnationale Unternehmen*

26. Die Einflußnahme der Regierungen souveräner Staaten auf ihre Volkswirtschaften und damit auch auf das System der internationalen Arbeitsteilung ist in den letzten zwei Dekaden durch die Entstehung und die Ausbreitung der sogenannten transnationalen bzw. multinationalen Unternehmungen geschwächt worden. Auf sie bezieht sich das dritte zu nennende Argument. Diese Unternehmen, die bereits etwa 30 % des Handels mit Industriegütern der Industrieländer untereinander beherrschen[29], können sich staatlicher Einflußnahme durch Verlagerung von Kapazitäten, durch die Festlegung der Verrechnungspreise bei konzerninternen Lieferungen und durch andere Maßnahmen teilweise entziehen. Sie gewinnen damit ein eigenständiges Gewicht im Rahmen der Weltwirtschaft. Ihr Ziel ist nicht die Lösung der genannten Probleme, wenngleich sie in vielen Fällen de facto zur Lösung der Probleme beitragen mögen.

3.4. *Fehlender Umverteilungsmechanismus*

27. Nach dem vierten und letzten hier zu behandelnden Argument zeichnet sich die bestehende Weltwirtschaftsordnung dadurch aus, daß auf nationaler Ebene Einkommensumverteilungsmechanismen geschaffen worden sind, ein solcher Mechanismus auf internationaler Ebene aber fehlt. In jedem Industrieland sind zur Einkommenssicherung der landwirtschaftlichen Bevölkerung Preisstützungen und Subventionen vorgesehen, in vielen Ländern gibt es Stützungsprogramme für den Bergbau, in den meisten Ländern wird strukturschwachen Räumen mit Hilfe von Regionalförderungsprogrammen geholfen, in jedem Land schließlich werden die Familien mit relativ hohem Einkommen relativ stark besteuert und die ärmeren Familien entlastet. Vergleichbare internationale Einkommenssicherungs- oder -umverteilungsmaßnahmen gibt es nicht. Wieder verfolgen die Staaten rein nationale Zielsetzungen, und darin sind sie souverän.

---

29 Diese Angabe ist übernommen aus *ICFTU*, a.a.O., Para. 25.

3.5. *Zusammenfassung*

28. Faßt man diese Argumente zusammen, so laufen sie auf folgendes hinaus: Die bestehende Weltwirtschaftsordnung basiert auf den dezentralen Entscheidungen von Produzenten und Nachfragern. Die Regierungen greifen jedoch in den marktwirtschaftlichen Prozeß ein und beeinflussen die Einkommensverteilung. Dabei sind nationale Zielsetzungen maßgeblich. Diese lenken auch die staatlichen Aktivitäten im internationalen Bereich. In der Setzung nationaler Ziele und in ihrer Verfolgung sind die Staaten souverän.

4. *Welche Reformvorschläge werden gemacht?*

29. Diese Diagnose ist – obwohl in Einzelpunkten einseitig, verzerrt und unvollständig – in ihrem Kern richtig. So darf man behaupten, daß die Lösung der oben genannten Probleme im Rahmen der bestehenden Weltwirtschaftsordnung davon abhängt, ob sich die privaten Entscheidungsträger und die Regierungen souveräner Staaten insgesamt oder doch mehrheitlich in ihren Entscheidungen von internationalen Verteilungsgesichtspunkten und den übrigen bei der Problemanalyse erörterten Aspekten leiten lassen. Im Hinblick hierauf herrscht – besonders in der Dritten Welt – Skepsis vor. Deshalb wird die Schlußfolgerung gezogen, die alte Ordnung sei zu reformieren. Die Reformvorschläge – die nun im 4. Hauptteil dieses Aufsatzes vorgestellt werden sollen – basieren fast alle auf der Überlegung, wie man den Einfluß von privatwirtschaftlichen Entscheidungen und von nur nationalen Zielsetzungen verpflichteten Regierungsmaßnahmen souveräner Staaten auf die internationale Arbeitsteilung, auf die internationale Einkommensverteilung und auf die internationale Währungssituation abbauen könnte. Ob dies gelingen kann und wieweit dies geschehen soll, ist allerdings kontrovers.

30. Liest man die vielen Resolutionen, Deklarationen und Aktionspläne, die inzwischen vorliegen, kann man im großen und ganzen drei Modelle vorfinden, an denen sich die Reformvorschläge offensichtlich orientieren. Dabei handelt es sich um Modelle institutioneller Regelungen, denen jeweils bestimmte Maßnahmen zur Lösung der eingangs erörterten Probleme zugeordnet werden.

31. Nach dem ersten Modell soll letztlich, und das heißt langfristig, eine Weltregierung gebildet und dem Ziel verpflichtet werden, die

Weltwohlfahrt auf der Basis einer als gerecht bewerteten internationalen Einkommensverteilung zu erhöhen. Von dieser späteren Weltregierung wird erwartet, daß sie umfassende, wenn auch grobe Strukturpläne hinsichtlich der internationalen Arbeitsteilung aufstellt und durchsetzt und in den Preisbildungsprozeß so eingreift, daß die internationale Einkommensverteilung gleichmäßiger wird. Da eine Weltregierung auf absehbare Zeit als nicht realisierbar betrachtet wird, geben sich diejenigen, die dieses Modell einer neuen Welt aufgestellt haben, mit Schritten auf dieses Ziel hin zufrieden. Sie verlangen, Kompetenzen von nationalen auf internationale Gremien zu übertragen, diese Gremien »demokratisch« (und das heißt hier: nicht dem Anteil einzelner Staaten am Welthandel oder am Welteinkommen entsprechend) zusammenzusetzen und sicherzustellen, daß die Mehrheitsentscheidungen dieser Gremien auch durchgesetzt werden[30]. In dreierlei Weise sind diese Forderungen bereits konkretisiert worden. Einmal ist gefordert worden, eine internationale Zentralbank zu schaffen und sie so, wie die nationalen Zentralbanken unter Regierungskontrolle gebracht worden sind, der globalen Ländergemeinschaft zu unterstellen. Dieser Bank soll der gesamte internationale Zahlungsverkehr und das gesamte internationale Kreditsystem unterstellt werden. Die Entscheidungen trifft ein Zentralbankrat, dessen Zusammensetzung nicht den finanziellen Beiträgen der Kapitalgeber entspricht. Zum anderen wird eine Weltbehörde zur Regelung all dessen gefordert, was unter dem Begriff »Gemeinsames Erbe der Menschheit« subsumiert worden ist[31]. Hierbei wird zum Beispiel an die Ausnutzung der Schätze des Meeresbodens gedacht. Schließlich wird die Gründung einer Weltenergiebehörde vorgeschlagen, der die Erträgnisse einer Steuer auf den Verbrauch von Atomenergie zufließen sollen. Von dieser Steuer erwartet man, daß sie die Ausbreitung von Atomenergiekraftwerken verhindert und damit die Wahrscheinlichkeit einer mißbräuchlichen Ausnutzung der in diesen Werken verwendeten Technologien zu kriegerischen Zwecken klein hält. Die Einnahmen sollen der Erschließung neuer Energiequellen dienen und

30 In den »Prosposals for a new International Economic Order« des *»Third World Forum«*, a.a.O., S. 12, sind die »Richtlinien für die Strukturänderung internationalen Institutionen« mit den Begriffen »Internationalisierung« und »Demokratisierung« bezeichnet worden.

31 Im *Dag Hammarskjöld Report*, a.a.O., S. 19, lautet diese Forderung »Einrichtung einer Weltbehörde zur Verwaltung des gemeinsamen Erbes der Menschheit«.

damit zur Lösung eines besonderen Rohstoffproblems, des Erdölproblems, beitragen.

32. Anderen Reformvorschlägen liegt ein zweites Modell einer neuen Welt zugrunde. In diesem Modell gibt es keine Weltregierung, die zentral Produktions- und Verteilungspläne aufstellt. Doch soll nach und nach ein Netz internationaler, einklagbarer[32] Verträge geschaffen werden, welche die Regierungen aller Länder bei ihren wirtschaftspolitischen Aktivitäten an bestimmte Regeln binden und auf internationale Zielsetzungen verpflichten und welche für Produzenten und Nachfrager in den einzelnen Volkswirtschaften neue Daten setzen, die ihre Entscheidungsfreiheit einengen. Die Spannweite der vorgeschlagenen Verträge ist weit. Es fallen auf der einen Seite die begrüßenswerten, internationalen Abmachungen und Verhaltenskodices darunter, deren Ziel die Sicherung geordneter internationaler Wettbewerbsverhältnisse ist[33]. Auf der anderen Seite denkt man an massive, ja z. T. an marktwirtschaftlichen Zielen direkt zuwiderlaufende Eingriffe in den Allokations- und Verteilungsmechanismus der westlichen Welt. Hier ist erstens der Vorschlag zu nennen, die Preise der Ausfuhrwaren[34] der Entwicklungsländer an die Preise ihrer Einfuhrwaren zu ketten und durch eine solche Indexierung sicherzustellen, daß einmal die Weltinflation nicht eine Realeinkommensverteilung zum Nachteil der Entwicklungsländer bewirkt und zum anderen der Ressourcentransfer von Industrie- in Entwicklungsländer zunimmt. Zweitens ist hier der von der UNCTAD[35] gemachte Vorschlag anzuführen, ein integriertes, internationales Rohstoffabkommen abzuschließen und

32 Die Vorstellungen darüber, wie Sanktionsmechanismen ausgestaltet werden können, wenn internationale Verträge durch ein Land gebrochen werden, sind teilweise bereits ausformuliert worden. Siehe z. B. *GATT Plus.* A Proposal for Trade Reform. Report of the Special Advisory Panel to the Trade Committee of the Atlantic Council. Washington, o. J., S. 57 ff.

33 Ein Beispiel hierfür liefert der *Anti-Dumping Code.*

34 Hierbei wird nicht nur an Erdöl oder an Rohstoffe gedacht, wie die folgende Forderung aus der *»Dakar Declaration«* zeigt: Die Konferenz des »Internationalen Entwicklungszentrums« (Algier, 24.-27. Juni 1975) »bittet alle Regierungen, daran mitzuarbeiten, ein gerechtes und ausgewogenes Verhältnis zwischen den Marktpreisen für Rohstoffe, Primärerzeugnisse, Fertig- oder Halbfertigwaren, die von den Entwicklungsländern exportiert werden, und den Preisen für ihre Einfuhren aus den Industrieländern zu erreichen«.

35 Es gibt verschiedene Berichte des Generalsekretärs der *UNCTAD* über das »Integrated Programme for Commodities«. Wichtige Dokumente sind TD/B/C. 1/166 (vom 9. Dezember 1974) mit Supp. 1 (vom 12 Dezember 1974), Supp 1/ Add. 1 (vom 13. Dezember 1974), Supp. 2 (vom 12. Dezember 1974), Supp. 3 (vom 13. Dezember 1974), Supp. 4 (vom 13. Dezember 1974) und Supp. 5 (vom 18. Dezember 1974).

darin Minimumpreise für 18 Rohstoffe zu garantieren. Drittens sind die Vorschläge zu nennen, die Industrieländer sollten sich vertraglich verpflichten, ihre Märkte zu einem bestimmten Prozentsatz den Produzenten aus Entwicklungsländern vorzubehalten und die Produktion solcher Synthetics einzuschränken, die in einem engen Konkurrenzverhältnis zu Rohstoffen aus Entwicklungsländern stehen[36].

33. Das dritte Modell einer neuen Weltwirtschaft zeichnet sich gegenüber den beiden ersten durch einen höheren Grad an Freiwilligkeit aus. Es wird daran gedacht, einen Mechanismus zu schaffen, der sicherstellt, daß jede Regierung alle anderen Regierungen über ihre wichtigen wirtschaftlichen Probleme und ihre wirtschaftspolitischen Absichten regelmäßig informiert und jede Regierung vor dem Ergreifen von Maßnahmen, die weltwirtschaftliche Auswirkungen haben werden, konsultiert[37]. In dieses System gegenseitiger Information und Konsultation sollen regelmäßige internationale Beratungen über Weltprobleme und Möglichkeiten ihrer Lösung eingefügt werden. Es wird gewünscht, daß alle Regierungen an diesen Beratungen mit dem grundsätzlichen Versprechen teilnehmen, im Rahmen der bestehenden Möglichkeiten an der Realisierung international gesetzter Ziele mitzuwirken. Man knüpft daran die Hoffnung, daß wegen der intensiveren Beschäftigung mit globalen Problemen und mit den Sorgen der Dritten Welt mehr und mehr die Erhöhung der internationalen Wohlfahrt auch die nationale Wirtschafts- und Sozialpolitik bestimmt und daß die Länder sich auf freiwilliger Basis mehr und mehr an der Finanzierung internationaler Fonds zur Lösung der eingangs erwähnten Probleme beteiligen[38]. Die Vorschläge, wie die Wirtschafts- und

36 Im *Aktionsplan von Algier der Gruppe 77* heißt es z. B.: »Die Industrieländer sollten ... Programme durchführen, die sicherstellen, daß die Entwicklungsländer ihre Exporte von Fertig- und Halbfertigwaren in die Industrieländer ausweiten können.« Gleichzeitig wird gefordert, »geeignete Maßnahmen zu treffen und durchzuführen, welche bewirken, daß die Erzeugung von synthetischen Stoffen, die mit den natürlichen Produktion der Entwicklungsländer in direktem Wettbewerb stehen, tatsächlich eingeschränkt wird«.

37 Dabei sollte die Information keineswegs auf Regierungsstellen beschränkt bleiben. »Sie sollte auch unmittelbar auf eine Weckung des Bewußtseins der Bürger gerichtet sein, um deren volle Beteiligung am Entscheidungsprozeß sicherzustellen.« *Dag Hammarskjöld Report,* a.a.O., S. 18.

38 Konkrete Vorschläge in dieser Richtung wurden von der UNO-Vollversammlung auf ihrer 7. Sondersitzung im September 1975 grundsätzlich gebilligt. So heißt es z. B. in einer Resolution vom 14. September (A/AC.176/L.3/Add 4) über Industrialisierung: »Ein System von Konsultationen sollte auf globaler, regionaler, interregionaler und sektoraler Ebene eingerichtet werden.«

Sozialpolitik geändert werden könnte, sind zahlreich. So ist eine Änderung der Strukturpolitik der Industrieländer angeregt worden. Sie soll eine schnellere Anpassung der Inlandsproduktion an veränderte Konkurrenzverhältnisse auf dem Weltmarkt herbeiführen, einen Abbau aller Handelshemmnisse (Zölle, quantitative Beschränkungen, etc.) ermöglichen und dadurch zur Steigerung der Industriewarenexporte der Entwicklungsländer beitragen[39]. Ein weiterer Vorschlag gilt der staatlichen Förderung eines Transfers von Produktionskapazitäten aus den Industrieländern in die Entwicklungsländer[40]. Man denkt hierbei an Produktionsbereiche, in denen die Entwicklungsländer bereits Erfahrungen erworben und komparative Kostenvorteile erlangt haben oder bald erlangen werden. Besonders aber denkt man an solche Industrien, die Rohstoffe aus Entwicklungsländern verarbeiten und die nun in die Rohstoffländer verlagert werden sollen. Ganz anders geartet ist der Vorschlag, den Fleischverbrauch in Industrieländern zu besteuern, um so die Fleischproduktion einzuschränken, die benötigte Futtergetreidemenge zu senken und mehr Getreide direkt für die menschliche Ernährung zur Verfügung zu haben und auf diese Weise einen Beitrag zur Lösung des Nahrungs- und zugleich des Verteilungsproblems zu leisten.

5. *Wie sind die Vorschläge zu beurteilen?*

34. Die Vorschläge zur Neuordnung der Weltwirtschaftsordnung sind hiermit nur beispielhaft angegeben worden. Sie alle darzustellen, würde den Rahmen dieses Aufsatzes sprengen und darüber hinaus nicht notwendig sein, da bereits die beschriebenen Beispiele hinreichend genau zeigen, von welcher Art die Reformen sein sollen. Eine Beurteilung läßt sich auch ohne den vollständigen Überblick

39 Im *Aktionsplan von Algier*, a.a.O., wird gefordert die »Annahme von Anpassungsprogrammen, die darauf angelegt sind, die allmähliche Einstellung von unwirtschaftlichen und/oder ineffizienten einheimischen Industriezweigen zu unterstützen«.

40 So heißt es in der *UNO-Resolution* vom 14. September 1975: »Die Industrieländer sollten die Ausarbeitung neuer und die Verstärkung laufender Programme fördern, . . . die die Verlagerung ihrer international weniger wettbewerbsfähigen Industriezweige in Entwicklungsländer begünstigen, so daß als Folge strukturelle Anpassungen in den Industrieländern und eine stärkere Nutzung der Ressourcen der Entwicklungsländer an Rohstoffen und Arbeitskräften eintreten.«

über die Reformvorschläge geben. Sie muß davon ausgehen, daß die eingangs geschilderten Weltprobleme tatsächlich bestehen, daß sie weltweit als bedrückend empfunden werden und daß Industrieländer auch aus rein nationalen, wirtschaftlichen Interessen ihre Lösung anstreben sollten. Gleichwohl lassen sich Interessengegensätze hinsichtlich der Art und hinsichtlich des Ausmaßes der Reformen zwischen Nord und Süd nicht leugnen. Sie prägen in den letzten Jahren das Bild der internationalen Konferenzen und haben zu massiven Konfrontationen zwischen Entwicklungs- und Industrieländern geführt. Man kann sich des Eindrucks nicht erwehren, als führten die Länder gegenwärtig einen Grabenkrieg, bei dem sie ihren Vorteil ausschließlich darin sehen, dem Gegner einen Nachteil zu verschaffen. Solange diese Spannungen fortbestehen, erscheinen alle Versuche aussichtslos, Souveränitätsrechte von nationalstaatlichen Regierungen auf internationale Gremien zu übertragen oder durch internationale, einklagbare Verträge einzuschränken. Damit ist bereits eine Beurteilung der Vorschläge zur *institutionellen* Reform gegeben. Die Schaffung regierungsähnlicher Weltgremien erscheint aussichtslos, große Hoffnungen auf ein Netz weitreichender, internationaler Verträge können vorerst nicht gehegt werden. Somit läßt sich nur das dritte, im Abschnitt 33 beschriebene Modell als realisierbar bezeichnen. Das schließt nicht aus, daß dann, wenn auf Grund wachsender Informationen und Konsultationen die Bereitschaft zu echter Kooperation gewachsen ist, auch einzelne internationale Verträge geschlossen werden, die dem sogenannten Prinzip der Multilateralität[41] folgen und nationale Souveränitätsrechte auf dem Gebiet der Wirtschafts- und Sozialpolitik im Interesse globaler Zielsetzungen abbauen.

35. Bei der Beurteilung der einzelnen *Sach*vorschläge ist ein wichtiger Gesichtspunkt zu beachten. Die Industrieländer der westlichen Welt haben sich entschieden, dem Marktmechanismus, also einem dezentralen Entscheidungsmechanismus, die Allokation ihrer Produktionsfaktoren anzuvertrauen. Das heißt: das Zusammentreffen von Angebot und Nachfrage und der sich dabei bildende Preis sollen

---

41 »Der Grundsatz der Multilateralität würde gemeinsame Verantwortlichkeiten, gemeinsame Beschlüsse und internationale Überwachung bedeuten – das ständige Vorhandensein eines Forums, bei dem Länder sich beschweren und Vermittlung bei Streitigkeiten mit anderen Ländern oder sogar einen Schiedsspruch suchen können.« *Jan Tumlir,* Emergency protection against sharp increases in imports. In: *H. Corbert* and *R. Jackson* (Ed.). In Search of a New World Economic Order, London 1974, S. 266.

die Produktionsfaktoren so auf die einzelnen Wirtschaftszweige verteilen, daß die Produktionsstruktur optimal auf die Präferenzen bzw. Wünsche der Bürger abgestimmt ist und demzufolge kein Produktionsfaktor bei anderer Nutzung einen größeren Beitrag zur Befriedigung der Bedürfnisse der Bürger erzielen kann. Die Preise haben damit eine Lenkungsfunktion; sie sollen Verbrauchs- und Produktionsentscheidungen aufeinander abstimmen und so zu einer möglichst effizienten Nutzung derjenigen knappen Ressourcen führen, über die die Völker verfügen. Dabei ist man sich der Tatsache bewußt, daß der Preis seine Aufgabe nur bei Erfüllung einer Reihe von Bedingungen erfüllen kann, für die die Wirtschaftspolitik Sorge zu tragen hat, und daß dies auch nur vollkommen gelingen wird, wenn eine inflationär wirkende Übernachfrage vermieden werden kann. Auch ist die Entscheidung für einen dezentralen Entscheidungsmechanismus angesichts der Tatsache gefällt worden, daß von den Preisen zugleich die (originäre) Einkommensverteilung bestimmt wird und diese (zusammen mit der bestehenden Vermögensverteilung) ihrerseits auf das Zustandekommen der Preise einwirkt. Die Verteilungswirkungen der sich auf den einzelnen Güter- und Faktormärkten bildenden Preise können unerwünscht sein, häufig sind sie es sogar. Das bedeutet kein Versagen des Preisbildungsprozesses, denn den Preisen (genauer: den relativen Preisen) ist lediglich die Koordinationsaufgabe zugedacht worden, die Produktionsstruktur des Landes auf die Präferenzen der Bürger (bei der herrschenden Verteilung von Einkommen und Vermögen) abzustimmen. Es bedeutet lediglich, daß anschließende Maßnahmen zur Umverteilung der Einkommen ergriffen werden müssen.

36. Wenn im Rahmen des so charakterisierten Organisationsschemas der Volkswirtschaften aus Einkommensverteilungsgründen in die Preisbildung einzelner Güter eingegriffen wird, müssen sich – mit wenigen Ausnahmen – Verzerrungen der Preisrelationen in dem Sinn ergeben, daß der Einsatz der Produktionsfaktoren nicht mehr optimal auf die Befriedigung der Bedürfnisse der Bürger ausgerichtet ist. Es treten Allokationsverluste ein. Die Preise werden – oft ohne zwingenden Grund – ihrer originären Aufgabe entbunden. Es treten Organisationsstörungen in der Volkswirtschaft ein, zumal an die Stelle des Preises dann in der Regel kein anderes, verläßliches Koordinationsinstrument gesetzt wird.

37. Die Beachtung dieser ordnungspolitischen Grundsatzentscheidung der westlichen Industrieländer bei der Beurteilung der Sach-

vorschläge ist deshalb wichtig, weil die meisten von ihnen auf einen Eingriff in den Preisbildungsprozeß und in den Allokationsmechanismus hinauslaufen. Es sollen »gerechte« Preise verwirklicht werden[42]; darunter versteht man regelmäßige Preise, die über dem Niveau liegen, das sich auf den Märkten gebildet hätte. Eine vertragliche Absicherung solcher Preise würde auf eine weltweite Ausweitung der Produktion hinwirken, die mit sehr hoher Wahrscheinlichkeit größer als die Nachfrage sein würde. Es würden sich Produktionsüberschüsse bilden, die zu ähnlichen Störungen führen würden, wie sie vom Agrarmarkt der Europäischen Gemeinschaft bekannt sind. Sie zeigen einen Fehleinsatz knapper Ressourcen an und damit für die Welt als Ganzes einen Verzicht auf eine höhere Bedürfnisbefriedigung, der angesichts der Armut in der Dritten Welt unvertretbar ist. Von einer optimalen Weltwirtschaftsordnung kann deshalb nicht die Rede sein.

38. Da unvorstellbar ist, die Preise aller Exportwaren der Entwicklungsländer an die Preise der Exportprodukte der Industriestaaten zu knüpfen, würde das Bemühen um »gerechte« Preise wahrscheinlich bei wenigen Rohstoffen enden. Das würde sich zu Lasten der rohstoffimportabhängigen Entwicklungsländer auswirken[43]: Sie müßten nicht nur steigende Importpreise für Industriegüter, sondern auch höhere Rohstoffpreise zahlen. Das würde die Menge entwicklungsnotwendiger Produkte, die sie einführen könnten, erheblich verringern und damit ihr wirtschaftliches Wachstum verlangsamen. Das bedeutet eine Verschlechterung der internationalen Einkommensverteilung.

39. Da die Industrieländer etwa 40 % der Weltrohstoffproduktion betreiben, würden sie aus einer Preiserhöhung ebenfalls Vorteile ziehen. Wollte man dies vereiteln, müßte man die von den Industrieländern produzierten Rohstoffe davon ausnehmen. Sie würden deshalb relativ billig bleiben. Das würde dazu führen, daß die Ent-

---

42 In fast allen Dokumenten wird der Begriff »just and equitable prices« verwendet.

43 Stern und Tims haben auf Grund einer detaillierten, quantitativen Analyse herausgefunden, daß den Nutzen von Rohstoffpreiserhöhungen nur einige Entwicklungsländer haben würden, die nicht zu den ärmsten gerechnet werden können. (*Ernest Stern and Wouter Tims,* The Relative Bargaining Strengths of the Developing Countries. »American Journal of Agricultural Economics«, Vol. 57, No. 2, May 1975, S. 225-236.) Zu dem gleichen Ergebnis gelangt *H. B. Chenery* in seinem Diskussionsbeitrag auf dem »Symposium on a new international economic order«, das vom 22.-24. Mai 1975 in Den Haag stattfand. Der Beitrag ist abgedruckt in einem »Report« des niederländischen Außenministerimus, S. 5-11.

wicklungsländer teilweise vom Markt gedrängt würden und Industriestaaten ihren Marktanteil erhöhen würden. Das widerspricht der Absicht, die mit der Preiserhöhung verfolgt wird. So müßte man auf andere Weise vorgehen, und zwar so, daß man den Rohstoffproduzenten der Industrieländer zwar die Preiserhöhung zugesteht, ihnen sogleich aber eine entsprechende Steuer auferlegt. Diese Steuer würde bewirken, daß Rohstoffverarbeiter in den Industrieländern einen höheren Preis für ihre Rohstoffeinkäufe zahlen müßten unabhängig davon, ob sie die Rohstoffe einführen oder im Inland beziehen. Diese Preiserhöhung ergäbe sich für die Rohstoffverarbeiter in Entwicklungsländern nicht, wenn die Rohstoffpreiserhöhung nur die Exporte erfaßt. Sie hätten damit einen künstlichen Wettbewerbsvorteil erhalten. Eine weltweite Fehlallokation von Produktionsfaktoren würde folgen.

40. Eine weitere Folge dieser künstlichen Schwerpunktsetzung auf die Rohstoffverarbeitung, aber auch der angestrebten, direkten Verlagerung von Produktionskapazitäten der Textilindustrie, der Lederindustrie und anderer Industrien aus den Industrie- in die Entwicklungsländer ist die Erhaltung des Charakters der gegenwärtigen Arbeitsteilung zwischen Nord und Süd. Diese Arbeitsteilung ist komplementär und interindustriell, d. h. die Arbeitsteilung findet nicht zwischen Produzenten ein und derselben Branche, sondern zwischen unterschiedlichen Industriezweigen statt. Sie unterscheidet sich damit deutlich von der zwischen den Industrieländern bestehenden Arbeitsteilung, die intraindustriell ist[44]. Da eine intraindustrielle Arbeitsteilung zwischen Entwicklungs- und Industrieländern den Entwicklungsländern Vorteile gegenüber einer interindustriell bleibenden Arbeitsteilung bringen würde, wäre es für die Entwicklungsländer auf die Dauer nachteilig, würden sie sich nicht in dieses System einfügen wollen oder können.

41. Der Aufbau eines Mechanismus, der zu Preiserhöhungen bei Rohstoffen führt, ist nicht ohne einen großen Verwaltungsapparat und nicht ohne große Beträge zur Finanzierung internationaler Warenlager denkbar. Das UNCTAD-Sekretariat schätzt im Rahmen seiner Vorschläge zum Abschluß eines 18 Rohstoffe umfassenden, integrierten Rohstoffabkommens die Kosten, die bei der Ein-

44 Der Nachweis zu dieser Behauptung wird in der Literatur an mehreren Stellen geführt. Siehe beispielhaft *H. Hesse*, Hypotheses for the Explanation of Trade between Industrial Countries, 1953-1970. In *H. Giersch* (Ed.), The International Division of Labour Problems and Perspectives, Tübingen 1974, S. 39-59.

richtung von Warenlagern entstehen, auf 13,149 Mrd. Dollar, wobei von Durchschnittspreisen der Jahre 1972–1974 ausgegangen worden ist[45]. Die jährlichen Lagerkosten pro Produkteinheit werden auf 5 % des von den internationalen Lagerbehörden erzielten Verkaufspreises geschätzt[46]. Es wird erwartet, daß diese hohen Kosten weitgehend von den Industrieländern getragen werden. Es ist zu vermuten, daß sie diese Kosten auf ihre Entwicklungshilfe anrechnen und entsprechend an anderer Stelle Beträge für Entwicklungshilfe einsparen. Bei der Abwägung dieses Arguments ist zu berücksichtigen, daß die bezifferten Beträge nicht für produktive Zwecke aufgebracht werden. Sie dienen nicht der Bezahlung von Produktionsfaktoren für ihren Beitrag zur Erstellung von zusätzlichen Gütern und weisen deshalb auf eine weitere Fehlallokation hin.

42. Die Reihe dieser Argumente läßt sich verlängern. Sie führt zu dem Ergebnis, daß die Realisierung vieler der gemachten Vorschläge nicht zu einer optimalen Weltwirtschaftsordnung führt. Gleichwohl könnte man sich insbesondere angesichts des Verteilungs- und Nahrungsproblems entschließen, den Vorschlägen zuzustimmen, wenn es nicht bessere Möglichkeiten zur Lösung der genannten Probleme gäbe. Sie sind theoretisch leicht aufzuzeigen und politisch kaum schwerer durchzusetzen als die oben diskutierten Vorschläge. Dabei ist als vorrangig der Aufbau eines internationalen Umverteilungssystems (einer distribution machinery) zu nennen. Hier könnte man nach und nach den Anteil der offiziellen Entwicklungshilfe am Bruttoinlandsprodukt, der im Durchschnitt der westlichen Industrieländer gegenwärtig nicht ganz 0,3 % beträgt, auf das von der UNO-Vollversammlung im Herbst 1975 gesetzte Ziel von 0,7 % und – wenn man die eingangs erwähnten Probleme ernst nimmt – später auf weit mehr erhöhen. Hier könnte man auch die Finanzierung von internationalen Fonds übernehmen, denen die Förderung solcher Arbeiten, Projekte und Bemühungen anvertraut wird, die der Überwindung von Entwicklungshemmnissen dienen.

43. Die Schaffung eines Umverteilungsmechanismus allein führt nicht zu einer optimalen Weltwirtschaftsordnung. Man hat auch Verbesserungen des Allokationsmechanismus vorzunehmen. Dazu gehört vor allem der Abbau von Handelshindernissen in Industrie-

45 *UNCTAD*, An Integrated Programme for Commodities: The role of international commodity stocks. Document TD/B/C.1/166/Supp. 1 / 12 December 1974, S. 22.

46 *Ebenda*, S. 10. Hinzu kommt eine Verzinsung des in den Lagervorräten investierten Kapitals von 10 %.

ländern, und zwar nicht nur bei industriellen, sondern auch bei agrarischen Produkten. Damit nicht in der Folge des nachlassenden Schutzes vor Auslandskonkurrenz Arbeitslosigkeit eintritt, sollten die Industrieländer den Marktmechanismus durch arbeitsmarktpolitische (z. B. Umschulungen) und andere anpassungspolitische Maßnahmen (z. B. Förderung der Erforschung neuer Technologien) ergänzen. Auch sollten der Kapitalexport und der Technologietransfer gefördert werden. Die Entwicklungsländer ihrerseits sollten die gewollte Industrialisierung nicht mehr zu Lasten der Landwirtschaft betreiben und sie nicht mehr länger auf Autarkieleitbilder ausrichten. Vielmehr sollten sie ihre Vorteile im System der internationalen Arbeitsteilung wahrnehmen. Das setzt allerdings voraus, daß sie nicht mehr länger durch Zinsverbilligungen und Lohnerhöhungen die Faktorpreisrelationen verzerren und von den Knappheitsverhältnissen entfernen.

6. *Schlußfolgerungen für die Entwicklungspolitik*

44. Aus der weltweit intensiv geführten Diskussion über die Neugestaltung der Weltwirtschaftsordnung sind wichtige Schlußfolgerungen für die Entwicklungspolitik der Industrieländer (nicht nur der westlichen Welt) zu ziehen. Einige dieser Schlußfolgerungen sind unabhängig davon, welches der drei im Kapitel 4 dargelegten Modelle verwirklicht werden soll, und unabhängig auch davon, ob die im Kapitel 5 gegebene Beurteilung der Reformvorschläge akzeptiert wird. Es darf nämlich als sicher angesehen werden, daß den eingangs erörterten Weltproblemen heute eine außerordentliche, ja vorrangige Bedeutung beigemessen wird und daß intensiver als früher nach Maßnahmen zu ihrer Lösung gesucht wird. Daraus folgt, daß der Entwicklungspolitik und der wirtschaftlichen Zusammenarbeit mit der Dritten Welt ein größeres Gewicht als bisher zugemessen werden muß. Dieses größere Gewicht muß sich in dreierlei Weise zeigen. Einmal wird es notwendig sein, einen größeren Anteil des Volkseinkommens zur Förderung der wirtschaftlichen Entwicklung der Dritten Welt vorzusehen. Zum anderen sollte erkannt werden, daß die Entwicklungspolitik von essentieller Bedeutung für die eigene Volkswirtschaft ist, dem wohlverstandenen wirtschaftlichen Eigeninteresse dient und nicht als mildtätige Spendenaktion Reicher diskreditiert werden darf. Schließlich sind die Grenzen zwischen der Entwicklungspolitik auf der einen

Seite und der Außenpolitik wie der Wirtschaftspolitik auf der anderen Seite so fließend geworden, daß man die Ausführung der in ihrem Konzept vom Parlament und der Regierung beschlossenen Entwicklungspolitik nicht mehr einem solchen Ministerium anvertrauen darf, das mit dem Außenministerium, dem Wirtschaftsministerium und dem Landwirtschaftsministerium nur relativ lose verbunden ist. Institutionelle Änderungen sind erforderlich.

45. Weitere Schlußfolgerungen aus den vorgetragenen Überlegungen sind davon abhängig, welches Modell einer neuen Weltwirtschaftsordnung realisiert werden soll. Schließt man sich den Vorschlägen zur Schaffung regierungsähnlicher Gremien auf Weltebene an, so wird die Entwicklungspolitik weitgehend der Kompetenz nationaler Entscheidungsträger entzogen. Zwar schließt dies nationale Programme der Entwicklungshilfe nicht aus, beinhaltet aber im Hinblick auf diese ein neues Konzept der Entwicklungspolitik insofern, als diese nur noch Ergänzungscharakter haben kann. Eine ähnliche Schlußfolgerung, daß der Entwicklungspolitik ein neues Konzept zugrunde zu legen ist, ist auch dann zu ziehen, wenn man die neue Weltwirtschaftsordnung durch ein Netz einschlagbarer internationaler Verträge absichern will. Dann nämlich binden diese Verträge die nationalen Regierungen an bestimmte Regeln, u. a. mit dem Ziel, Armut und Hunger in der Welt zu überwinden. Ad-hoc-Entscheidungen und von Jahr zu Jahr wechselnde nationale Programme zur Unterstützung von Entwicklungsländern sind dann kaum noch prägend für die Entwicklungspolitik. Sie wäre vielmehr aufgerufen, internationale Verträge zur Lösung der eingangs genannten Weltprobleme vorzubereiten und auf die Bevölkerung einzuwirken, damit diese den Verträgen zustimmt. Damit liegt ihr wiederum ein anderes Konzept als gegenwärtig zugrunde. Wird schließlich das dritte Modell einer Weltwirtschaft realisiert, d. h. richten die Regierungen souverän bleibender Staaten ihre Wirtschaftspolitik freiwillig mehr als gegenwärtig auf Weltziele aus, so ist für die Entwicklungspolitik kein gänzlich neues Konzept zu entwerfen. Das Konzept ist allerdings in zweifacher Weise zu ändern. Einmal muß der Entwicklungspolitik ein breiteres finanzielles Fundament zugestanden werden, zum anderen hat sie die ihr traditionell gesteckten Grenzen zu überschreiten. Die Handelsanpassungspolitik beispielsweise, deren Zweck auch die Steigerung der industriellen Exporte der Entwicklungsländer ist, ist eine Form der Strukturpolitik. Für die Strukturpolitik sind in jedem Land die Wirtschaftsminister zuständig. Sie müßten nun stär-

ker auf entwicklungspolitische Zielsetzungen verpflichtet werden.

46. Die Schlußfolgerungen, die für die Entwicklungspolitik aus den vorangegangenen Kapiteln dieses Aufsatzes gezogen werden können, sind schließlich davon abhängig, ob die im Kapitel 5 gegebene Beurteilung der Reformvorschläge akzeptiert wird. Stimmt man den Forderungen zu, zur Erzielung von Verteilungswirkungen in den Allokationsmechanismus (d. h. in den Prozeß der Preisbildung) einzugreifen, so sind entwicklungspolitische Aktivitäten, wie sie von den meisten Regierungen gegenwärtig ergriffen werden, nicht mehr notwendig: die traditionelle Entwicklungspolitik wird weitgehend überflüssig. Stimmt man den Forderungen dagegen nicht zu und unterstützt man statt dessen den oben gemachten Gegenvorschlag, so ist das gegenwärtige Grundkonzept der Entwicklungspolitik lediglich zu ergänzen. Sie hat einerseits mehr als bisher die Bürger des Landes über die drängenden Probleme der Dritten Welt zu informieren und sie zu dem Zugeständnis zu bewegen, ein internationales Umverteilungssystem zu errichten und größere Beträge dafür zur Verfügung zu stellen. Sie hat andererseits darauf hinzuwirken, daß Verbesserungen des Allokationsmechanismus, die bisher nicht in ihrem Betätigungsfeld lagen, durchgeführt werden können und nicht an nationalstaatlichen Zielsetzungen scheitern.

Michael Gagern

Marktwirtschaft und Armenpflege im Weltmaßstab
Die Bundesrepublik Deutschland auf dem Holzweg*

Dr. Michael Gagern, Institut für Sozialwissenschaften der Technischen Universität München (Lehrstuhl für politische Wissenschaften). Geboren 1942. Studium der Philosophie und Religionsphilosophie in München und Fribourg (Schweiz); 1970-1972 Studium der Finanzwissenschaften am Pennsylvania State University College (USA). Seit 1972 am Münchener Institut mit dem Schwerpunkt Politische Ökonomie und von 1973 an schwerpunktmäßig mit den Problemen des Nord-Süd-Konflikts befaßt. Im Mai 1976 als Beobachter auf der UNCTAD-Konferenz in Nairobi.

Wer die offiziellen Verlautbarungen, die Gutachten der Beiräte und die Stellungnahmen der Fachökonomen der Bundesrepublik zur Neuordnung der Weltwirtschaft verfolgt, gewinnt den Eindruck, daß sich, bei aller Nuancierung in der Argumentation, folgende Haltung durchsetzt:

- Die Weltwirtschaft ist ein Sachproblem der Ökonomie und sollte deshalb von der Machtpolitik und anderen außerökonomischen Gesichtspunkten möglichst freigehalten werden.
- Marktwirtschaft ist universal der beste Allokationsmechanismus, durch den der Einsatz der Produktivkräfte der Welt für alle am besten sichergestellt wird.
- Massiver Kapitaltransfer kann wesentlich dazu beitragen, die Schere zwischen armen und reichen Ländern zu schließen.

Diese Konzeption läuft den Vorstellungen der Mehrheit der Länder dieser Welt zuwider, und ihre politische Durchsetzbarkeit ist auch innenpolitisch zweifelhaft, wie ich im folgenden einsichtig machen möchte.

---

* Dieser Artikel ist in ausführlichen Diskussionen mit Manfred Nitsch auf Grund seiner Studie »Zur ordnungspolitischen Diskussion über die Neue Weltwirtschaftsordnung nach UNCTAD IV«, Ebenhausen: Stiftung Wissenschaft und Politik, 1976, entstanden.

Die Frage nach der »Neuen Internationalen Wirtschaftsordnung« und den entwicklungspolitischen Konsequenzen, die ein Land wie die Bundesrepublik aus den Forderungen der Entwicklungsländer zieht oder ziehen sollte, ist das Ergebnis einer Machtverschiebung in großem Maßstab. Die entscheidenden Veränderungen haben mit der Entstehung und Durchsetzung einer sozialistischen Alternative zum kapitalistischen Wirtschaftssystem zu Beginn dieses Jahrhunderts eingesetzt und erhielten eine neue Dimension durch die nationalen Unabhängigkeitsbewegungen in der Mitte dieses Jahrhunderts; von der Richtung, die sie in den nächsten Jahren nehmen werden, hängen für den Rest dieses Jahrhunderts Erfolg und Mißerfolg einer internationalen Friedenspolitik ab.
Der Unterschied zwischen der alten und einer neuen Wirtschaftsordnung besteht also nicht darin, daß das moralische Gewissen der Mächtigen der alten Wirtschaftsordnung in einem ernstzunehmenden Maß erwacht oder gewachsen ist, sondern darin, daß in einem nicht zu vernachlässigenden Ausmaß und mit nicht zu übersehendem Nachdruck Länder und Gruppen ihre eigenen Zielvorstellungen an den Verhandlungstisch mitbringen, die in den bisherigen »Wohlfahrtsfunktionen« bestenfalls als Randbedingungen aufgetaucht sind. Die Dynamik dieses Prozesses ist so überwältigend, die Unsicherheit über die zu erwartenden Ergebnisse von Entscheidungen so groß und die weichenstellende Wirkung von Maßnahmen so folgenreich geworden, daß die Auseinandersetzung um die neuen Elemente des Entscheidungskalküls gar nicht offen genug geführt werden kann. Sie muß darüber hinaus von dem Bemühen geleitet sein, die normativen, die machtpolitischen und die ökonomischen Probleme im Zusammenhang zu diskutieren.
Die rationale Komponente dieser Bemühungen besteht in dem Versuch, auf der Grundlage der gegenwärtigen wirtschaftlichen, technologischen und politischen Gegebenheiten und Möglichkeiten eine Art Gesellschaftsvertrag auszuhandeln, der die Institutionen und Normen bestimmt, welche die kommerziellen und finanziellen Transaktionen im Wirtschaftsverkehr aller Länder untereinander auf eine konsensfähige Weise regeln sollen. Deshalb liegt eine wichtige Aufgabe darin, die Konsensfähigkeit der von den verschiedenen Gruppen vorgeschlagenen Normen und Institutionen zu untersuchen.
In dem folgenden Beitrag wird der Versuch gemacht, am Beispiel des Verteilungsproblems zu zeigen, daß die trotz mancher bedeutender Unterschiede von allen wichtigen Parteien der Bundesrepu-

blik zur Schau gestellte Haltung in der Frage des für den Übergang zu einem besseren System von internationalen Normen und Institutionen fundamentalen Verteilungsproblems nicht konsensfähig ist. Die Ökonomielastigkeit, die sich besonders in der beharrlichen Trennung zwischen politischer Ordnung der Welt und Wirtschaftsordnung sowie zwischen Allokation und Distribution und den darin angelegten praktischen Folgerungen niederschlägt, ist weder für die Entwicklungsländer noch für die Bevölkerung in den Industrieländern annehmbar.

Bevor ich diese Behauptung begründe, werde ich die Bereiche ansprechen, in denen sowohl innerhalb der verschiedenen Ländergruppen als auch zwischen ihnen wenigstens teilweise Einigkeit herrscht:

- Eine internationale Regelung der kommerziellen und finanziellen Transaktionen muß von der Souveränität der einzelnen Staaten ausgehen, und zwar im Sinne der Verfügungsmacht über die eigenen Ressourcen, der freien Wahl des Gesellschafts- und Wirtschaftssystems, dem Kontrollrecht über ausländisches Eigentum und transnationale Unternehmen und dem Recht auf Verstaatlichung von ausländischem Eigentum. Keine Einigkeit besteht allerdings hinsichtlich des Ausmaßes der Kontrolle und des Rechts auf hoheitliche Festlegung von Art und Höhe der Entschädigung für enteignetes Eigentum und hinsichtlich der Pflicht zum internationalen Handel.
- Internationale Regeln müssen bis auf weiteres die Tatsache in Rechnung stellen, daß eine völlige Gleichbehandlung aller Staaten deshalb nicht in Frage kommt, weil die Ungleichheit der wirtschaftlichen Entwicklung dadurch nur verschärft würde. Man muß also davon ausgehen, daß es auf der einen Seite reiche Länder gibt, die auf Privilegien verzichten und auf der anderen Seite arme Länder, die begünstigt werden müssen. Uneinigkeit herrscht hier wieder nur über das Ausmaß und die Art der Begünstigung und über die – jedenfalls fließende – Grenze zwischen Nehmer- und Geberländern.
- Einigkeit besteht auch darin, daß die Entwicklungsländer unter der von den Industrieländern weitgehend aufgezwungenen interindustriellen Arbeitsteilung leiden und zur Gesundung ihrer Wirtschaftsstrukturen und zur Befriedigung ihrer Grundbedürfnisse eine Verbreiterung ihrer Produktionsstrukturen und ihrer wissenschaftlich-technologischen Infrastruktur benötigen, daß sie dazu einerseits ihre landwirtschaftliche und gewerbliche Produk-

tion für die eigenen Bedürfnisse verbessern und erweitern und andererseits durch Exportdiversifizierung ihre Abhängigkeit von Monokulturen vermindern müssen. Uneinigkeit herrscht höchstens darüber, in welchem Tempo und Ausmaß und auf welchen Sektoren die interindustrielle Arbeitsteilung durch eine intraindustrielle Arbeitsteilung ersetzt werden sollte.

– Schließlich herrscht Einigkeit darüber, daß Kapitalhilfe ein unverzichtbares Instrument der Umverteilung ist, während man sich uneins ist, ob sie dem Umfang nach den Stellenwert eines Pfeilers der Entwicklungspolitik haben kann oder eher Symbolcharakter behalten wird.

Im folgenden möchte ich nun zeigen, wie der volkswirtschaftliche Allokationsfetisch in Verbindung mit dem Glauben an die Breitenwirkung eines massiven Kapitaltransfers in doppelter Weise auf den Holzweg führt: einmal dadurch, daß »weltweite effiziente Allokation« um einige Nummern zu groß gedacht ist, weil die existierende politische Ordnung der Welt mit ihren Nationalstaaten dabei vom Tisch gewischt wird, womöglich noch mit dem Hinweis, daß die in vielen Ländern sich zu Wort meldenden Zielvorstellungen gegen das wohlverstandene Eigeninteresse dieser Länder verstoßen; zum andern dadurch, daß die möglichen komplementären Maßnahmen der Umverteilung durch Kapitalhilfe von den Industrieländern an die Entwicklungsländer sowohl von der Aufbringungsseite als auch von der Verwendungsseite her zu gering sind, um als zweiter Pfeiler der neuen Weltwirtschaftsordnung fungieren zu können. Sie mögen gerade dazu reichen, Regierungen zu alimentieren und zu bewaffnen und sie der politischen Verantwortung im eigenen Land zu entziehen, solange sie für den Geber nicht unliebsam werden.

Das Allokationsproblem

Die Vorstellung von einer Welt, in der man die Preisbildung und damit die Allokation der Produktionsfaktoren dem Zusammentreffen von Angebot und Nachfrage überläßt und sich von diesem Zusammentreffen die optimalen Wanderungen von Arbeit und Kapital und die optimale »Bedürfnisbefriedigung der Bürger« erwartet, wie es so schön aus den Lehrbüchern in die politische Diskussion hineingetragen wird, ist statisch, weil sie von der jeweils gegebenen Einkommens- und Faktorausstattung ausgeht und weil

radikale Veränderungen der Situation die Berechnungen durcheinanderbringen. Wer sich diesem urbanen Weltbild verschließt, dem haftet allerdings der Geruch des provinziellen und rückständigen Kleinstaatlers und Merkantilisten an.
Konsequent zu Ende gedacht, kann sich die segensreiche Wirkung von Angebot und Nachfrage nur durchsetzen, wenn weder tarifäre noch nicht-tarifäre Handelshemmnisse die Bewegung der Faktoren auf dem Weltmarkt stören. Aus dieser Sicht heraus machen die Entwicklungsländer einen schlechten Gebrauch von ihrer Souveränität, wenn sie ihrer Integration in diesen Markt eigenwillige Hemmnisse entgegensetzen. Sie tun dies notgedrungen, solange die Industrieländer nicht mit gutem Beispiel vorangehen und ihre eigenen Märkte öffnen.
Aus dieser Überlegung heraus ergeben sich radikale Forderungen an die Handelspolitik der Industrieländer: Als Vorgabe an die Entwicklungsländer sollen sie ihre Handelshemmnisse gegenüber Produkten aus der Dritten Welt ohne große Verzögerung und auf breiter Front unwiderruflich abbauen und nur in extremen Notlagen vorübergehend wieder einführen. Denn: eine solche Maßnahme steht im Einklang mit den Forderungen der Entwicklungsländer, die durch vermehrten Export ihre Produktionsstruktur verbreitern und ihre Devisenlage verbessern können. Sie nützt außerdem den Industrieländern, weil die Verbraucher von billigeren Importen profitieren und ansonsten monopolistische und oligopolistische Machtpositionen auf den Güter- und Faktormärkten geschwächt werden.
So einsichtig diese Überlegungen scheinen, so problematisch ist die Umsetzung, wie die folgenden Gedanken zeigen mögen; die Schwierigkeiten ergeben sich sowohl innenpolitisch wie außenpolitisch:

1. Es dürfte außerordentlich schwer sein, eine konsistente Wirtschafts- und Strukturpolitik zu formulieren, die nicht gegen die Forderung nach einer radikalen Marktöffnung verstößt. Eine Wirtschaftspolitik mit dieser Forderung an hoher Stelle der Prioritätenskala muß auf erheblichen Widerstand von seiten der Arbeitnehmer und Bauern, als der international weniger mobilen »Produktionsfaktoren«, stoßen, weil sie letztlich für ihre Immobilität zu zahlen hätten.
2. Für die Entwicklungsländer bleibt der Abbau der Handelshemmnisse so lange ein Danaer-Geschenk wie die transnationalen Unternehmen via Tochtergesellschaften die Sahne abschöpfen und

die Entwicklung einer einheimischen Exportindustrie lähmen oder verhindern.

Zu 1: Die mit der Marktöffnung einhergehende Strukturveränderung kann weder zügig vor sich gehen noch umfassend sein, ohne mit anderen wichtigen gesellschaftspolitischen Zielsetzungen in erheblichen Konflikt zu geraten: Konsequent zu Ende gedacht und damit auch gleich in dieser extremen Form ad absurdum geführt, würde eine solche Entwicklung darauf hinauslaufen, daß wir uns, im Verein mit einigen anderen Industrieländern, zu einer denkenden, erfindenden, Formeln und Konstruktionspläne entwerfenden »Reißbrettrepublik« entwickeln müßten. Alle wirtschaftlichen Aktivitäten würden dem Ziel dienen, unsere Qualifikation für den Export von hochkarätiger Technologie zu verbessern; denn davon müßten wir leben. Überdurchschnittlich begabt und erfindungsreich können wir uns einen Zustand vorstellen, in dem wir den weniger entwickelten Ländern hochwertiges Know-how verkaufen und dafür von ihnen mit allen lebenswichtigen und technologisch weniger raffinierten Gütern reichlich versorgt werden.

Da bei uns natürlich nicht jeder Wissenschaftler und Ingenieur sein kann, müßten die anderen sich darauf einrichten, irgendwie im Dienstleistungsbereich unterzukommen, soweit dieser nicht durch unsere technologischen Fortschritte, wie etwa die Entwicklungen auf dem Elektronik-Sektor, ebenfalls wegrationalisiert wäre. Neue Arten der Beschäftigung würden dabei natürlich auch entstehen. Wir hätten vermutlich eine hochbezahlte Müllabfuhr und könnten uns möglicherweise sogar den Luxus erlauben, im großen Stil das Altpapier von den Konservendosen zu trennen und die organischen Abfälle aus den Flüssen und Seen herauszuhalten. Die Bauern würden ihre Höfe weitgehend auf die Bedürfnisse der Freizeitindustrie umstellen. Die Arbeiter und Angestellten der Textil- und Lederbranche, die auf Grund der billigen Importe vom Marktstandpunkt aus gesehen zu teuer würden, kämen als Bademeister, Taxifahrer und Stewardessen unter oder verkauften sich gegenseitig Coca Cola; die Korrespondenten könnten Reiseleiter oder Fremdenführer werden, und die anderen Beschäftigten der Textilverarbeitungsbranche würden vielleicht in Krankenhäusern, psychiatrischen Kliniken und beschäftigungstherapeutischen Anstalten ihre Auskommen finden, wie die Kassierer und Uhrenhersteller, die ebenfalls durch den technischen Fortschritt eingespart werden. Möglicherweise würden dann auch die ausgebildeten Lehrer wieder Anstellung finden und jedenfalls könnten beim Militär und der Polizei

noch viele Arbeitswillige unterkommen, damit die feingliedrige und störanfällige Produktionsstruktur angemessen geschützt und die allgemeine Ordnung aufrechterhalten werden kann.
Es ist nicht nötig, sich apokalyptische Gruselbilder im Stil von Huxley, Illich oder auch Kahn auszumalen, um zu erkennen, daß dieser Weg, von einer lebensfremden Technokratie ausgebrütet, sicherlich nicht in einem demokratischen Prozeß entworfen, gebilligt und durchgesetzt werden kann und also nicht konsensfähig ist.
Selbstverständlich sehen die meisten in der Bundesrepublik gehandelten Vorschläge eine »behutsame« Öffnung der Märkte vor und eine parallel dazu verlaufende »realistische« Strukturveränderung, die nicht nur Ausnahmeregelungen zuläßt, sondern auch am Prinzip der intraindustriellen Arbeitsteilung festhält. Das heißt: die Bauern, Text- und Textilfabrikanten, Schuh- und Uhrenmacher werden nicht ganz abgeschafft, sondern können sich auf Bereiche spezialisieren, in denen sie vergleichsweise Vorteile gegenüber ausländischen Produzenten haben, weil etwa die Rohstoffe oder die Verbraucher in der Nähe, die Maschinen leistungsfähiger oder die Arbeitskräfte besser ausgebildet sind. Die grundsätzlichen Fragen aber bleiben dieselben: an welcher Stelle wird der Markt geöffnet? Für welche Importeure und welche Güter? Wer muß aussetzen, umlernen, umziehen, auswandern, Einkommenskürzungen hinnehmen etc.? Diese Fragen sind mit anderen eng verknüpft: welche Forschung wird vom Staat subventioniert? Welche Exportunternehmungen erhalten Steuervergünstigung? Und wie wird darüber entschieden? Diese Fragen müssen beantwortet werden, denn es ist klar, daß wir uns weder im eigenen Interesse, noch im Interesse der Entwicklungsländer, noch im Interesse der anderen Industrieländer gegen eine Marktöffnung und gegen Strukturveränderungen sperren können. Ebenso fraglos sind diese Veränderungen mit Opfern und Verzicht verbunden. Emanzipation ist immer zunächst schmerzlich für diejenigen, die von der Unterdrückung profitiert haben. Es kommt nur darauf an, daß der Verzicht nicht fremd verfügt ist und von allen Betroffenen verstanden und verantwortet werden kann.
Das Problem und die Undurchsichtigkeit dieser ganzen Geschichte besteht ja darin, daß sich die Vorschläge zur Verbesserung der marktwirtschaftlichen Allokation im Weltmaßstab analytisch in einer Grauzone bewegen, in der jede Akzentverschiebung die Weichen für die weitere Entwicklung anders stellt, ohne daß die Richtung deutlich sichtbar wird. In dieser Grauzone spielt sich das

Tauziehen der Interessengruppen ab, und weil die Akzentverschiebung schnell und unbemerkt zu radikalen Konsequenzen führen kann, muß auch die Diskussion radikal, d. h. rechtzeitig, offen und klar geführt werden.

Ob es allerdings gelingt, den notwendigen Verzicht solidarisch zu tragen, wage ich für die Bundesrepublik ernsthaft zu bezweifeln. Das ewige Gerede von der Investitionsneigung, die erst noch zartfühlend gepäppelt werden muß, um dann doch in Rationalisierungsmaßnahmen zu münden auf der einen Seite, konzeptlose Lohnverhandlungen auf der anderen und die finanzielle und politische Atemnot von Programmen, die zu einer breiteren Verteilung von Entscheidungskompetenz und Mitverantwortung führen sollten, bieten das Bild einer Gesellschaft, in der die Verantwortung für die drängenden Probleme von Funktionären und ihren Verbänden verwaltet, rundumgereicht und archiviert wird, während die Folgen nach wie vor von den sozial und wirtschaftlich Schwachen ausgebadet werden müssen. Auf dem Gebiet der Entwicklungspolitik kommt noch hinzu, daß die Bevölkerung der Bundesrepublik gegenüber Fragen der Entwicklungshilfe eine uninteressiertere und feindseligere Haltung einnimmt als in den meisten anderen OECD-Ländern.

Zu 2: Da wir nicht davon ausgehen können, daß der »Faktor Arbeit« ebenso beweglich ist wie das Kapital, ist die Voraussetzung für unsere Marktöffnung ein funktionierender Handel mit den Entwicklungsländern. Dazu gehört ein großes Maß an gegenseitigem Vertrauen. Bei den Problemen, die eine Neuordnung der internationalen Wirtschaft mit sich bringt, geht es wesentlich um dieses Vertrauen. Solange die Kolonialmächte Kanonenboote schicken konnten, gab es für sie kein ernsthaftes Vertrauensproblem. Selbst in den ersten Jahren nach der Unabhängigkeit konnten die Industrieländer darauf vertrauen, daß sie eher durch konkurrierende Unternehmen aus den anderen Industrieländern als durch die Regierungen der neuen Staaten gefährdet waren. Diese Regierungen vertrauten ihrerseits darauf, daß der politische, wirtschaftliche und technologische Weg der entwickelten Länder ein Patentrezept sei, das aus Not und Abhängigkeit herausführen müsse. Sie waren deshalb auch für eine Integration in den bestehenden Weltmarkt sehr offen. Im übrigen blieb ihnen nicht viel anderes übrig, weil ihre Produktionsstrukturen auf diesen Markt hin getrimmt waren.

Inzwischen kann man dieses Vertrauen als begraben betrachten. Die Entwicklungsländer haben den Markt als Drehpunkt für einen

internationalen Machtkampf kennengelernt. Sie haben gelernt, daß der Markt für sie so aussieht, daß sie teure Güter und Dienstleistungen kaufen und billige verkaufen müssen, um am Leben zu bleiben. Sie wissen nun, daß ökonomische Absichten nicht neutral sind und auch keinen natürlichen Zustand der Dinge widerspiegeln, sondern daß sie eine Funktion der Ziele sind, die eine gegebene Gesellschaft verfolgt. Viele Entwicklungsländer haben daraus die Folgerung gezogen, daß »Mein und Dein« eine weitaus größere Rolle für die effiziente Kombination von Produktionsfaktoren spielen als das Zusammentreffen von Angebot und Nachfrage auf einem anonymen Markt. Denn dieser Markt bedient nur die zahlungskräftige Nachfrage. Sie haben deshalb kein Vertrauen in einen Allokationsmechanismus, bei dem so getan wird, als könnte man von »Mein und Dein« erst einmal absehen, um sich dann anschließend Gedanken darüber zu machen, wie die notwendig entstehenden Ungleichheiten, Härten und Unannehmlichkeiten durch andere Maßnahmen ausgebügelt werden können. Schließlich haben sie gemerkt, daß die private Bildung von Eigentum und die Vertragsfreiheit – die beiden Pfeiler der kapitalistischen Ideologie – nur unter Gleichen Sinn machen und daß ein »gutes Investitionsklima« noch lange kein gutes Entwicklungsklima ist.
Weil die Entwicklungsländer das Vertrauen in den weltweiten Zuteilungsmechanismus alter Art verloren haben, wollen sie ihr Vertrauen in den Markt auf eine andere Weise wiedergewinnen. Denn Handel wollen sie selbstverständlich genauso wie wir. Es ist deshalb ein Akt stumpfsinniger Indoktrinierung, wenn »Markt« oder auch »freier Markt« mit unserer speziellen Vorstellung vom Markt gleichgesetzt wird. Wir haben den Markt nicht erfunden, sondern ihn lediglich sämtlicher menschlicher Attribute und Dimensionen entledigt. Daß dieser Markt eine Einrichtung ist, in der die reichen Länder den armen auf Grund ihrer überlegenen Kaufkraft die letzte Bohne vom Löffel und das letzte Hemd vom Leibe wegsteigern können, das dürfte wenigen in diesem Land ganz klar sein, obwohl in kleinem Maßstab nicht viel anderes passiert, wenn wir als Überseetouristen in unseren Hotels schlafen, das eigene Bier trinken, die eigene Dauerwurst essen und stolz mit billig eingehandelten Trophäen heimwärts ziehen.
Das Vertrauen, das die Entwicklungsländer suchen, ist in erster Linie die Zuversicht, mit dem in ihren Ländern vorhandenen wirtschaftlichen Potential aus eigener Kraft materielle Not und politische und wirtschaftliche Abhängigkeit zu überwinden.

Sie müssen daher ihre Entscheidungskompetenz national und regional entwickeln und international absichern. Sie müssen entdecken, was sie sind, haben und können. Eine ihrer Prioritäten ist die Verbesserung der wissenschaftlichen und technologischen Infrastruktur, d. h. die Entwicklung und Verbesserung von Institutionen, die den Einsatz der für das jeweilige Land geeigneten Technologie koordinieren; z. B. Fachleute, die sich ein Urteil über die vom Ausland angebotene Technologie bilden können und für die zunehmende Entwicklung und Anwendung eigener Technologie sorgen.

Sie müssen sich überlegen, ob sie für einen »schnellen Dollar« ihre billige Arbeitskraft zu stumpfsinniger Zusammensetzarbeit verkaufen wollen, damit die transnationalen Unternehmen die fertigen Maschinen und Geräte profitabel auf die dafür offenen Märkte der Industrieländer zurückbringen können, während sich gleichzeitig eine eigene lohnintensive Industrie zur Herstellung von Gütern, die bisher importiert wurden, nicht durchsetzen kann, weil die entsprechenden Märkte wiederum von Töchtern ausländischer Unternehmen besetzt sind, die entweder die fertigen Güter zu bevorzugten Bedingungen importierten oder an Ort und Stelle mit patentierten Verfahren und meistens kapitalintensiv herstellen; oder ob sie gerade umgekehrt die kapitalintensive Technologie zur Förderung und Weiterverarbeitung ihrer Rohstoffe einführen, um damit höhere Exporterlöse zu erzielen und dafür einerseits ihre Rohstoffe teurer als bisher verkaufen und andererseits eine eigene und an die Landesverhältnisse angepaßte Industrie zur Substitution von bisher importierten Gebrauchsgütern entwickeln.

Letzteres liegt in der Linie der im Rahmen der UNCTAD verfolgten Politik und setzt eine Reihe von Regelungen voraus, die von den Industrieländern als Eingriff in den Allokationsmechanismus des Marktes angesehen werden. Dazu gehören etwa die Maßnahmen innerhalb des integrierten Rohstoffprogramms, die Neuordnung des Patentwesens und ein verbindlicher Verhaltenskodex für den Technologietransfer.

Die aufgezeigte Alternative sollte deutlich machen, warum auch für die Entwicklungsländer nicht jede Art von Marktöffnung gleichwertig ist. Wenn die Entwicklungsländer von Marktöffnung sprechen, denken sie in erster Linie an ihre verarbeiten Produkte und nicht an eine Fortsetzung der gegenwärtig praktizierten Präferenzregelungen, die ihnen wenig nützen. Sie haben nämlich auch auf diesem Gebiet schlechte Erfahrungen gemacht. Während ihre Rohprodukte gern gesehen sind, schützen sich die Industrieländer mit hohen Effektivzöllen wirkungsvoll gegen verarbeitete Produkte. Das nach den neuen Präferenzregelungen begünstigte Importvolumen wird 1977 noch immer nur 25 % der 1974 aus den Entwicklungsländern in die EG eingeführten Güter und Dienstleistungen ausmachen. Das sind 5 % der Gesamteinfuhren der EG. Noch aufschlußreicher ist die Tatsache, daß 1974 rund 72 % der begünstigten Einfuhrmöglichkeiten von zehn Ländern genutzt wurden, darunter Honkong und Singapur, Pakistan, Indien und Persien – Länder also, in denen die transnationalen Unternehmen mit besonderem Eifer und Erfolg um günstige Transfers konkurrieren, ohne allzu große Rücksichten auf die lokalen Entwicklungsbedürfnisse nehmen zu müssen.

Aus dieser Perspektive erscheinen dann auch die Forderungen nach einer Marktöffnung der Industrieländer in einem anderen Licht: solange unsere Unternehmen in den Entwicklungsländern ungehindert produzieren und zusammensetzen lassen und innerhalb ihres Apparates rücktransferieren können, brauchen sie sich um die Strukturveränderungen im eigenen Land keine Sorgen zu machen. Die Präferenzen, die wir gewähren, können dann als eine Art Vorschuß auf weitere Liberalisierung gesehen werden für den Fall, daß die Investitionen in den Entwicklungsländern sicher sind und keine Übergriffe in die Verhandlungsspielräume befürchtet werden müssen. Es ist klar, daß, so betrachtet, »Vertrauen« etwas anderes bedeutet als das, was die Entwicklungsländer darunter verstehen und jede Maßnahme als Dirigismus erscheint, die diese Freibriefe unter einem nationalen Interesse begrenzen will. Dieses andere Verständnis äußert sich konsequent in der Ablehnung der von den Entwicklungsländern vorgeschlagenen Regelungen und in der Unterstützung von Sicherungen, wie sie die internationale Rohstoffbank, Investitionsschutz-Zonen und dgl. bieten. Die neue Ordnung ist dann auch nicht mehr neu, sondern die alte Ordnung richtet sich unter den veränderten Bedingungen neu ein.

Wenn man will, kann man auch die Vertrauensfrage als Akzentproblem begreifen und sagen: Während die Entwicklungsländer auf Grund ihrer schlechten Erfahrungen das Vertrauen in den Markt durch möglichst verbindliche Regelungen für die Allokation von knappen Ressourcen wiedergewinnen wollen, pochen die marktwirtschaftlichen Industrieländer auf dem Hintergrund ihrer guten Erfahrungen darauf, daß ihren Märkten auch weiterhin die knappen Ressourcen anvertraut werden sollten, damit sie nicht (von den Falschen) verschwendet werden. Dafür soll es allerdings

Regeln geben. Da sich auf dieser Grundlage kein Konsens einstellen kann, wird der Kompromiß durch »Waffen-Zeigen« vorbereitet. Bei den Entwicklungsländern liegt die Stärke in der Zahl, in den Rohstoffen, in der Armut und in dem Appell an die Glaubwürdigkeit unserer Menschenrechts-Deklarationen; bei den Industrieländern liegt die Stärke im wirtschaftlichen und militärischen Vorsprung.

Das Problem der Distribution

Es lassen sich verschiedene kleine Schritte innerhalb der Entwicklungspolitik vorstellen, die wirklich konsensfähig wären. So sollte man mit Marktöffnung und Strukturveränderung dort beginnen, wo die Produktion nur mit Hilfe von extrem hohen Effektivzöllen aufrechterhalten werden kann. Wenn sich einmal die etwas krampfhaften Argumente gegen das Rohstoffprogramm und den Common Fund totgelaufen haben und die Angst vor weltweitem Dirigismus der Einsicht gewichen ist, daß die Verbreiterung der Produktionsstrukturen in den Entwicklungsländern über höhere und gesichertere Einkommen aus dem Rohstoffexport wirtschaftlich machbar, politisch naheliegend und auch vom ökologischen Standpunkt aus gesehen sinnvoll ist; wenn sich die Erkenntnis durchsetzt, daß in einer internationalen Wirtschaftsstruktur, in der in wachsendem Maße staatliche Entscheidungsträger außenwirtschaftliche Kontrolle ausüben, auch bei uns wenigstens eine Anlaufstelle für solche Handelsbeziehungen existieren und verantwortlich handeln können muß, dann wird sich auch eine Kombination von Rohstoffprogramm und Ressourcen-Bank finden, der alle zustimmen können. Im Bereich des Verhaltenskodex sind bereits Fortschritte gemacht worden; ebenso in der Neuordnung des Patentwesens.

Die Idee aber, daß man mit Hilfe von massivem Kapitaltransfer aus den reichen in die armen Länder mehr ausrichten könne als bisher, d. h. etwas Armenhilfe hier und etwas Gesinnungsstütze dort, erscheint angesichts des Ausmaßes und der Struktur des Entwicklungsgefälles abwegig. Das heißt aber, daß von dieser Seite her das Argument für den weltweiten Allokationsmechanismus jedenfalls nicht gestützt werden kann. Ich will versuchen, ganz kurz zu begründen, warum weder von der Aufbringung noch von der Verwendung her die Kapitalhilfe die Umverteilungsfunktion haben kann, die ihr zugedacht wird.

Bei nüchterner Betrachtung der Prioritäten und des jährlichen Kampfes um den Haushalt der Bundesrepublik läßt sich sehr leicht sehen, daß eine ernstzunehmende Erweiterung des Postens »Öffentliche Entwicklungshilfe« nicht zu erwarten ist. Wenn es möglich ist, daß unser Außenminister nach New York reist und dort zusammen mit den anderen Industrieländervertretern die Bemühensklausel unterstützt, die öffentliche Entwicklungshilfe auf 0,7 % des Sozialprodukts zu erhöhen und wenig später der sowieso schon kleine Posten noch gekürzt wird, dann sind Forderungen in Höhe von 1 % des BSP oder darüber wirklichkeitsfremd.
Was würden 1 % vom BSP auch bewirken? Wenn in der Bundesrepublik 2 % des BSP für die Behandlung von Schäden infolge von Überfettung und anderen nahrungsmittelbedingten Krankheiten ausgegeben werden, dann würde man zwar schon erwarten, daß zur Bekämpfung von Hunger, Armut und Not ein größerer Spielraum für die öffentliche Kapitalhilfe bestünde, aber wenn schon der Weg von 0,35 % auf 0,7 % so beschwerlich ist, dann kann man vielleicht in einem demokratischen Prozeß nicht viel mehr erhoffen, und eine Diktatur zugunsten Dritter müßte auch erst erfunden werden. Angesichts dieser Größenordnung der öffentlichen Kapitalhilfe ist die Drohung, daß die für die Finanzierung eines Common Fund anfallenden Kosten sowie andere Folgekosten, die sich aus den Forderungen der Entwicklungsländer ergeben, die Höhe der öffentlichen Hilfe negativ beeinflussen müßten, nicht nur lächerlich, sondern geschmacklos.
Auf der Verwendungsseite sieht die Vorstellung, über massiven Kapitaltransfer das soziale Element in die Marktwirtschaft hineinzubringen ebenso abwegig aus. An den Regierungen der Entwicklungsländer kommt man nicht vorbei. Das Volumen ist jedenfalls zu klein, als daß man damit die Grundbedürfnisse der Bevölkerung auf irgendeine merkliche Weise befriedigen könnte. So reicht die öffentliche Hilfe gerade dazu aus, daß eine Bürokratie einer anderen Bürokratie Schützenhilfe leistet.
Diese Überlegungen sollten nicht dazu führen, den Wert der öffentlichen Hilfe als einen wichtigen Beitrag zur Solidarität in Frage zustellen, aber es sollte klar sein, daß dieses Element der Entwicklungspolitik weder die überkommenen noch die durch den Allokationsmechanismus entstehenden Ungleichheiten fühlbar ausgleichen und zu der angestrebten Veränderung der Produktionsstrukturen im Weltmaßstab ausgleichen könnte.
Die Quintessenz der vorangegangen Überlegungen ist, daß das

Vertrauen in den Markt nicht durch ökonomische Theorien und Maßnahmen wiederhergestellt werden kann, die an der politischen Wirklichkeit vorbeigehen. Wer den Globus als Tummelplatz für weltweites Transferieren von Ressourcen betrachtet, ohne die kleineren Maßstäbe zu berücksichtigen, die sich aus der historischen Entwicklung und den kulturellen Bedürfnissen ergeben, verliert den Sinn für konsensfähige Regeln. Die Bereitschaft zum Verzicht bleibt dann ein Lippenbekenntnis. Das Wirtschaftssystem sollte auf die politischen und kulturellen Größenordnungen zugeschnitten werden und nicht umgekehrt. Der Respekt vor den artikulierten Bedürfnissen der wirtschaftlich Schwachen lenkt vom Größenwahn ab und fördert den Frieden. Die Bundesrepublik befindet sich mit ihrer schlecht begründeten Ablehnung der Forderungen der Entwicklungsländer auf dem Holzweg.

Jan Tinbergen

Wo und wann ist die Wirkung der freien Marktwirtschaft nützlich?

Prof. Jan Tinbergen, Den Haag (NL). Jan Tinbergen wurde 1903 in Den Haag geboren. Nach dem Studium der Physik arbeitete er von 1929 bis 1945 im niederländischen Zentralamt für Statistik, zwischenzeitlich von 1931-1938 beim Völkerbundssekretariat in Genf. In den folgenden Jahren leitete er bis 1955 das Zentrale Büro für Wirtschaftsplanung in Den Haag. Von 1933-1973 war Tinbergen Professor für Ökonometrie, später für Entwicklungsplanung an der niederländischen Hochschule für Wirtschaftswissenschaft, jetzt: Wirtschaftswissenschaftliche Fakultät der Erasmus-Universität in Rotterdam. Im Herbst 1969 erhielt Tinbergen den »Nobelpreis für Ökonomie«. Von 1974-1976 war er Koordinator des sog. »Rio-Projekts«. Hierbei handelt es sich um eine vom Club of Rome in Auftrag gegebene und von einer Gruppe von Wissenschaftlern verschiedener Fachrichtungen betreute Studie über die Internationale Neuordnung.

1. *Stabile Märkte*

In vielen politischen Diskussionen wird neuerdings wieder oft über die nützliche Wirkung der freien Marktkräfte gesprochen. Zum richtigen Verständnis lohnt es sich, die wichtigsten Begriffe, die in einer klaren Diskussion über diesen Gegenstand eine Rolle spielen, kurz zu erklären. Für jede Periode, wie z. B. einen Tag (an der Börse) oder eine Erntesaison (bei Agrarprodukten), gibt es eine Nachfragemenge und eine Angebotsmenge des betreffenden Gutes (eines Wertpapiers, eines Agrar- oder eines Industrieproduktes). Diese Mengen hängen von dem in dieser Periode herrschenden Preis ab, und man kann also nicht von Nachfrage oder Angebot schlechthin sprechen, sondern nur von Nachfrage- bzw. Angebotsmenge bei diesem Preis. Neben dem Preis beeinflussen auch andere Faktoren die nachgefragte oder die angebotene Menge. So hängt die Nachfrage vom Gesamteinkommen der potentiellen Käufer ab, oder das Angebot von der Produktion eines Gutes. Die verschiedenen auf der Nachfrageseite wirkenden Kräfte werden mit dem

Ausdruck Nachfragefaktoren, die an der Angebotsseite wirksamen Kräfte als Angebotsfaktoren angedeutet.
Diese Faktoren sind fortwährend in Bewegung und können dadurch ein bestehendes Gleichgewicht auf dem Markt gefährden. Schlechtes Wetter kann die Ernte gewisser Früchte senken, wodurch beim existierenden Preis nicht alle Nachfrage befriedigt werden kann. Bei Früchten oder Gemüse, wo die Preise schnell reagieren, wird sich dann der Preis der betreffenden Früchte fast unmittelbar erhöhen. Dadurch wird die Nachfrage abgebremst. Es wird für den Konsumenten vorteilhafter, andere Früchte zu kaufen, und so kommt automatisch wieder ein neues Gleichgewicht auf den betreffenden Märkten zustande.
Ähnliches kann sich auf vielen Märkten industrieller Produkte abspielen. Es kommen fortwährend neue, oft bessere Produkte auf den Markt. Viele vorher aus Metall produzierten Verbrauchsgüter werden heute aus Kunststoffen angefertigt, die oft sowohl besser als auch billiger sind. Das verschiebt die Nachfrage zu den billigeren Produkten und führt zu einem Preisfall des metallenen Produktes. Dadurch wird die Erzeugung des letzteren unrentabel, und nach einiger Zeit wird sie eingestellt. So haben sich durch die Wirkung des Marktes automatisch und fast reibungslos die vielen Strukturänderungen unseres Verbrauches und die Anpassung der Produktion vollzogen. Märkte, die schnell reagieren, werden deshalb stabile Märkte genannt: das neue Gleichgewicht bildet sich leicht ohne verheerende Nebenerscheinungen.

2. *Labile Märkte*

Es gibt aber auch eine Reihe von Märkten, auf denen sich Änderungen nicht so reibungslos vollziehen. Drei Erscheinungen können dafür verantwortlich sein. Zuerst gibt es Märkte, auf denen das Angebot erst nach längerer Zeit auf den Preis reagiert. Ein wichtiges Beispiel erleben wir gerade in diesen Jahren: den Kaffeemarkt. Durch Frost sind in Südamerika große Mengen von Kaffeesträuchern zerstört worden. Die Kaffee-Ernten sind deshalb heute sehr klein. Dadurch hat sich der Preis stark erhöht. Man kann erst dann wieder ein normales Kaffeeangebot erwarten, wenn die neugepflanzten Sträucher Früchte tragen. Das dauert einige Jahre. In der Zwischenzeit werden die Kaffeepreise hoch bleiben, und das bringt die Gefahr mit sich, daß nach sechs oder sieben Jahren

Überproduktion von Kaffee zu erwarten ist, die die Preise für die Produzenten katastrophal senken wird. Zwischen 1850 und 1900 hat es drei derartige Wellenbewegungen in den Kaffeepreisen und der Produktion gegeben, wobei in den teuersten Jahren die Preise etwa das Dreifache der Preise in den billigsten Jahren betrugen.

Ähnliche Schwankungen können auch von der Nachfrage ausgehen. Das trifft z. B. zu für die Ersatznachfrage nach Schiffen. Wenn durch irgendwelche Ursachen in einer kurzen Periode viele Schiffe gebaut worden sind, werden etwa zwanzig Jahre später viele Schiffe durch neue ersetzt werden müssen, und es kann deshalb eine Wiederholung eines Gipfels im Schiffbau geben.

Eine zweite Erscheinung, die zur Labilität gewisser Märkte beitragen kann, ist die Inelastizität von Nachfrage wie Angebot. Der Getreidemarkt zeigt gewissermaßen diese Züge, weil Getreide als Haupternährungsmittel trotz Preiserhöhung in fast konstanten Mengen gekauft wird und weil die Gesamtfläche des Getreidebaus auch wenig von den Produzenten geändert wird. Kleine Änderungen in Hektarerträgen können hier zu starken Preisschwankungen führen.

Eine dritte Erscheinung, die die Labilität eines Marktes herbeiführen kann, ist die kurzfristige Spekulation, d. h. Spekulation in der Erwartung, daß eine vorherrschende Preissteigerung oder ein Preisfall sich fortsetzen wird. Im zuerst genannten Fall wird zusätzlich gekauft mit der Absicht, etwas später wieder zu verkaufen. Durch solche spekulativen Ankäufe wird die schon existierende Preissteigerung verstärkt, was zu weiterer Spekulation »à la hausse« führen kann. Nach einiger Zeit kann dann eine geringere Steigerung in den Preisen plötzlich zu großen Verkäufen Anlaß geben und die Preise herunterdrücken. In dieser Weise werden normale Preisschwankungen durch Spekulation verstärkt.

Diese kurzfristige Spekulation ist ganz anderer Natur als der sogenannte Terminhandel, der auch wohl Spekulation genannt wird, aber den entgegengesetzten Einfluß auf die Preisschwankungen ausübt: der Terminhandel verteilt das Angebot gleichmäßiger über einander folgende Erntejahre und verringert deshalb die Schwankungen der Preise.

Labile Märkte sind als solche prinzipiell von stabilen Märkten zu unterscheiden und der Gegenstand vieler tiefgehender Forschungen gewesen. Zu der Kategorie der labilen Märkte gehören viele Agrar- und Rohstoffmärkte, und alle Regierungen, die es sich leisten können – wie freiheitlich sie immer sein mögen –, regulieren die Agrarmärkte zur Verbesserung der Lage ihrer Bauern. Regulierung von labilen Märkten ist der freien Wirkung dieser Märkte vorzuziehen. Allerdings soll ein Preisniveau angestrebt werden, das einem langfristigen Gleichgewicht von Angebot und Nachfrage entspricht. Macht man das nicht, dann entstehen Probleme wie Butterberge u. ä. in der EWG, die zu niedrigen Preisen Außenseitern angeboten werden müssen, was offensichtlich keine optimale Politik darstellt.

3. *Störung der nützlichen Marktkräfte*

Auf Grund des Vorangehenden kann die These vertreten werden: Die nützlichen Marktkräfte sind diejenigen der stabilen Märkte; die Marktkräfte auf labilen Märkten sind nur auf sehr lange Frist in dem Sinne nützlich, weil über eine lange Periode betrachtet ein regulierter Preis derart gewählt wird, daß langfristiges Angebot und langfristige Nachfrage einander gleich sind.
Stabile Märkte gibt es vor allen bei Industrieprodukten und gewissermaßen für die »kleineren« Agrarprodukte, wie Gartenbauprodukte (Früchte, Gemüse), wo meistens eine größere Wahl zwischen einander ersetzbaren Gütern vorhanden ist.
Wenn wir uns nun fragen, wo der nützliche Marktmechanismus gestört wird, so ist das hauptsächlich dort der Fall, wo Einfuhrzölle und Kontingente den Handel mit Industrieprodukten beschränken. Das gilt besonders, wenn eine solche Protektion von Industrieländern den Industrieprodukten aus Entwicklungsländern gegenüber durchgeführt wird. Bekanntlich sind es gerade die arbeitsintensiven Industrieprodukte, bei denen die Entwicklungsländer einen komparativen Vorteil haben, die von den großen Industrieländern am meisten geschützt werden. Darüber hinaus gibt es dann noch eine Tarifstruktur, die die Verarbeitung von inländischen Rohstoffen in den Entwicklungsländern erschwert: die Zölle sind um so höher, je weiter die Produkte verarbeitet sind: höher für Leder als für Häute, höher für Schuhe als für Leder, usw.
Gerade in diesen Fällen werden die nützlichen Marktkräfte ausgeschaltet, und zwar nur im kurzfristigen Interesse gewisser Produzentengruppen. Sowohl für die Konsumenten wie langfristig auch für die Produzenten ist es besser, daß die hochindustrialisierten Länder sich auf kapitalintensive und »kenntnisintensive« Produktionen spezialisieren. Darin sind sie konkurrenzfähig; dadurch werden sie ihr Volkseinkommen maximieren und eine Struktur

verwirklichen, die dem hohen Ausbildungsstand ihrer Berufstätigen entspricht.

Wenn man also wirklich die freien Marktkräfte nutzen will, um den Weltwohlstand am besten zu fördern, so soll man sie gerade bei der Handelspolitik mit Industrieprodukten und mit Gartenbauprodukten frei wirken lassen. Rohstoffmärkte können nur reguliert funktionieren, und die Hauptfrage dort ist nicht, ob man regulieren soll, sondern nur wie.

Gerhard Tacke

Die Multinationalen Unternehmen und die Entwicklungsländer
Einleitende Ausführungen während des UN-Hearings zum Thema MNU*

Dr. sc. pol. Gerhard Tacke, München. Studium der Nationalökonomie, 1948 Generalbevollmächtigter der Firma Siemens AG, München, 1961 Vorstandsmitglied bei Siemens, 1967 Vorstandssprecher. Dr. Tacke vertritt als Experte Multinationale Unternehmen in öffentlichen Anhörungen, wie z. B. vor Unterausschüssen der Vereinten Nationen.

Natürlich fühle ich mich geehrt und bin erfreut, daß ich hier vor Ihnen und mit Ihnen versuchen darf, an einer besseren Transparenz des so vielschichtigen und vielfarbigen Problemkreises der MNU[1] mitzuarbeiten. Ich habe mit großer Aufmerksamkeit die vom Department of Economic and Social Affairs vorbereitete Studie durchgearbeitet. Sie stellt eine sehr gute und fast vollständige Zusammenfassung der aktuellen Fragen dar. Sie macht aber auch deutlich, daß es zur Zeit – aus vielen Gründen – weitaus mehr Fragen als schlüssige Antworten gibt. Ich wäre daher sehr glücklich, wenn ich auch nur einen kleinen Teilbeitrag zur Anreicherung des Wissens über Wesen und Wirken der MNU beisteuern könnte.

Nachdem Sie alle mein »Statement« am 23. Oktober erhalten haben, bitte ich um Nachsicht, wenn ich diese meine zusätzlichen Ausführungen mit einigen kurzen allgemeinen Bemerkungen einleite. Ich wage dies zu tun, nachdem ich vier Jahrzehnte in einem multinationalen Unternehmen tätig war und daran mitgewirkt habe, daß diese Firma – Siemens – nach dem Kriege wieder ein Weltunternehmen wurde.

1. Ich habe mich immer zum Primat oder zur Priorität der Politik gegenüber der Wirtschaft bekannt und auch danach gehandelt.
2. Immer war ich davon überzeugt, daß es – neben der Sicherung

* Der Beitrag gibt die einleitenden Ausführungen von Gerhard Tacke wieder, die er anläßlich des UN-Hearings am 7. November 1973 in Genf zum Thema Multinationale Unternehmen machte.

1 MNU: Multinationale Unternehmen.

eines dauerhaften Friedens – die Hauptaufgaben der Welt in der zweiten Hälfte des 20. Jahrhunderts seien, die Einkommensunterschiede abzubauen, und zwar nicht nur zwischen den Völkern der Erde, sondern auch zwischen den soziologischen Gruppen der einzelnen Nationen.

3. Es schien mir immer richtig, notwendig und möglich, daß die MNU, vor allem die manufacturing and processing industries, einen gewichtigen Beitrag zur Erreichung dieses Zieles leisten.
4. Ich war immer davon überzeugt – und dies habe ich durch jahrzehntelange Erfahrung ständig bestätigt bekommen –, daß es zwischen den legitimen Interessen der sogenannten Gastländer und den Zielen der MNU weder zwangsläufige strukturelle Gegensätze noch unüberwindbare praktische Divergenzen geben muß, vorausgesetzt natürlich, daß beide die unter 1. und 2. genannten Prinzipien nicht nur als Lippenbekenntnis benutzen, sondern sich als Handlungswegweiser zu eigen machen.

Meine zweite Vorbemerkung soll auf eine bekannte Erscheinung aufmerksam machen, die die Diskussion über die MNU in den letzten Jahren verzerrt hat und auch heute noch ständig beeinträchtigt: das ist die manchmal an Schizophrenie grenzende Generalisierungsmethode einiger Gruppen und mancher Teile der öffentlichen Meinung.

Zur Illustrierung meines Hinweises eine rhetorische Frage und zwei Beispiele:

Frage: Ist es wirklich so, daß aus Fehlern oder sogar aus Vergehen einzelner Repräsentanten eines gedanklichen oder wirklichen Kollektivs auf die Verhaltens- und Denkweisen aller übrigen Angehörigen geschlossen werden kann?

Nun zwei Beispiele:

In den letzten Jahren hat es mehrere, zum Teil mit dem Verlust von Menschenleben verbundene Flugzeugentführungen und Geiselnahmen durch radikale Gruppen der arabischen Welt gegeben. Daraus den Schluß zu ziehen, diese Methoden seien ein Bestandteil des Wesens der arabischen Völker, halte ich für absurd, ja für verabscheuenswürdig.

In den letzten Jahren sind in mehreren Ländern finanzielle und moralische Unregelmäßigkeiten von Politikern, hohen Beamten und Abgeordneten aufgedeckt worden; dem daraus gezogenen Schluß, *alle* Angehörigen dieser Gruppen wiesen die gleichen Verhaltensweisen auf, würde ich – und gewiß auch Sie – vehement widersprechen.

Und wie behandelt man in dieser Beziehung die MNU? In den letzten Jahren sind bestimmte Handlungen und Unterlassungen einzelner MNU in großer Ausführlichkeit und mit sichtbarer Genugtuung in politischen und halbwissenschaftlichen Diskussionen und Veröffentlichungen kritisch analysiert und verdammt worden. Tatsächlich oder scheinbar haben bestimmte Firmen ein Fehlverhalten erkennen lassen oder haben sogar den weltweit gültigen, ungeschriebenen »Verhaltenskodex« verletzt. Solche Fälle sollten meines Erachtens weder verschwiegen noch beschönigt werden; sie sollten vielmehr untersucht und gegebenenfalls verurteilt werden.
Ich möchte aber energisch dagegen protestieren, daß auf Grund solcher Vorkommnisse gleiche oder ähnliche Denkkategorien, Verhaltensweisen und Geschäftsmethoden allen anderen MNU unterstellt und sie entsprechend diffamiert werden. Diese heute weitverbreitete Methode halte ich als Grundlage für die Beurteilung der MNU für genauso ungeeigent, wie dies die unzulässigen, ja fahrlässigen Verallgemeinerungen in meinen beiden Beispielen für die Kennzeichnung der arabischen Staaten bzw. der Politiker und hohen Beamten sind.
Und noch eine dritte nachdenkliche Bemerkung:
In vielen, ja in den meisten Darlegungen wird von den Ländern, in denen MNU tätig sind, als »Gastgeberländern« und von den MNU als »Gästen« gesprochen. Damit wird unwidersprochen festgestellt, daß ein Unternehmen, dessen Stammsitz sich z. B. in Deutschland befindet, z. B. in Indien ein »Gast« ist und bleibt, wenn es dort investiert und industriell tätig wird. Diese weithin gebräuchlichen Charakterisierung des Verhältnisses der MNU zu den Ländern, in denen sie arbeiten, halte ich für falsch, vor allem aber für mißverständlich.
Begründung: auch für Gäste, die nicht nur zum Dinner, sondern für Tage oder gar für Wochen eingeladen sind, gelten Charakteristika, die für MNU nicht zutreffen. Einen Vergleichspunkt kann man anerkennen: das Eingeladensein und die damit selbstverständliche Verpflichtung zur Pünktlichkeit, Höflichkeit und Dankbarkeit. Aber damit ist die Vergleichsbasis schon am Ende. Erstens: ein »Gast« ist immer eine temporäre Erscheinung; er verläßt automatisch und kurzfristig das Haus des Gastgebers und hinterläßt dort vielleicht die Erinnerung an einen Gesprächsbeitrag und gelegentlich ein Geschenk. Ganz anders das erwähnte deutsche Unternehmen – z. B. Siemens – in Indien; wenn es in Indien industriell tätig wird – als Majoritäts- oder Minoritätspartner, als Lizenz-

geber oder als Consultant – dann muß seine Unternehmenspolitik ex definitione auf eine dauerhafte, ja »ewige« Tätigkeit ausgerichtet sein, sonst sind Investitionen jedenfalls in der verarbeitenden Industrie doch sinnlos, vor allem wenn man bedenkt, daß viel, vielmehr in Indien investiert wird als Kapital!
Ist Siemens auch dann noch ein »Gast«?
Zweitens: ein Gast ist am Schicksal des Gastgebers vielleicht freundschaftlich interessiert, aber nicht involviert. Ganz anders z. B. Siemens in Indien: es teilt das politische, wirtschaftliche und menschliche Schicksal Indiens im gleichen Umfang und in gleicher Tiefe mit allen anderen Unternehmen dieses Landes.
Drittens: wenn in den von mir genannten Beispielen mehr als 7 000 Menschen in den Entwicklungs-, Fertigungs-, Konstruktions-, Planungs-, Verkaufs- und Verwaltungsabteilungen in Indien und unter diesen 7 000 nur 1 % deutsche Staatsangehörige als Spezialisten arbeiten, kann man dann diese Firma als »Gast« bezeichnen? Sind die 7 000 Inder Gäste im eigenen Land? Meines Erachtens: nein!
Zum Wesen eines MNU gehört doch, daß es sich mit der Entwicklung und dem Gedeihen aller Länder, in denen es industriell tätig ist, genauso identifiziert wie mit dem Wohl und Wehe des Landes, in dem sein Hauptverwaltungssitz liegt.
Und nun noch wenige Bemerkungen zu einigen Sachthemen:
Die Regierungen, insbesondere der kleineren Länder, bewegen sich bei der Fixierung ihrer Wirtschaftspolitik zwischen zwei Polen: einerseits dem politisch und emotional motivierten Streben nach möglichst weitgehender Unabhängigkeit, andererseits den für einen möglichst raschen nationalen wirtschaftlichen Fortschritt erforderlichen Zwängen der Teilnahme an der weltwirtschaftlichen Arbeitsteilung, an die immer stärker werdende weltweite Interdependenz der nationalen Volkswirtschaften. Apropos: im Grundsatz bestehen diese Probleme in ähnlicher Form auch für die Industrieländer, denken Sie nur an den hohen Grad der »Abhängigkeit« z. B. im Bereich der Energie- oder der Rohstoffversorgung.
Auch in der UN-Studie wird auf das Problem der befürchteten Abhängigkeit insbesondere der kleineren Länder an verschiedenen Stellen verwiesen. Psychologisch ist dieses Gefühl drohender Abhängigkeit verständlich. Es fragt sich nur, ob von diesem Ansatz aus ein wirklicher Beitrag zur Lösung der massiven wirtschaftlichen und sozialen Probleme möglich ist, zumal in einer Welt, deren Tendenz deutlich durch die Verstärkung der Interdependenz im

Sinne weltweiter wirtschaftlicher Verflechtungen gekennzeichnet ist. Symptomatisch dafür ist, daß auch die kommunistischen Länder gerade in letzter Zeit in betontem Maße sich in diese internationale Verflechtung und Arbeitsteilung eingliedern wollen, nicht nur im Rahmen des Warenaustausches, sondern auch durch zahlreiche Formen industrieller Kooperationen.

Eine stärkere Integration der Entwicklungsländer und ein steigendes Teilhaben dieser Länder am technischen und wirtschaftlichen Fortschritt wird sich auf absehbare Zeit – wie auch aus verschiedensten Äußerungen der United Nations hervorgeht – ohne einen breiten Strom privater Direktinvestitionen nicht realisieren lassen. Dieser Strom mit all seinen Nebenwirkungen kann jedoch nur in dem erwünschten Umfang weiterhin erfolgen, wenn in den »Gastgeberländern« bestimmte Lebensvoraussetzungen für die Tätigkeit privater ausländischer Investoren vorhanden sind und wenn auch bestimmte Grundvoraussetzungen hinsichtlich des Schutzes solcher Investitionen gewährleistet sind.

Ein weiterer Gesichtspunkt scheint mir von vordringlichem Interesse, nämlich die Berücksichtigung des Zeitfaktors bei der Entfaltung privater Direktinvestitionen. Ich möchte dies anhand der Auslandstätigkeit von Siemens verdeutlichen. Wir haben nach dem Kriege mit großer Intensität den Wiederaufbau unserer Organisation im Ausland betrieben. Dies hat sich im Rahmen eines organischen stufenweisen Wachstums vollzogen. In aller Regel stand am Anfang die Gründung von ausländischen Verkaufsgesellschaften bzw. deren Rückerwerb. Sehr bald zeigte sich jedoch, daß gerade im Hinblick auf die Bedeutung hochgezüchteter Technologien diese Verkaufsgesellschaften schnell mit Ingenieurkapazität versehen werden mußten, um in der Lage zu sein, an Ort und Stelle die Beratung unserer Kunden durchzuführen. Auch kam es in zahlreichen Ländern zur Errichtung von Reparatur- und Servicewerkstätten, aus denen zumeist Fabriken hervorgegangen sind. In dieser Phase begannen unsere jeweiligen ausländischen Gesellschaften mit dem Export in andere Länder, vor allem in die Bundesrepublik Deutschland, wobei dieser Export heute im Rahmen der jeweiligen Gesellschaften schon eine wesentliche Bedeutung erlangt hat.

Während dieser Phasen fand ein kontinuierlicher, äußerst vielgestaltiger Transfer von Erfahrungen zwischen unseren Einheiten in Deutschland und den Gesellschaften im Ausland statt.

Inzwischen haben viele unserer ausländischen Gesellschaften im Zuge ihres äußeren und inneren Wachstums eine Struktur und

Größenordnung erreicht, die sie zu großer Eigenständigkeit in der Geschäftspolitik befähigt. Die Zahl der aus Deutschland entsandten Kräfte stellt in der Gesamtzahl unserer im Ausland tätigen Mitarbeiter nur eine unbedeutende Minorität – 1 % – dar, wobei es sich vorwiegend um technische Spezialisten handelt.

Auch in der UN-Studie findet sich an verschiedenen Stellen der Hinweis auf den hohen Grad der »Beweglichkeit« von MNU, wobei auch die negativen Aspekte dieser Beweglichkeit betont werden. Zunächst möchte ich hierzu bemerken, daß die häufige Überschätzung der internationalen Beweglichkeit der MNU mir nicht realistisch erscheint. Die Grenzen der Beweglichkeit multinationaler Firmen, zumal im Bereich der verarbeitenden Industrie, sind meines Erachtens äußerst eng. Die finanziellen Mittel sind in weitestgehendem Maße durch die geschäftliche Tätigkeit, z. B. für Investitionen, für die Finanzierung der Produktion und des Verkaufs absorbiert. Aber auch Investitionsentscheidungen sind nur begrenzt »beweglich«: sie müssen sich an vorgegebenen Voraussetzungen, wie Kosten- und Marktfaktoren, Vorhandensein geeigneter Arbeitskräfte, Nähe zu technischer Infrastruktur, wie z. B. Universitäten, orientieren. Zudem unterliegen Investitionsentscheidungen keinesfalls kurzfristigen Motiven, sondern bedeuten aus der Natur der Sache heraus stets eine langfristige Festlegung. Damit ist auch schon gesagt, daß kein Raum für kurzfristig spekulatives Hin- und Herspringen zwischen einzelnen Ländern vorhanden ist.

Es ist zwar heute zur Mode geworden, die Wirksamkeit des internationalen Wettbewerbs in Frage zu stellen. Tatsache ist jedoch, daß zumal durch die zunehmende internationale Integration der Märkte – etwa im Rahmen des großen europäischen Freihandelsraumes und der weltweit stark reduzierten Zollsätze – die Intensität des internationalen Wettbewerbs sich ständig erhöht hat. Es ist weiter eine deutliche Tendenz feststellbar, daß ausländische Direktinvestitionen zunehmend im Bereich der verarbeitenden Industrien erfolgen, so daß das relative Gewicht der Primärindustrien hier abnimmt. Für die verarbeitenden Industrien ist aber festzustellen, daß dort oligopolistische oder gar monopolistische Marktsituationen eine seltene Ausnahme darstellen.

In meinem Statement bin ich bereits etwas näher auf die in Kapital IV »Towards a Programme of Action« der UN-Studie gemachten Ausführungen eingegangen. Ich möchte mich daher hier auf wenige Bemerkungen beschränken. Sicherlich kann im Rahmen internationaler Aktionen, insbesondere zur Bewältigung der grundsätzlichen Problematik, aber auch zur Herstellung einer größeren Transparenz hinsichtlich des tatsächlichen Geschehens beigetragen werden. In diesem Rahmen begrüße ich den Gedanken eines »internationalen Forums, in dem Ansichten ventiliert und Probleme diskutiert werden können«, und auch den Gedanken eines Verhaltenskodex, für den die Leitlinien für internationale Investitionen der Internationalen Handelskammer ein Vorbild darstellen könnten.

Man sollte aber nicht verkennen, daß in Anbetracht der sehr differenzierten Verhältnisse in den einzelnen Ländern oder auch in den einzelnen wirtschaftlichen Tätigkeitsgebieten viele Probleme in erster Linie bilateral, d. h. durch eine noch stärker werdende Kooperation und Konsultation zwischen Regierungen und privaten ausländischen Investoren bewältigt werden können. Dauerhafte Erfolge werden am ehesten dann zu erwarten sein, wenn beide Seiten darum bemüht sind, sich nicht nur um realitätsbezogenes Denken und Handeln zu bemühen, sondern auch mehr Verständnis für die Ziele des anderen und mehr Vertrauen in die Integrität des anderen aufzubringen.

Was die MNU anbelangt, so ist nach meinen Beobachtungen gerade in den letzten Jahren bei vielen multinationalen Gesellschaften ein Prozeß nicht nur des Überdenkens aufgekommener Probleme, sondern auch eine entsprechende Änderung der jeweiligen Unternehmenspolitik und der Verhaltensweisen feststellbar. Unternehmerische Tätigkeit über die nationalen Grenzen hinaus setzt in allererster Linie ein hohes Maß an Sachverstand und Aufgeschlossenheit voraus. Ich halte es daher für sicher, daß die MNU die Zeichen der Zeit erkennen. Hierzu gehört u. a., daß die wirtschaftlichen und entwicklungspolitischen Interessen auch der Gastgeberländer ständig in die Entscheidungsmatrix einbezogen werden, daß dauerhafter Bestand und nachhaltiger Ertrag auch der Tochterunternehmen ein formuliertes Ziel der Geschäftspolitik darstellen, daß die verantwortlichen Träger der Tochtergesellschaften partnerschaftlich bei allen diese Gesellschaften tangierenden Entscheidungen mitwirken, daß der gesamte Erfahrungsschatz der Muttergesellschaften den Tochtergesellschaften zugängig ist und daß – zumindest nach Erreichen der Wirtschaftlichkeit – einheimisches Kapital zur Beteiligung und Mitverantwortung herangezogen wird. Selbstredend gehört dazu auch, daß das entsprechend ausgebildete und qualifizierte einheimische Element bis in die oberste Führungsposition der Tochtergesellschaften hinein integriert ist. Im übrigen darf sich die Offenlegung des Erfahrungsschatzes der Muttergesellschaft keinesfalls nur auf technologische und administrative Angelegenheiten beschränken, sondern muß in umfassender Weise zur Verfügung gestellt werden, z. B. auch auf Gebieten wie der Sozial-, der Aus- und Weiterbildungspolitik oder auch in Bereichen wie Umweltschutz und Betriebssicherheit.

Heinz Oskar Vetter

Die Haltung der Arbeiterschaft zu den Problemen der Entwicklungsländer

Heinz Oskar Vetter, geboren 1917. Nach dem Krieg Grubenschlosser, 1949-1952 Akademie für Wirtschaft und Politik, später Vorsitzender der IG-Bergbau und Energie, seit 1969 1. Vorsitzender des Deutschen Gewerkschaftsbundes. Vizepräsident des Internationalen Bundes Freier Gewerkschaften.

Entwicklung und Beschäftigung aus der Sicht der Gewerkschaften

Über 150 Mio. Arbeitslose gibt es zur Zeit in den Ländern der Dritten Welt. Diese Berechnung gab die Internationale Arbeitsorganisation in Genf bekannt[1]. Bis 1980, also in bloß 5 Jahren, soll sich diese Zahl auf 300 Mio. verdoppeln. In dieser Schätzung ist nur die offene Arbeitslosigkeit erfaßt, noch nicht die verdeckte Arbeitslosigkeit, die nach IAO-Berechnungen im Durchschnitt 40 % der erwerbsfähigen Bevölkerung in den Entwicklungsländern (vor allem in der Landwirtschaft, im Kleinhandel und im Handwerk) betrifft. Daneben erscheint die Zahl von 15 Mio. Arbeitslosen und 6 Mio. Kurzarbeitern in den westlichen Industriestaaten (USA, Kanada, Europa, Japan und Australien) als niedrig, obgleich sie für sich genommen und im Rahmen unserer hochentwickelten Volkswirtschaften Grund zu ernsten Sorgen ist. Während wir in den Industrieländern darauf hoffen, daß nach einer Überwindung der weltweiten Rezession wieder ein Zustand der Vollbeschäftigung erreicht werden kann, handelt es sich in den Ländern Afrikas, Asiens und Lateinamerikas um Dauermassenarbeitslosigkeit, die sogar noch rapide zunimmt. Bedenkt man ferner, daß die meisten Industrieländer für eine einigermaßen befriedigende ökonomische und soziale Absicherung der Arbeitslosen wie der Nichterwerbsfähigen gesorgt haben, daß es aber in den Entwicklungsländern

1 Süddeutsche Zeitung vom 17. 7. 1975.

keinerlei derartige Versorgung der nichtarbeitenden Bevölkerung gibt, daß dort Arbeitslosigkeit nackter Hunger, Wohnungsnot und Krankheit bedeutet, dann muß man einräumen, daß Arbeitslosigkeit bei uns und dort zwei verschiedene Dinge sind.

Dennoch muß die häufig vertretene These, daß zur Bekämpfung der Arbeitslosigkeit in der Dritten Welt mehr Produktionskapital von den Industrieländern in die Entwicklungsländer verlagert werden müsse, in Frage gestellt werden. Jedenfalls bedeutet es keine Lösung des weltweiten Problems Arbeitslosigkeit, wenn gleichzeitig mit der Errichtung neuer Produktionsstätten in den Ländern der Dritten Welt im gleichen Umfange bei uns Betriebe geschlossen werden – wie es häufig geschieht –, wenn also lediglich Arbeitsplätze von hier nach dort verlagert werden. Sicher ist keinem deutschen Arbeitnehmer zuzumuten, daß er den Verlust seines Arbeitsplatzes »aus Solidarität« mit den Kollegen in der Dritten Welt hinnehmen solle. Auch der Hinweis auf unsere (zeitlich begrenzte) Arbeitslosenversicherung und darauf, daß es den Menschen dort sehr viel schlechter gehe, wäre keine Vertröstung für den Arbeitslosen in Deutschland.

Daneben ist ein quantitativer Aspekt zu beachten. Würden 1976 15 Mio. Arbeitsplätze – eine unrealistisch hohe Zahl – aus den Industrieländern ausgelagert, so würde dies zu einer Verdoppelung der gegenwärtig bereits sehr hohen Arbeitslosigkeit, das heißt zu einer katastrophalen Wirtschaftskrise in den Industrieländern führen. Aber damit würde die Arbeitslosigkeit in den Entwicklungsländern noch nicht einmal gesenkt! Denn die Auslagerung von 15 Mio. Arbeitsplätzen aus den Industrieländern würde lediglich den Zuwachs eines halben Jahres an Arbeitslosigkeit in der Dritten Welt ausgleichen.

Noch eine weitere Grobrechnung kann die Absurdität jener These erweisen, daß die Arbeitslosigkeit in der Dritten Welt durch stark erhöhte Investitionen aus den Industrieländern bekämpft werden könnte. Erfahrungsgemäß erfolgen Privatinvestitionen aus Industrieländern in Entwicklungsländern auf demselben technischen Niveau wie zu Hause, d. h. sie sind kapitalintensiv selbst in relativ arbeitsintensiven Industrien, weil nur so die höchstmögliche Produktivität und die erforderliche Weltmarktqualität erzielt werden kann. Das heißt aber, daß bei einem angenommenen durchschnittlichen Investitionsaufwand von DM 100 000 pro Arbeitsplatz[2] die

---

2 Ein 1974 in der Bundesrepublik Deutschland neu eingerichteter Arbeitsplatz in einer Spinnerei kostete DM 45 000, in einer Weberei DM 350 000, in der

astronomische Summe von 15 Billionen DM erforderlich wäre, um nur die hinzukommenden Arbeitsuchenden der nächsten fünf Jahre zu beschäftigen, ohne daß damit die gegenwärtige Zahl von 150 Mio. Arbeitslosen abgebaut würde.
Ganz offensichtlich kann also eine Bekämpfung der immensen Arbeitslosigkeit in der Dritten Welt nicht durch Produktionsverlagerungen aus den Industrieländern geschehen. Andere, wirksamere und realistischere Strategien müssen gesucht werden.

Beschäftigungsstrategien für Entwicklungsländer

Eine Lösung des Beschäftigungsproblems muß vor allem von den Entwicklungsländern selbst gefunden werden. Denn die Rolle des Kapitals aus den Industrieländern wird in der entwicklungspolitischen Diskussion meist erheblich überschätzt. Im Durchschnitt werden 80-90 % aller Investitionen in Entwicklungsländern von diesen selbst aufgebracht[3]. Es geht darum, diese Eigenmittel so einzusetzen, daß sie einen entwicklungspolitisch und vor allem beschäftigungspolitisch besseren Effekt erzielen. Zwar ist es nicht Aufgabe der deutschen Gewerkschaften, Entwicklungsländern Ratschläge zu geben. Aber es muß doch darauf hingewiesen werden, daß in der entwicklungspolitischen Diskussion und ebenso in den Erklärungen des Internationalen Bundes Freier Gewerkschaften[4] seit einiger Zeit Investitionsstrategien empfohlen werden, die die Beschäftigungslage verbessern würden. Daß sie von vielen Regierungen in den Ländern Afrikas, Asiens und Lateinamerikas nicht praktiziert werden, liegt oft daran, daß diese Regime mehr den Interessen einheimischer und ausländischer Kapitaleigner verpflichtet sind als den Bedürfnissen der eigenen Bevölkerung.
Eine dieser in letzter Zeit oft genannten Strategien wäre eine ent-

---

Bekleidungsindustrie DM 50 000, in der Textil- und Bekleidungsindustrie im Durchschnitt DM 200 000, in der metallverarbeitenden Industrie im Durchschnitt DM 80 000 (Auskünfte der Gewerkschaft Textil-Bekleidung und der IG Metall).

3 In Afrika werden 80 %, in Asien 89 %, in Lateinamerika 95 % der Gesamtinvestitionen aus Eigenmitteln finanziert (Berechnungen des Bundesministeriums für wirtschaftliche Zusammenarbeit aufgrund von UN-Statistiken).

4 Vgl. z. B. die Erklärung des IBFG zur Zweiten Entwicklungsdekade (1971) sowie die Erklärung des IBFG an die 29. Vollversammlung der Vereinten Nationen (1974), beide abgedruckt in: »Gewerkschaften und Entwicklungspolitik«, herausgegeben vom Bund-Verlag, Köln 1975, S. 476-483.

schlossene Modernisierung der Landwirtschaft. Würden größere Investitionsströme in den landwirtschaftlichen Sektor gelenkt, könnten nicht nur viele Arbeitskräfte auf dem Lande gehalten werden, sondern es würden auch die dort noch arbeitenden meist unterbeschäftigten, verdeckt arbeitslosen Landarbeiter und Kleinbauern in ihrer Arbeit produktiver. Es würde die Nahrungsmittelproduktion gesteigert, so daß die aufwendigen Lebensmittelimporte, auf die viele Entwicklungsländer zunehmend angewiesen sind, abgebaut werden könnten. Vor allem aber entstünde dort, wo in der Regel noch weit über die Hälfte der Bevölkerung lebt, eine Nachfrage nach Gütern der einheimischen Industrie. Es entstünde also ein kaufkräftiger Binnenmarkt, der für eine dauerhafte Industrialisierung unentbehrlich ist.

Eine weitere, immer öfter erwähnte Investitionsstrategie betrifft das Problem der angepaßten Technologie. Die in Industrieländern teuer eingekaufte Technik ist für die Situation eines Entwicklungslandes viel zu kapitalintensiv und bietet zu wenig Arbeitsplätze. Ein Bulldozer und drei Lastwagen nehmen möglicherweise hundert Bauarbeitern eine Arbeitsmöglichkeit, ein Verladekran macht 50 Hafenarbeiter arbeitslos, eine Reihe von zwanzig vollautomatischen Webmaschinen, die von nur einer Arbeiterin kontrolliert werden, ersetzt neunzehn Arbeitsplätze an einfacheren Webstühlen. Dennoch wird diese hochentwickelte Technik, für die man außerdem ausländische Experten, Ersatzteile und Lizenzen benötigt, immer wieder von staatlichen wie privaten Investoren in Entwicklungsländern importiert, teils aus Ehrgeiz und Prestige, teils unter dem Konkurrenzdruck des Weltmarktes, für den man glaubt, produzieren zu müssen, der aber optimale Produktivität und höchste, standardisierte Qualität verlangt. Insbesondere die ausländischen Investoren verwenden – wie bereits erwähnt – ihre eigene Technik; von ihnen ist am wenigsten der Einsatz von Arbeitsformen zu erwarten, die bei uns in der Frühzeit der Industrialisierung üblich waren.

In diesem Zusammenhang muß die oft gehörte Behauptung in Frage gestellt werden, daß ausländische Investitionen eine Form der Entwicklungshilfe seien, weil sie neue Arbeitsplätze schafften. Dagegen ist einzuwenden, daß sie aufgrund der eingesetzten Technik in der Regel nur relativ wenige Arbeitsplätze einrichten; vor allem aber, daß sie häufig kraft ihrer überlegenen Produktivität und Marktstrategie vorhandene Arbeitsplätze einheimischer Konkurrenten ruinieren, also per Saldo die Arbeitslosigkeit vergrößern. Errichtet etwa ein ausländischer Fabrikant eine Schuhfabrik in einem Entwicklungsland, so bietet er vielleicht 30 Arbeitern einen Job. In der Folgezeit jedoch können mehrere hundert einheimische Schuster ihre Schuhe nicht mehr gewinnbringend verkaufen und werden erwerbslos[5]. Dieser Verdrängungsvorgang vollzieht sich häufig unbeobachtet. Aber in allen Industriebranchen, in denen es Vorläufer im einheimischen Handwerk oder sogar schon Kleinindustrie gibt, muß mit dieser Negativwirkung gerechnet werden, sofern der ausländische Produzent auf dem Inlandsmarkt auftritt. Noch ist die beschäftigungspolitische Gesamtbilanz ausländischer Investitionen in Entwicklungsländern nicht aufgestellt worden. Man muß befürchten, daß sie negativ ausfiele.

Strukturpolitik in Industrieländern

Selbst wenn man also nicht erwarten kann und sollte, daß Produktionsverlagerungen von Industrieländern in Entwicklungsländer die dortigen Beschäftigungsprobleme lösen, so muß man sich doch mit solchen Verschiebungen und ihren Folgen bei uns befassen. Denn sie finden ja statt! Es werden immer wieder Teilproduktionen und sogar ganze Betriebe hier bei uns eingestellt und von derselben Unternehmung in einem Entwicklungsland neu aufgezogen.

Daneben gibt es zwar auch deutsche Investitionen in einem Entwicklungsland, die nicht direkt von einem entsprechenden Abbau von Arbeitsplätzen bei uns begleitet werden, weil sie auf neue, zusätzliche Nachfrage und demnach auf Produktionserweiterung abzielen. Dennoch handelt es sich auch dann noch um den Verlust potentieller Arbeitsplätze bei uns, weil die Unternehmung sich statt für Auslandsproduktion auch für entsprechenden Export, d. h. für zusätzliche Produktion im Inland, hätte entscheiden können. Ferner: Da in den meisten Fällen der Errichtung einer Produktionsstätte im Ausland ein beachtlicher Export in das entsprechende Land vorausgeht, fällt nach Aufnahme der Auslandsproduktion die betreffende Exportproduktion in Deutschland aus.

Die Entscheidung für Produktion in einem Entwicklungsland muß

---

5 K. Marsden berechnete für ein Projekt in Westafrika, daß 40 neue Arbeitsplätze in einer Fabrik für Plastiksandalen 5 000 Handwerker (einschließlich Gerber, Schuster usw.) brotlos machten. (»Progressive Technologies for Developing Countries«, in: International Labour Review, Vol. 101, Mai 1970, S. 480-486.)

keineswegs nur mit den dort niedrigeren *Lohnkosten* motiviert sein. Oft sind andere Gründe ausschlaggebend: Absatzsteigerung, das Ziel örtlicher oder regionaler Marktbeherrschung, andere Kostenfaktoren wie Transport, Import-Zölle, Steuern oder die Veränderung der Wechselkurse. Das Lohnmotiv steht dann allerdings eindeutig im Vordergrund, wenn ein Teilprodukt oder das Fertigprodukt der Auslandstochter von der Mutterfirma für den deutschen Markt reimportiert wird. (Es gibt z. B. Fälle aus der Leder- oder Bekleidungsindustrie, wo die zugeschnittenen Teile in ein Niedriglohnland ausgeflogen werden, nur um dort zusammengenäht oder -gesteppt zu werden. Ähnliches gibt es in der Elektroindustrie oder der Feinmechanik.)

Hier ist allerdings mit Nachdruck anzumerken, daß nicht alle Lohnkostenvorteile in Entwicklungsländern echte, marktkonforme, also komparative Vorteile sind. In vielen Entwicklungsländern bestehen aufgrund der extremen sozialen Konflikte unterdrückerische Diktaturen, die freie Gewerkschaften und damit normale Lohnerhöhungen der Arbeiter mit oft brutaler Gewalt unterdrücken. Damit – und nicht lediglich mit den niedrigeren Lebenshaltungskosten – ist in vielen Fällen das ausbeuterisch niedrige Lohnniveau in Entwicklungsländern zu erklären. Dieses »Lohn-Dumping« ist gegen die Interessen der Arbeitnehmer sowohl in den Industrieländern wie in den Entwicklungsländern gerichtet und muß deshalb bekämpft werden u. a. mit den Mitteln der internationalen Gewerkschaftssolidarität zur materiellen und politischen Unterstützung unterdrückter Gewerkschaften.

Ob ein Unternehmen aus Gründen der Lohnersparnis oder aus anderen Gründen eine Produktionsstätte in einem Entwicklungsland eröffnet, ist nicht entscheidend. So oder so finden solche Auslandsinvestitionen statt. Sie bedeuten auf jeden Fall Verlust faktischer oder potentieller Arbeitsplätze. In Zukunft werden sie vermutlich verstärkt getätigt werden, u. a. weil die starke Aufwertung der D-Mark in den letzten Jahren frühere Exportvorteile der Industrie in der Bundesrepublik aufgezehrt hat. Deshalb müssen die deutschen Gewerkschaften – zumal in der derzeitigen Beschäftigungssituation – auf diese Prozesse reagieren.

Noch ein anderer Zusammenhang muß bedacht werden. Fast alle Entwicklungsländer leiden unter einem chronischen Handelsdefizit[6]. Sie müssen deshalb ihre Exporte ausweiten. Eine lohnende

6 Ausnahmen sind neuerdings nur die OPEC-Länder, und die nicht einmal alle.

Möglichkeit bieten dafür fast nur die Märkte der Industrieländer. Deshalb fordern die Entwicklungsländer in den letzten Jahren zunehmend den Abbau von Importzöllen und -kontingenten sowie anderer Handelshemmnisse in den Industrieländern. Tatsächlich haben mit fortschreitender Industrialisierung immer mehr Entwicklungsländer Waren anzubieten, die auf unseren Märkten qualitativ konkurrenzfähig und preislich günstiger als unsere Produkte sind. Dabei handelt es sich sowohl um höhere Verarbeitungsstufen ihrer Rohstoffexporte (wobei sie einen Standortvorteil haben) als auch um Fertigprodukte der Leichtindustrie (wobei sie einen deutlichen Lohnkostenvorteil haben).
Nun steht außer Frage, daß »Billigimporte« – gleichgültig, ob sie von Tochterfirmen deutscher Konzerne oder aus eigener Produktion der Entwicklungsländer stammen – Arbeitsplätze bei uns gefährden. Die von dieser Konkurrenz bedrohten Branchen sind außer der stets erwähnten Textil- und Bekleidungsindustrie auch Teile der Elektroindustrie (Unterhaltungselektronik und Haushaltsgeräte), die Lederindustrie, die papier- und holzverarbeitende Industrie, Feinmechanik und Optik, die Spielwaren- und Musikinstrumentenindustrie. Es handelt sich um Leichtindustrien, die relativ arbeitsintensiv sind, ohne zu hohe Qualifikationsansprüche an die Arbeitskraft zu stellen, und deren Produkte keine allzu hohen Transportkosten verursachen[7]. Produktionsauslagerungen anstelle von Produktion für den Export betreffen darüber hinaus auch den Fahrzeugbau, den einfachen Maschinenbau, die metallverarbeitende Industrie und die verarbeitenden Bereiche der Chemieindustrie[8]. Man schätzt, daß in der gesamten verarbeitenden Industrie bis 1985 allein in der Bundesrepublik 250 000 bis 600 000 Arbeitsplätze gefährdet sind[9].

---

7 Siehe dazu u. a. »Nicht mehr konkurrenzfähig«, ein Artikel über »sterbende Branchen« von Peter Rogge, Wirtschaftswoche Nr. 22, 1975, S. 46-48, sowie die umfangreiche Studie des Kieler Instituts für Weltwirtschaft »Die Auswirkungen vermehrter Einfuhren aus Entwicklungsländern auf ausgewählte Branchen in der Bundesrepublik Deutschland«, Juni 1975.

8 Von den 10,8 Mrd. DM deutscher Privatinvestitionen in Entwicklungsländern (Netto-Transaktionswerte seit 1952, Bestand Ende 1974) entfielen auf die chemische Industrie 2,1 Mrd. DM (davon 0,3 Mrd. DM Pharmazie), den Automobilbau 1 Mrd. DM, die Elektrotechnik 0,9 Mrd. DM, Eisen und Stahl 0,5 Mrd. DM, den Maschinenbau 0,6 Mrd. DM, Banken und Versicherungen 0,9 Mrd. DM. 3,6 Mrd. DM wurden im Dienstleistungsbereich (vor allem Touristik) investiert. (Gerundete Zahlen nach einer Statistik des Bundeswirtschaftsministeriums, Runderlaß Außenwirtschaft Nr. 11 u. 12/75 vom 25. 3. 1975.)

9 Die in Anmerkung 7 genannte Kieler Studie, Ziffer 151.

Müssen sich nach den voranstehenden Feststellungen die deutschen Gewerkschaften mit allen Mitteln gegen die Billigimporte und gegen Produktionsauslagerungen wehren? Diese oft zu hörende Schlußfolgerung ist nicht zwingend. Die deutschen Gewerkschaften wissen aus der Geschichte der eigenen Industrialisierung, daß es unvermeidlich Verschiebungen in der Branchenstruktur einer Volkswirtschaft gibt, daß einzelne Branchen oder Produktionszweige aus Gründen des technischen Fortschritts, der Bedarfssättigung oder -verschiebung oder aus anderen Gründen schrumpfen, während andere Branchen sich oft sprunghaft ausweiten. Sie wissen auch, daß es volkswirtschaftlich nicht vertretbar ist, unrentabel gewordene Wirtschaftszweige durch Protektion und Subvention auf Dauer und künstlich am Leben zu halten. Da sie stets für eine verbraucherfreundliche und inflationsdämpfende Politik eintreten, sind ihnen billige Importe willkommen, sofern sie auf die Verbraucherpreise durchschlagen. Und schließlich sehen Gewerkschafter gerade in einem Land, das so stark exportorientiert ist wie die Bundesrepublik, daß eine Liberalisierung des Welthandels und eine handelspolitische Stärkung der Entwicklungsländer auch uns selbst zugute kommt. So heißt es in einer Entschließung des 10. Ordentlichen DGB-Kongresses vom Mai 1975, die deutschen Gewerkschaften gingen davon aus, »daß die Entwicklung dieser Länder zu selbständigen Handelspartnern in beiderseitigem Interesse liegt, aber nur möglich ist, wenn bisherige Benachteiligungen der Entwicklungsländer im Welthandel und im Weltwährungssystem abgebaut werden«. »Allerdings« – so fährt die Entschließung fort, und das ist entscheidend – »muß möglichen Auswirkungen der Handelsliberalisierung auf die Branchenstruktur in der Bundesrepublik durch eine vorausschauende, planvolle und aktive Strukturpolitik begegnet werden, damit nicht deutschen Arbeitnehmern schwerwiegende Nachteile entstehen.«[10]

Die bisherige regionale Strukturpolitik ist passiv, d. h. sie reagiert erst, wenn an einem Ort durch die Schließung eines größeren Werkes ein akutes Beschäftigungsproblem bereits entstanden ist. Sie hat noch keine Möglichkeit, vorausschauend und planvoll Arbeitsplatzverluste früh genug zu erkennen und rechtzeitig für Ersatzarbeitsmöglichkeiten zu sorgen. Sie hat außerdem bisher nur schwache Instrumente, um Neuansiedlungen aus anderen Branchen

10 Entschließung 39, abgedruckt im Protokoll des 10. Ord. Bundeskongresses des DGB, Köln 1975.

zu bewirken. Diese Instrumente bestehen im allgemeinen in Vergünstigungen der betroffenen Gemeinde (Nachlaß der Gewerbesteuer, des Grundstückspreises, der Gebühren u. ä.). Dabei kommt es nicht selten vor, daß eine Firma nach Ablauf der Zeit der Vergünstigungen den aufgrund der Anreize eröffneten Betrieb wieder stillegt bzw. verlagert.

Diese Beobachtungen sind einer der Gründe, warum die deutschen Gewerkschaften seit langem eine gesamtwirtschaftliche Mitbestimmung fordern. In paritätisch besetzten Regional- und Branchenausschüssen wie auch in gesamtwirtschaftlichen Mitbestimmungsorganen könnten die Gewerkschaften dafür sorgen, daß Branchenstrukturveränderungen frühzeitig erkannt und in den Investitionsplanungen sowie in der Personalpolitik (Ausbildung, Fluktuationsersatz) der Unternehmen berücksichtigt werden. Auch die Diskussion um Investitionsmeldestellen und Investitionslenkung gehört in diesen Zusammenhang. Denn dabei geht es vor allem um mehr Transparanz jener Vorgänge, die bisher allein auf den willkürlichen und streng geheimen Entscheidungen der Unternehmen beruhen, deren Folgen jedoch die betroffenen Arbeitnehmer auszubaden haben. Die Gewerkschaften bestehen keineswegs darauf, daß jeder heutige Arbeitsplatz um jeden Preis erhalten wird. Ihre Parole ist vielmehr, daß jedem arbeitsfähigen Arbeitnehmer ein ihm angemessener Arbeitsplatz, nicht ein bestimmter Arbeitsplatz, gesichert wird. Unterstützung bei der Fahrt oder bei einem Umzug zu einem neuen Arbeitsplatz oder auch Umschulungsbeihilfen für eine Anpassung an eine neue Arbeit werden gefordert und zum Teil bereits gewährt. Allerdings dürfen Umschulungserfordernisse und räumliche Mobilität nicht zu unzumutbaren Belastungen und nicht zu materiellen Einbußen der Arbeitnehmer führen. Jedenfalls darf der unvermeidliche und wohl auch wünschenswerte Umstrukturierungsprozeß der deutschen wie der internationalen Wirtschaft nicht auf dem Rücken unserer Arbeitnehmer ausgetragen werden.

Ferner ist zu erwähnen, daß die mittelfristigen Forderungen der Gewerkschaften nach mehr Erholungsurlaub, nach Bildungsurlaub, nach Abbau der Überstundenarbeit und Verkürzung der regulären Arbeitszeit bei vollem Lohnausgleich indirekt eine Vermehrung der Arbeitsplätze bedeuten.

Zusammenfassung

Eine Lösung der ungeheuer großen Beschäftigungsprobleme in den Entwicklungsländern ist nur durch deren eigene Anstrengungen denkbar. Vor allem wäre eine beschäftigungseffektivere Verwendung ihrer Eigeninvestitionen durch Modernisierung der traditionellen Landwirtschaft, durch Bevorzugung arbeitsintensiver und kapitalsparender Produktionsweisen und durch Massenbeschäftigung im Infrastrukturbereich erforderlich. Massive Verlagerungen von Arbeitsplätzen aus den Industrieländern in Entwicklungsländer brächten – selbst wenn sie durchführbar wären – keine nennenswerte Entlastung der Arbeitslosigkeit in den Entwicklungsländern, würden aber zu katastrophaler Verschärfung der Arbeitslosigkeit in den Industrieländern führen. Gerade die Investitionen der multinationalen Konzerne in den Entwicklungsländern zeichnen sich durch höchsten technologischen Standard, aber geringe Arbeitsintensität aus. Außerdem sind sie häufig weltmarktorientiert oder auf die dünnen konsumfähigen Oberschichten ihrer Gastgeberländer bezogen. Eine dauerhafte und stabile Industrialisierung der Entwicklungsländer muß aber auf einem kaufkräftigen breiten Binnenmarkt aufbauen, der alle Teile des jeweiligen Landes erfaßt. Insofern ist von den Investitionen der multinationalen Konzerne in den Entwicklungsländern keine wesentliche Hilfe bei der Überwindung der Massenarbeitslosigkeit zu erwarten.

Andererseits kann es im Rahmen der sich wandelnden Weltwirtschaft durchaus zu Strukturveränderungen kommen derart, daß Arbeitsplätze in bestimmten Branchen der Industrieländer abgebaut werden, während entsprechende Arbeitsplätze in den Entwicklungsländern neu entstehen. Dies wird vor allem in Industrien der Fall sein, wo Entwicklungsländer einen Standortvorteil (Rohstoffver- und -bearbeitung) oder einen Lohnkostenvorteil (arbeitsintensive Leichtindustrien) haben. Die Gewerkschaften der Industrieländer brauchen sich diesen zum Teil sinnvollen und für die Entwicklungsländer wie für die Industrieländer nützlichen Veränderungen nicht zu widersetzen, sofern sichergestellt ist, daß sie sich allmählich, überschaubar und gesteuert vollziehen und mit der Expansion der Wachstumsindustrien abgestimmt werden. Die deutschen Gewerkschaften fordern deshalb neue Instrumente einer vorausschauenden, planvollen und aktiven Strukturpolitik im Rahmen gesamtwirtschaftlicher Mitbestimmung.

Die deutschen Gewerkschaften wenden sich aber aufs schärfste gegen ein internationales Lohn-Dumping, das nicht auf echten Differenzen in den Lebenshaltungskosten verschiedener Länder, sondern auf der brutalen Unterdrückung freier Gewerkschaften in vielen diktatorisch regierten Entwicklungsländern beruht. Im Rahmen der internationalen Gewerkschaftsorganisationen werden wir uns verstärkt darum bemühen, die ökonomisch schwachen und politisch unterdrückten Gewerkschaften in den Entwicklungsländern zu stärken. Das liegt auch in unserem eigenen Interesse. Denn solange die Unternehmer in vielen Ländern bei höchster Arbeitsintensität nur Hungerlöhne zu zahlen brauchen, ist der Anreiz zu groß, arbeitsintensive Produktionen in solche »Niedriglohnländer« zu verlagern und dadurch Arbeitnehmer in Industrieländern auf die Straße zu setzen. Noch ist die internationale Gewerkschaftsbewegung national und ideologisch zersplittert. Aber das Interesse aller Arbeitnehmer an einem gesicherten Arbeitsplatz und einem Lohn, der wenigstens einen menschenwürdigen Lebensunterhalt ermöglicht, ist weltweit das gleiche. Wir haben diese Gemeinsamkeit erkannt und wenden uns gegen den Versuch, die Arbeitnehmerschaft der Industrieländer und der Entwicklungsländer gegeneinander auszuspielen[11].

---

11 Vgl. dazu die Entschließungen des 11. IBFG-Weltkongresses im Oktober 1975 in Mexiko.

Erhard Eppler

Veränderungen der weltwirtschaftlichen Arbeitsteilung*

Dr. Erhard Eppler, Studienrat, Landes- und Fraktionsvorsitzender der SPD von Baden-Württemberg. Geboren 1926 in Ulm. Studium: Englisch, Deutsch und Geschichte in Frankfurt a. M., Bern, Tübingen. 1951 Dr. phil., 1957 Studienrat. Seit 1970 Mitglied des Bundesparteivorstandes der SPD. 1968 bis 1974 Bundesminister für wirtschaftliche Zusammenarbeit. Rücktritt, weil er den Haushaltsansatz für sein Ministerium als ungenügend ansah. Seit 1974 Landes- und Fraktionsvorsitzender der SPD von Baden-Württemberg. Seit 1977 Vorsitzender der Grundwertekommission der SPD.

I.

Es gehört zu den Unmenschlichkeiten des politischen Geschäfts, daß dem Politiker der Ausdruck bestimmter Stimmungen, Erfahrungen und Haltungen, die zum Menschlichen gehören, verwehrt ist. Ein Beispiel ist die Erfahrung der Ratlosigkeit. Wie hat man es seinerzeit Rainer Barzel übelgenommen, als er einmal vor der Fernsehkamera gestand, er blicke da nicht mehr durch. Dabei war dies die menschlichste Äußerung, die ich von ihm kenne.

Daß in diesen Monaten die Glaubwürdigkeit der Politiker aller Schattierungen so gelitten hat, hängt damit zusammen, daß sie ihre Ratlosigkeit nicht eingestehen dürfen und doch nur schlecht verbergen können. Alle bekämpfen die Arbeitslosigkeit. Natürlich, aber keiner weiß genau, wie die Arbeitslosigkeit des Jahres 1977 zu bekämpfen ist. Hauptsache, man macht nie den Eindruck der Verlegenheit. Hauptsache, man tut etwas, im Bund, im Land, in den Parteien.

---

* Der Beitrag gibt einen Vortrag wieder, den Erhard Eppler am 15. Februar 1977 vor der Schwäbischen Gesellschaft e. V. in Stuttgart gehalten hat.

II.

In einem Bericht zur internationalen Konjunkturlage, der Anfang dieses Jahres in einem Bundesressort entstand, stehen folgende Begründungen dafür, daß die Weltkonjunktur 1977 vielleicht doch schwächer sein könnte, als von der OECD ursprünglich erwartet:

- Abschwächung der Impulse aus den 1975 und 1976 in vielen Ländern ergriffenen konjunkturpolitischen Anregungsmaßnahmen.
- Abflauen der bei den Verbrauchern während der Rezession aufgestauten und im Zuge der Erholung nachgeholten Käufe von dauerhaften Gütern.
- Nachlassende Impulse vom Aufbau der in der Rezession stark reduzierten Lager.
- Zurückhaltende öffentliche Ausgabenpolitik zur Konsolidierung der in vielen Ländern sehr hohen Defizitfinanzierung der öffentlichen Haushalte.
- Stärkere Sorge der Regierungen um die Gefahr des Wiederaufflammens inflationärer Exzesse und verstärkter Zahlungsbilanzungleichgewichte. In Verbindung damit teilweise restriktive Maßnahmen in einigen westeuropäischen Ländern (Großbritannien, Frankreich, Italien, Dänemark).
- Gedämpfte Zukunftserwartungen der Investoren durch Inflations- und Rezessionserfahrung.

Drei dieser sechs Gründe laufen darauf hinaus, daß die öffentlichen Hände in den OECD-Ländern ihre Politik nicht mehr ausschließlich auf die Ankurbelung der Konjunktur konzentrieren. Zwei der sechs Gründe besagen mit dürren Worten, daß die klassischen Antriebskräfte eines Aufschwungs (Nachholbedarf beim Verbraucher und bei der Lagerhaltung) kaum noch wirken, und der sechste Grund zielt auf etwas ab, was mit der Konjunktur wenig zu tun hat: die gedämpften Zukunftserwartungen der Unternehmer in den westlichen Industrieländern. Bisher waren wir der Meinung, die öffentlichen Hände hätten Initialzündungen zu geben für die Konjunktur. Jetzt sollen sie wohl das ganze Benzin liefern, damit der Wagen überhaupt läuft. Daß sie dies nicht auf längere Frist tun können, sogar wenn sie sich hoffnungslos verschulden, liegt auf der Hand. Oder geht es vielleicht gar nicht um Konjunktur?
In dem eben zitierten Bericht ist von den Risiken die Rede im Falle eines anhaltenden Konjunkturaufschwungs:

- Wiederaufflammen von nationalen und internationalen Verteilungskämpfen;
- erneute Beschleunigung und Differenzierung der Inflationsrate bei ohnehin hohen Inflationssockeln;
- Störungen des Weltwährungsgefüges (Flucht aus einzelnen Währungen etc.);
- verstärkte Tendenz zu Restriktionsmaßnahmen (auch handelspolitischer Natur) bei Verschärfung außenwirtschaftlicher Ungleichgewichte;
- Umschlagen gedämpft optimistischer Erwartungen in pessimistische Grundhaltung der Wirtschaftssubjekte und Gruppen.

Von diesen fünf Gründen hat allenfalls der zweite unmittelbar mit der Konjunktur zu tun, und der nur teilweise. Alle anderen Risiken können auch für eine Periode des Aufschwungs gelten.

III.

Für den Welthandel wird prognostiziert:
Die Wachstumsrate des Welthandelsvolumens wird für 1977 mit 6 % anenommen (1976 rd. 10 %). Sie liegt wesentlich niedriger als frühere Schätzungen für 1977 (8 %). Die Bundesregierung ist in ihrer Prognose des Welthandelsvolumens etwas optimistischer (wie der Sachverständigenrat 1977: + 8 %). Die OECD-Schätzung unterstellt ein neuerliches Anziehen der Importe der OPEC-Länder (+ 14,5 %) und der Nicht-Öl-Entwicklungsländer (+ 6 %) aus den OECD-Ländern. Die Staatshandelsländer werden ihre Importe nicht zuletzt aufgrund begrenzter Verschuldungsmöglichkeiten 1977 voraussichtlich nur unterdurchschnittlich ausweiten (+ 5 %).
Was hier von den kommunistischen Ländern gesagt wird, gilt noch mehr für die Entwicklungsländer.
Ihre Auslandsverschuldung – überwiegend gegenüber den OECD-Ländern – betrug 1973 noch ca. 100 Mrd. Dollar, Ende 1976 waren es – nicht nur durch die Ölkrise – schon ca. 200 Mrd. Dollar. Da es sich dabei meist um hochverzinsliche Exportkredite handelt, dürfte der Schuldendienst sich wohl auf 20 Mrd. Dollar zu bewegen. Das heißt: über die Hälfte der Exporterlöse dieser Länder, die Robert McNamara für 1975 bei 33 Mrd. Dollar veranschlagt, werden für den Schuldendienst gebraucht. Robert McNamara hat am 4. 10. 1976 in Manila vorgerechnet, man könne diese Exporte der Entwicklungsländer bis 1985 um weitere 30 Mrd. Dollar steigern »bei

einem Abbau der Zollschranken und nicht tarifären Handelshindernissen« für Fertig- und Halbfertigwaren.

Es ist anzunehmen, daß Hemmnisse nicht so rasch abgebaut werden. Auch die EG, die seit dem 1. 7. 1971 im Prinzip alle Fertigwaren aus Entwicklungsländern zollfrei hereinläßt, macht gerade da Ausnahmen, wo die Entwicklungsländer liefern könnten.

Geschieht der Abbau der Zölle und Hemmnisse nicht so rasch, gibt es drei Möglichkeiten:

1. Die Entwicklunsländer importieren weniger, weil sie sich größere Importe nicht mehr leisten können.
2. Die Industrieländer verstehen sich zu großzügigen Um- und Entschuldungen.
3. Der Internationale Währungsfonds schafft neue Liquidität für Entwicklungsländer in Form von Sonderziehungsrechten.

Daß das für uns nicht billiger wäre als die weitere Öffnung der Märkte, läßt sich leicht nachweisen.

Offenbar sind wir heute wirtschaftlich etwa da, wo Karl Marx die einzelnen Industriegesellschaften schließlich aufgrund seiner Verelendungstheorie landen sah: Die Kaufkräftigen, Reichen, haben nicht mehr genug Bedürfnisse, und die Bedürftigen, Armen, haben keine Kaufkraft.

Daß Marx in den einzelnen Industrieländern nicht recht bekam, hängt damit zusammen, daß den Unternehmern in einem Jahrhundert immer wieder mehr Lohn und bessere soziale Sicherung abgerungen wurden. Die Unternehmer wurden gegen ihren Willen zu ihrer eigenen Rettung gezwungen. Die Frage ist, wer heute die Industrieländer zu ihrer eigenen Rettung zwingen kann. Die Ölländer kaum, da ihre unmittelbaren Interessen sich rasch mit den unseren verflechten. Die Neureichen arrangieren sich mit den Altreichen, und die Altreichen sind stolz darauf, daß das Recycling funktioniert. Und die Armen?

IV.

Im Oktober 1976 hat eine 23köpfige Arbeitsgruppe unter der Leitung von Professor Tinbergen bei einer Tagung des Clubs von Rom in Algier einen Bericht übergeben unter dem Titel: »Re-shaping international order«, also: Umformung, Reform der internationalen Ordnung. Die Gruppe stellt fest, daß die Nachkriegsperiode des scheinbar schrankenlosen wirtschaftlichen Wachstums der Industrieländer vor drei Jahren zu Ende ging. Symptome waren der Zusammenbruch des bisherigen Währungssystems und die weltweite Unruhe auf den Rohstoffmärkten. Gleichzeitig erkannten die Staaten der Dritten Welt, daß der Gewinn der politischen Souveränität nicht automatisch zum wirtschaftlichen Wohlstand führte, und begannen, auf eine Änderung der Weltwirtschaftsordnung zu drängen. Die Verfasser befürchten, daß die äußerst unbefriedigende Lage großer Teile der Menschheit (zwei Drittel haben heute im Durchschnitt ein Tageseinkommen von weniger als 30 Cents, d. h. unter einer DM) eines Tages zu Verzweiflungstaten führen wird und daß angesichts der gegebenen technischen Mittel eine internationale Auseinandersetzung das Überleben der Menschheit überhaupt in Frage stellen kann. Unter diesen Umständen sei es sinnvoller, die hohen Kosten der Heilung des im Grunde kranken Weltsystems jetzt zu tragen als länger zu warten und das Risiko eines Zusammenbruchs auf sich zu nehmen.

Die Probleme der Rüstung, des Bevölkerungszuwachses, der Ernährung, der entstehenden Riesenstädte, des Umweltschutzes, des Währungs- und Handelssystems, der natürlichen Ressourcen und der Ozeane, der Wissenschaft und Technologie erforderten rasche Lösungen, die wegen der weltweiten Interdependenz nicht isoliert, sondern nur als zusammenhängendes Ganzes zu suchen seien. Davon könne sich keine Staatengruppe, auch nicht der Ostblock, ausschließen. Der jetzige Stand der internationalen Verhandlungen erzwinge wegen seiner enttäuschenden Ergebnisse einen Neubeginn.

Ziel einer Entwicklungsstrategie müsse es sein, die Einkommensunterschiede zwischen Nord und Süd innerhalb von 40 (!) Jahren von 1 : 13 auf 1 : 6 zu reduzieren. Die Verfasser zweifeln daran, ob sich die Menschheit zu einer solchen Anstrengung noch aufraffen kann. Und ich teile ihre Zweifel.

V.

Aber Zweifel richten sich nicht nur auf das, was die Tinbergen-Kommission das »Kranke Weltsystem« nennt. Zweifel nagen immer mehr an der Art, wie die Industriegesellschaften selbst sich entwickeln, wenn der Begriff Entwicklung hier noch stimmt.

In einem Vortrag in Houston Ende 1975 ging die amerikanische Ökonomin Hazel Henderson der Frage nach, warum die Konjunkturpolitik der USA bei allen hektischen Anstrengungen doch nur sehr begrenzte Erfolge zeitigt. Sie geht von einem Satz aus, der erkenntnistheoretisch falsch sein mag, politisch aber ins Schwarze trifft: »Wirklichkeit ist das, worauf wir unsere Aufmerksamkeit richten.« Bisher hätten wir unsere Aufmerksamkeit fast ausschließlich auf »short-term oscillationes« gerichtet. Das nannten und nennen wir Realismus. Aber: »Offensichtlich sind die Probleme strukturell, und globale politische Maßnahmen, die das ganze System aufpumpen, um strukturelle Teilarbeitslosigkeit zu lindern oder Unebenheiten in der Verteilung zu kaschieren, werden jetzt zu teuer, da sie sowohl die Inflation anheizen als auch Ressourcen verschlingen.«

Hazel Henderson warnt vor dem Entropie-Staat, der uns anstelle des post-industriellen überkommen könnte. Und sie definiert ihn so:

»Der Entropie-Staat ist eine Gesellschaft in einem Stadium, wo Komplexität und gegenseitige Abhängigkeiten solche Ausmaße angenommen haben, daß sie nicht mehr zu gestalten und zu handhaben sind und die dadurch entstehenden Transaktions-Kosten ihren produktiven Fähigkeiten gleichkommen oder sie übertreffen ... Der Anteil des Bruttosozialprodukts, der ausgegeben werden muß für die Verteilung bei Konflikten, die Bekämpfung der Kriminalität, für alle sozialen Aufwendungen, die sich aus den externen Kosten von Produktion und Verbrauch ergeben, für immer mehr bürokratische Koordination ... beginnt exponentiell oder noch stärker als exponentiell zu wachsen.«

Dieser Entropie-Staat, der sein Wachstum immer mehr aufbraucht, um mit den Folgen des Wachstums immer mühsamer fertig zu werden, ja, der nach neuem Wachstum schreit, um mit dem alten Wachstum fertig zu werden, ist vor allem durch drei Fakten gekennzeichnet:

1. Die abnehmende Produktivität von Kapitalinvestitionen. Als Beispiel nennt Hazel Henderson die Landwirtschaft, vor allem aber die Energiegewinnung, »wo wachsende Mengen von Kapital immer weniger Netto-Energie liefern«. »Das Bruttosozialprodukt steigt weiter, wir arbeiten härter, aber unser Geld wird relativ weniger wert ...«
2. Die steigenden sozialen Umweltkosten von Produktion und Konsum. Dazu rechnet Hazel Henderson z. B. auch die zunehmend geforderte »Mobilität der Arbeitnehmer, die sich in weniger engagierten Bürgern, alkoholsüchtigen Frauen und gestörten Kindern« äußert.

3. Der Umfang und die Komplexität von technischen und Manager-Aufgaben verlangt seinen Zoll an menschlichen Verlusten, an Ausgeflippten, Drogensüchtigen, an kriminellem Verhalten und menschlicher Entfremdung.

Es kann hier nicht meine Aufgabe sein, im einzelnen die Konsequenzen darzustellen, die Hazel Henderson für die USA zieht: Sparsamer Umgang mit Energie, Dezentralisierung in Wirtschaft und Staat, Förderung kleiner Einheiten, Arbeitsplätze mit begrenztem Investitionsaufwand, mehr handwerkliche und Humandienstleistungen.

Ich möchte versuchen, einige Richtungen anzugeben, die sich aus dem bisher Gesagten ergeben, erst für die Bundesrepublik Deutschland, dann für Baden-Württemberg.

VI.

1. Die Bundesrepublik gerät zunehmend unter den Druck der politischen Kräfte, die einen spürbaren realen Ressourcen-Transfer von Nord nach Süd für unerläßlich halten.
2. Dieser Transfer kann stattfinden
   a) durch höhere Preise vor allem für knappe Rohstoffe (Kupfer, Bauxit etc.);
   b) durch mehr Importe von Fertigwaren aus Entwicklungsländern;
   c) durch Um- und Entschuldungen;
   d) durch Schaffung von Liquidität beim Internationalen Währungsfonds, vor allem für die Weltbank-Gruppe;
   e) durch mehr klassische Entwicklungshilfe.

   Wahrscheinlich werden wir auf allen fünf Gebieten Zugeständnisse machen müssen.
3. Die Bundesrepublik Deutschland stößt auf eine Exportgrenze, die in den Zahlungsbilanzen ihrer Kunden liegt. Wir werden immer häufiger andern Geld geben müssen, damit sie bei uns kaufen können. Dies gilt nicht nur für Entwicklungsländer.
4. Da dies Grenzen hat, wird die Bundesrepublik Deutschland weder *die* Werkstatt noch *das* Konstruktionsbüro der Welt werden, sondern eine von vielen Werkstätten und eines von wenigen Konstruktionsbüros.
5. Jede Art von Energie und zahlreiche Rohstoffe werden teurer, auch im Vergleich zu Fertigprodukten. Recycling wird daher

zunehmend wirtschaftlicher. Für einige Zeit werden wir weniger aufwenden müssen, um eine Kilowattstunde zu sparen, als eine neue zu produzieren.

6. Die Enge der Märkte nach außen und innen dürfte dazu führen, daß im Durchschnitt eines Konjunkturzyklus die Produktion nicht rascher steigen kann, als die Produktivität – aus Konkurrenzgründen – steigen muß.
7. Dies bedeutet, daß in der industriellen Produktion kaum mehr Arbeitsplätze geschaffen werden können als verlorengehen.
8. Die Grenze der Investitionstätigkeit wird weniger von der Finanzierungsseite bestimmt als von den Märkten, für die investiert werden soll und vom Verhältnis von Investitionsaufwand und Ertrag (siehe Hazel Henderson).
9. Auch eine unerwartet hohe Investitionsrate allein wird die Arbeitslosigkeit nicht beseitigen können, da der Zwang zur Rationalisierung anhält.
10. Der Widerstand gegen reine Verschleißproduktion wird wachsen, nicht nur wegen höherer Rohstoff- und Energiepreise. In dem Maße, in dem dauerhaftere Güter hergestellt werden, erhöht sich die Nachfrage nach Reparatur-Dienstleistungen.
11. Die Notwendigkeit rascher Umstellungen in der Produktion gibt kleineren und mittleren Betrieben neue Chancen, wenn sie flexibler als Großbetriebe neue Marktnischen ausfindig machen und gleichzeitig ausreichend Informationen über technische Neuerungen erhalten.
12. Die Arbeitslosigkeit läßt sich nur auf Kosten von Realeinkommenszuwächsen der in Arbeit Stehenden bekämpfen. Dies gilt für kreditfinanzierte Investitionsprogramme ebenso wie für den Ressourcen-Transfer von Nord nach Süd. Es gilt genauso für jede Form der Arbeitszeitverkürzung wie für zusätzliche Humandienstleistungen. Es gälte sogar für eine extrem hohe Investitionsrate.
13. Hieraus ergibt sich der Zwang, aber auch die Chance zu politischen Entscheidungen. Diese Entscheidungen haben indirekt Richtung, Tempo und Qualität des Wachstums zum Inhalt.
14. Damit ist die Frage, was denn wachsen soll und was nicht, zum erstenmal konkret gestellt. Die ohnehin unfruchtbare Frage, ob wir Wachstum haben wollen oder nicht, wird sich künftig nicht einmal mehr für Polemik eignen.
15. Vor die Wahl gestellt, inwieweit wir unseren – relativ kontinuierlichen – Produktionszuwachs verwenden zum Ressourcen-

Transfer nach dem Süden, zum Ausbau einer zukunftsbezogenen materiellen Infrastruktur im Lande, zur Bereitstellung ausreichender Humandienstleistungen oder zur Verkürzung der Arbeitszeit (pro Arbeitsleben, pro Arbeitsjahr, pro Arbeitswoche) scheinen mir als die ersten drei Möglichkeiten den zeitlichen Vorrang zu haben vor der vierten. Man kann die vierte Variante nach den ersten drei, man kann aber nicht die ersten drei nach der vierten realisieren.

16. Auch *innerhalb* dieser Handlungsalternativen gibt es Entscheidungsspielräume. Auch bei der Form des Ressourcen-Transfers nach dem Süden, bei der Wahl der Schwerpunkte von Infrastrukturprogrammen und bei der Auswahl von Humandienstleistungen werden in jedem Fall Weichen gestellt.

VII.

Was bedeutet das alles für das höchstindustrialisierte, exportintensivste Flächenland der Bundesrepublik Deutschland, das Baden-Württemberg, wie wir es kennen?

1. Baden-Württemberg dürfte, was den Anteil der Beschäftigten angeht, zumindest keinen höheren Industrialisierungsgrad mehr erreichen können. Daran dürfte keine staatliche Förderungsmaßnahme Wesentliches ändern können. Es kann sich nicht aus dem Gesamttrend Westeuropas herauslösen.
2. Eine ganze Anzahl von Industrien, keineswegs nur die Textil- und Lederindustrie, werden weiter unter Druck stehen, durch Importe und Verlagerung von Betriebsstätten. Dies wird auch in der feinmechanischen, optischen und elektrotechnischen Industrie spürbar sein. Auch die Automobilindustrie wird nicht unbegrenzt lange der entscheidende Motor unserer Wirtschaft bleiben. Dabei werden keine Branchen, wohl aber bestimmte Produktionen in einzelnen Branchen gefährdet sein.
3. Neue Chancen ergeben sich aus der Notwendigkeit einer Technologie, die mit weniger Energie, weniger Rohstoffen, einem überschaubaren Kapitaleinsatz und ohne allzu komplizierten Verwaltungsapparat auskommen kann.
4. In diesem Zusammenhang sollten vom Land, seinen Forschungseinrichtungen und seiner Maschinenbauindustrie alle Anstrengungen im Bundesministerium für Forschung und Technologie und in der Gesellschaft für Technische Zusammenarbeit unter-

stützt werden, angepaßte Technologien für Entwicklungsländer zu fördern.

5. In Zusammenarbeit mit dem Bundesminister für Wirtschaftliche Zusammenarbeit und der Gesellschaft für Technische Zusammenarbeit sollte Planungskapazität und Know-how für Entwicklungsländer angeboten werden, das den besonderen Anforderungen der Entwicklungsländer gerecht wird.
6. Da mittelfristig Holz und Lebensmittel eher knapper werden, haben Land- und Forstwirtschaft eine bessere Zukunftschance, als viele vor einigen Jahren angenommen haben. Wachsende Nachfrage nach qualitativ hochwertigen Lebensmitteln setzt der Abwanderung aus der Landwirtschaft Grenzen.
7. Da auch bei großen Anstrengungen weder in der industriellen Produktion noch in den klassischen Dienstleistungen von Banken, Versicherungen, Handel, Verkehr zusätzliche Arbeitsplätze entstehen, müssen sie in anderen Dienstleistungen gesucht werden.
8. Dafür kommen in Frage:
   a) handwerkliche Dienstleistungen, vom Ausbaugewerbe über Reparaturleistungen bis zur Gärtnerei;
   b) private Humandienstleistungen, z. B. im Fremdenverkehr, der Gesundheitsvorsorge und im Freizeitangebot;
   c) öffentlich finanzierte Humandienste im Bildungswesen (Berufsbildung, Erwachsenenbildung etc.), im Sozialbereich (Sozialarbeiter, Altenpfleger etc.), in Gesundheitsvorsorge und -aufklärung.
9. Entsprechende Entscheidungen aufgrund von Bedarfsanalysen, vor allem zu 8 c), müssen rechtzeitig getroffen werden, damit sich das Ausbildungsangebot für die geburtenstarken Jahrgänge darauf einrichten kann.
10. Unser Bildungswesen kann sich kaum auf die einzelnen Zukunftsberufe einstellen. Aber folgende Feststellungen sind schon möglich:
    a) Die Gefahr der Überqualifikation ist wesentlich geringer als die der Unterqualifikation, da Berufswechsel immer häufiger werden dürften.
    b) Der Praxis-Bezug muß in allen Schularten zunehmen.
    c) Die Fähigkeit zum solidarischen Miteinander wird noch wichtiger.
    d) Daher muß das Gesamtangebot an Bildung flexibler, vielseitiger, kontinuierlicher und lebenslang sein. Dadurch kann auch der Konkurrenzdruck in den Schulen begrenzt werden.

11. Dem Prozeß der Konzentration muß entgegengewirkt werden. Dies gilt für die Struktur der Betriebe wie für die Regionalstruktur. Wenn Mammutgebilde zunehmend schwerfälliger und anfälliger werden, müssen wir auf eine gewisse Dezentralisierung von wirtschaftlichen und politischen Entscheidungen setzen.

VIII.

Was ich Ihnen heute vorgetragen habe, sind keine Rezepte. Ich habe versucht, ein paar Schneisen zu schlagen in den Dschungel von Verlegenheiten, Ausweglosigkeiten, Aufgaben und Prognosen, der uns so ratlos macht. Wohin solche Schneisen letztlich führen, weiß niemand. Sicher nicht ins Paradies. Worüber ich mit Ihnen sprechen möchte, ist, ob die Schneisen in der richtigen Richtung geschlagen sind.

III. Zu Problemen der sich entwickelnden Länder

Sukhamoy Chakravarty
Die Bewältigung der Ernährungskrise

Professor Dr. Sukhamoy Chakravarty, Neu-Delhi (Indien). Nach Studien und Promotion in den Niederlanden längere Zeit in den USA: Massachusetts Institut, John-Hopkins-Universität, anschließend in Indien Professor an der Delhi School of Economics, ab 1972 Mitglied der indischen Planning Commission (Aufstellung von Fünfjahresplänen und Aufsicht der Ausführung). Seit September 1976 für ein Jahr Lehrstuhlinhaber des neugeschaffenen Jan-Tinbergen-Lehrstuhls der Universität Rotterdam.

1. Es ist eine Gewohnheit der Publizisten geworden, die Welt als eine Gemeinschaft in immer größer werdender Interdependenz zu beschreiben. Es ist jedoch nicht immer der Fall, daß die Leute versuchen, zu analysieren, was diese Beschreibung beinhaltet. Erhard Eppler ist einer der wenigen Politiker der westlichen Welt, der überlegte, was es heißt, in einer interdependenten Welt zu leben. In seinem Buch »Zu wenig Zeit für die Dritte Welt« hat er die »Entwicklungspolitik« als »Weltinnenpolitik« bezeichnet, ein gutgewählter Ausdruck, der zuerst von C. F. von Weizsäcker geprägt wurde.

Ich möchte vorschlagen, in diesem Text eines der größten Probleme zu behandeln, denen sich die Weltgemeinschaft heute gegenübersieht. Dieses Problem besteht darin, den Bewohnern der Dritten Welt genügend Lebensmittel zu sichern. Man wird feststellen können, daß alle größeren Faktoren, die in der Weltwirtschaft wirken, ihren Ausdruck finden in diesem Bereich, der letzlich der grundlegende für das Überleben unserer Art ist.

2. Am Anfang sollten wir uns das Welternährungsbild anschauen. Die folgende Tabelle gibt die Daten für das Jahr 1970 an, das, was das Wetter angeht, nicht als typisch für die ganze Welt angesehen werden kann.

Tabelle 1
Ernährungsniveaus in verschiedenen ausgewählten Regionen

	Südasien	Südostasien	Asiatische zentral geplante Wirtschaftssysteme
Kalorien pro Tag	2 037	2 161	2 069
Gesamtproteine (Gramm pro Tag)	52,4	56,0	58,7
Tierische Proteine (Gramm pro Tag)	6,7	10,4	9,2
Fett insgesamt	28,4	28,2	31,5

	Japan	Nordamerika	Ozeanien	Westeuropa	Osteuropa
Kalorien pro Tag	2 537	3 261	3 283	3 051	3 181
Gesamtproteine (Gramm pro Tag)	77,7	96,6	100,2	88,6	92,9
Tierische Proteine (Gramm pro Tag)	32,8	69,4	69,4	48,7	40,9
Fett insgesamt	52,8	153,1	144,8	123,8	88,0

Quelle: FAO: Landwirtschaftliche Warenplanungen 1970-80, Band 1, Tabelle 6, S. 57. Spalte für Japan aus ECAFE Bulletin, Band XXV, Nr. 1, Juni 1974.

Aus dieser Tabelle geht ziemlich klar hervor, daß hinsichtlich eines jeden Ernährungselements die Situation in Südasien und Südostasien deutlich verschieden ist von der in den entwickelten Ländern der Welt, die auch Japan einschließen würden. Besonders deutlich werden die Unterschiede, was die Aufnahme tierischen Proteins angeht. Die relevante Ziffer für Südasien liegt bei weniger als einem Zehntel der Zahl für Nordamerika. Während man sagen kann, daß aus ernährungspolitischer Sicht die Aufnahme tierischen Proteins in Nordamerika weit über die erforderliche Menge hinausgeht, steht der Grad der Unterernährung in den Entwicklungsländern Südasiens außer jeder Frage. Wenn auch die oben aufgeführte Tabelle Daten aus Afrika nicht aufweist, so sieht die Situation dort nicht besser aus. Dasselbe gilt auch in geringerem Maße für Lateinamerika[1].

Das Ausmaß der unterschiedlichen Ernährung zwischen den entwickelten Ländern und den Entwicklungsländern wird besser verstanden, wenn man die Tatsache in Betracht zieht, daß diese Daten Durchschnittswerte für breite Bevölkerungsschichten angeben und daß außerdem die Verteilung des verfügbaren Einkommens, das die Nachfrage nach Lebensmitteln in einer Marktwirtschaft bestimmt, in diesen Ländern sehr ungleich ist. Außerdem ist es nun ziemlich sicher, daß der menschliche Körper die Proteine nicht aufnehmen kann, die ihm normalerweise zur Verfügung stünden, wenn die Kalorienaufnahme ungenügend ist. In Südasien liegt die durchschnittliche Kalorienaufnahme 10 % unter der notwendigen Aufnahme; die sehr ungleichmäßige Versorgung mit Proteinen kann deshalb nicht optimal genutzt werden. Aus all diesen Gründen kann die wirklich herrschende Situation noch beträchtlich schlechter sein als es die, wenn auch schon bezeichnenden, Daten ausweisen, die in den Statistiken aufgeführt werden. Während die hier aufgeführten Daten aus dem Jahr 1970 stammen, ist es doch unwahrscheinlich, daß dieses Bild sich während der letzten Jahre verbessert hat. Man darf sogar annehmen, daß aufgrund des Ungleichgewichts zwischen Lebensmittelproduktion und Bevölkerungswachstum die Importkapazität ölimportierender Entwicklungsländer gesunken ist und die Situation sich nur noch verschlechtert haben kann, und zwar nicht nur im Hinblick auf das Gefälle zwischen den Reichsten und den Ärmsten, das noch größer geworden ist, sondern auch in dem Sinne, daß das absolute Niveau der für die ärmsten 40 % der Weltbevölkerung verfügbaren Lebensmittel gefallen ist.

Wenn diese Verringerung stattfand in der sogenannten Zweiten Entwicklungsdekade, deren Hauptziel darin bestand, das minimale Lebensniveau anzuheben, wäre es höchste Zeit für die betroffenen Völker in der ganzen Welt, Maßnahmen zu finden, die den beobachteten Trend umkehren können, bevor die Welt mit einer größeren Katastrophe konfrontiert ist. Wie die folgende Analyse zeigen wird, ist diese Aufgabe nicht leicht, solange die entwickelte Welt nicht ein viel größeres Maß an Verständnis für die verschiedenen Lösungsmöglichkeiten zeigt und entsprechend handelt, während die

---

1 Daten zu Afrika, Lateinamerika und dem Nahen Osten werden in der vorher erwähnten FAO-Tabelle aufgeführt. Ich habe mich hier auf Südasien konzentriert, da es allgemein als das Gebiet angesehen wird, das die größten Probleme hat, was die Lebensmittel angeht.

Entwicklungsländer sich entschieden in eine Richtung bewegen, die durch eine Anpassung der internen Institutionen und Politiken an die Gegebenheiten gekennzeichnet ist und damit durch eine verschärfte Konfrontation mit den Problemen, die sich jahrelang angehäuft haben.

3. Welche Hauptfaktoren haben die augenblickliche Situation hervorgebracht, was die Dritte Welt angeht? Grob gesagt könnte man von drei Gründen sprechen. Der erste und am meisten in den jüngsten Diskussionen unterstrichene Grund ist die Beschleunigung des Bevölkerungswachstums in den Entwicklungsländern. Zweitens, die Importkapazität der meisten Entwicklungsländer hat sich während der letzten Jahrzehnte nicht erhöht und kann sogar gefallen sein, wenn man die Ölimporte einschließt. Drittens, die Wachstumsrate der Lebensmittelproduktion hat sich nicht schnell genug gesteigert. Man kann eine marginale Verringerung der Wachstumsrate der Lebensmittelproduktion während der letzten 10 Jahre im Vergleich mit den fünfziger Jahren und den frühen sechziger Jahren, der sogenannten »grünen Revolution« feststellen. Jeder der erwähnten Gründe kann nur verstanden werden, wenn man sie in den Zusammenhang mit einer Reihe von Zusatzfaktoren stellt. Bevor wir zur politischen Schlußfolgerung kommen, muß man deshalb diese Gründe etwas mehr im Detail analysieren.

4. Ich möchte zunächst mit der Bevölkerungsfrage beginnen. Hier sind die groben Fakten genügend bekannt. Wir wissen, daß die Rate des Bevölkerungswachstums in den Entwicklungsländern wesentlich über der Rate in den entwickelten Ländern liegt. 1971 lag die Wachstumsrate für Südasien bei 2,8 %, während die Wachstumsrate für Nordamerika bei 1,2 % lag. Wir wissen auch, daß, wenn man Lateinamerika und Afrika einbezieht, die Rate für die Entwicklungsländer steigen würde bis zu fast 3 %, wohingegen, wenn man Europa einbeziehen würde, die Rate für die entwickelte Welt auf rund 1 % fallen würde. Es besteht daher wenig Zweifel, daß die wesentliche Rolle des Wachstums in der nationalen Produktion der Entwicklungsländer neutralisiert wird durch das Bevölkerungswachstum. Das wird illustriert durch die Tatsache, daß der Prozentsatz laufender Investitionen, der notwendig ist, um das Pro-Kopf-Einkommen konstant zu halten, bei über 40 % in den Entwicklungsländern liegt, wohingegen der entsprechende Anteil bei den entwickelten Ländern bei knapp 12 % liegt.

Es ist klar, daß – solange die Bevölkerung weiter mit der augenblicklichen Geschwindigkeit wächst – die Entwicklungsländer sich sehr anstrengen müssen, um dort zu bleiben, wo sie jetzt sind. Zweitens, während ihr Bedürfnis, schnell vorwärtszukommen, größer wird, wird ihre Geschwindigkeit wahrscheinlich eingeschränkt werden, weil das hohe Bevölkerungswachstum ungünstige Auswirkungen auf die Fähigkeit hat zu sparen und auch die Höhe direkter produktiver Investitionen, die sie unternehmen können, beschränkt. Mit anderen Worten: Wenn die Welternährungskarte eine wesentliche Änderung erfahren soll, ist eine Aktion an der Bevölkerungsfront vonnöten. Die wirkliche Frage ist aber die nach der Form der Aktion.

Grob gesagt bestehen zwei extreme Ansichten in dieser Hinsicht. Zum einen wird angeregt, daß alle Investitionsanstrengungen darauf ausgerichtet werden sollten, die Fruchtbarkeitsrate soweit wie möglich zu verringern. Gelegentlich wird dieser Gesichtspunkt unterstützt durch statistische Angaben über Kapital-Verhältnisse oder über Rückzahlungsraten bei Investitionen. Der entgegengesetzte Gesichtspunkt möchte die Tatsache aufrechterhalten, daß es nichts Spezielles gibt, das getan werden muß, um die Fruchtbarkeitsrate zu verringern. Das Problem werde sich von selbst im Laufe der Zeit lösen, wenn nur das Entwicklungstempo auf einem genügend hohen Niveau erhalten bleibe.

Ich bin der Meinung, daß beide Ansichten übertrieben optimistisch sind, was ihre jeweiligen Annahmen angeht. Außerdem übersehen beide ein bestimmtes grundlegendes Problem, das in der Situation liegt. Was das erste Argument angeht, darf man nicht übersehen, daß die Tatsache der »demographischen Trägheit« es nicht allein notwendig machen wird, zusätzliche Investitionen zu beschaffen, um das große Bevölkerungswachstum aufzufangen, daß die augenblickliche unausgeglichene alte Struktur der Entwicklungsländer kennzeichnet. Es wurden Studien durchgeführt, die zeigen, daß – selbst wenn die indische Fruchtbarkeitsrate so weit reduziert würde, daß sie gerade ausreichte, die Sterbefälle bis 1985 auszugleichen – die Gesamtbevölkerung nicht vor dem 5. Jahrzehnt des nächsten Jahrhunderts stabilisiert sein wird. Was wichtiger ist, sie nehmen an, daß Fruchtbarkeitsniveaus durch direkte Methoden, durch öffentliche Gesundheitsmaßnahmen beträchtlich verändert werden können; eine Annahme, die bisher noch nicht geprüft wurde.

Der zweite Gesichtspunkt übersieht die Tatsache, daß das bloße Anhalten des Bevölkerungswachstums die demographische Stabilisierung auf wünschenswertem Niveau aufschieben kann und so zu einem beträchtlichen Verlust sozialen Wohlstandes führen kann. Es kann nicht abgestritten werden, daß es in bestimmten günstigen Situationen möglich sein kann, die demographische Stabilisierung zu forcieren, indem man feste Kapitalformationen in direkt produktiven Aktivitäten erhält, ohne eine besonnene Bevölkerungspolitik anzunehmen. Die Geschichte zeigt ja auch, daß die Erfahrungen vieler der heutigen entwickelten Länder historische Gründe darstellen, die eine solche Hypothese stützen. Zur Erklärung kann man den Fall der Vereinigten Staaten von Amerika anführen. Die Wachstumsrate der Bevölkerung im frühen 19. Jahrhundert in den Vereinigten Staaten lag über 3 % pro Jahr, wenn auch die augenblickliche Rate bei ungefähr 1 % pro Jahr liegt.

Die wirklich wesentliche Frage besteht deshalb darin, ob die günstigen Bedingungen, die es ermöglichten, die demographische Stabilisierung zu begünstigen, ohne eine wohldurchdachte Bevölkerungspolitik zu planen, in den unterentwickelten Ländern unserer Zeit überhaupt bestehen.

Genau gesehen ist das Problem, ein Paket politischer Maßnahmen durchzusetzen, die helfen werden, den Übergang früher zu bewerkstelligen, als es sonst möglich wäre. Hier könnte der Beweis, den wir aus einigen Entwicklungsländern Ostasiens haben, ermutigend sein. In einigen Ländern Ostasiens wurde festgestellt, daß die Geburtenraten sich ziemlich wesentlich verringerten, wenn das Pro-Kopf-Bruttosozialprodukt über $ 200 lag. Das bedeutet, daß das, was in Westeuropa und anderswo auf einem viel höheren Niveau des Pro-Kopf-Einkommens erreicht wurde, viel früher erreicht werden könnte. Das ist ein hoffnungsvoller Aspekt der Situation. Man sollte aber nicht vergessen, daß auch dieser Erfolg nur durch eine wesentliche Anhebung des Brutto-Sozialprodukts der Entwicklungsländer erreicht werden kann. Beschleunigtes wirtschaftliches Wachstum muß also absolut grundlegend für jede realistische Bevölkerungspolitik sein. Ebenso machen die Daten jedoch deutlich, daß ein ausschließliches Aufbauen auf dem Wachstum allein die demographische Stabilisierung in näherer Zukunft nicht bringen kann. Deshalb müssen wir unser besonderes Augenmerk darauf richten, das Bevölkerungswachstum zu verringern.

Unsere Kenntnis darüber, was das Bevölkerungswachstum bestimmt, ist noch sehr unvollständig. Einige ökonometrische Studien wiesen jedoch auf die große Bedeutung der Bildung, besonders der Frauen, ebenso wie die des Pro-Kopf-Einkommens, der Verstädterung und dem Sinken der Kindersterblichkeitsraten hin. In Indien wurde festgestellt, daß es sogar bestimmten Staaten mit re-

lativ geringem Pro-Kopf-Einkommen, wie zum Beispiel Kerala, gelungen ist, die Geburtenraten beträchtlich zu verringern, da man hier die Bedeutung der erwähnten Faktoren erkannt hat.
Wir kommen daher zu der Schlußfolgerung, daß die Aufgabe nicht verwirklicht werden kann, wenn sie nicht als Teil eines ganzen Maßnahmepaketes angesehen wird. Ein solches Paket muß unterstützte Entwicklung über einen genügend langen Zeitraum berücksichtigen, um eine spürbare Verbesserung des Brutto-Sozialprodukts pro Kopf zu verursachen. Solange jedoch eine hohe Wachstumsrate der Bevölkerung besteht, ist es sehr schwierig, eine Erhöhung der produktiven Investitionen zu erreichen. In diesem Stadium kommen wir zu der Frage der Importkapazität der Entwicklungsländer.

5. Die Importkapazität hängt ab von dem Exportniveau, den Terms of Trade und der Verfügbarkeit von Kapital zu Vorzugsbedingungen. Wenn das Ansteigen der Importkapazität nur durch ein Wachstum des Exportvolumens bewerkstelligt werden kann, wird der Druck auf die Entwicklungsländer wahrscheinlich ziemlich stark sein, wenn sie nicht ausnahmsweise Ressourcen haben, die einen hohen Wert auf dem Weltmarkt haben. Das bedeutet jedoch nicht, daß die Exportförderung kein wichtiges politisches Ziel sein sollte. In dem Maße, in dem der Handel dazu dient, Faktorbewegungen zu ersetzen, können Entwicklungsländer mit großen Arbeitsreserven beträchtliche Gewinne machen, indem sie den Export arbeitsintensiver Produkte fördern. In diesem Zusammenhang ist es von beträchtlicher Bedeutung, daß sie Zugang zu den Märkten der entwickelten Länder gewinnen. Bestehende Zoll- und nicht tarifäre Hindernisse müssen zu diesem Zwecke abgebaut werden. Ähnlich müßte die Technologiepolitik der multinationalen Unternehmen sehr beträchtlich geändert werden. Während dies Tatsachen sind, deren Bedeutung heute immer mehr anerkannt wird, sind die Schritte, die bisher unternommen wurden, jedoch sehr langsam und zögernd vonstatten gegangen.

Die Frage der Terms of Trade ist eine vielfältige und strittige. Es wurde behauptet, daß der augenblickliche Trend zum technologischen Wandel verschiedenen Marktstrukturen für die Exportprodukte entwickelter und unterentwickelter Länder und die internationale Inflation alle zusammen zu einer wesentlichen Verschlechterung der Terms of Trade der Entwicklungsländer mit der nun neuen Ausnahme der ölexportierenden Länder mit sich gebracht hat. Wenn man sich auch über die genaue Zahl streitet, bestehen wenig fundierte Gründe, die Tatsache abzustreiten, daß die vorher genannten Faktoren die Entwicklungsländer gegenüber den entwikkelten Ländern in eine nachteilige Situation bringen. Hinzu kommt, das ist für einige große unterentwickelte Länder, wie Indien und Bangladesh, klar, daß die Terms of Trade sich gegen sie gewendet und so zu einer beträchtlichen Unterminierung ihrer Importkapazität geführt haben.

Eine weitere Tatsache von beträchtlicher Bedeutung ist die Instabilität der Exporteinnahmen der Entwicklungsländer. Hierzu wurden einige Studien angefertigt, die aussagen, daß diese für die Entwicklungsländer nicht größer sind als für die entwickelten Länder. Diese Studien hängen von ziemlich speziellen Definitionen ab. Wichtiger noch, sie lassen die Tatsache beiseite, daß die Wirtschaftsstruktur vieler Entwicklungsländer so undifferenziert ist, daß ihre Fähigkeit, vom Export zur einheimischen Produktion umzuschwenken, extrem beschränkt ist und auch, daß sie von vielen wesentlichen Importen abhängen, was den täglichen Konsum angeht und ganz besonders von Produktionsinvestitionen. Nun wird es aber mit sehr unstabilen Exporteinnahmen für viele von ihnen fast unmöglich, einen zusammenhängenden langfristigen Plan zur strukturellen Umgestaltung zu verfolgen.

Wir kommen nun zu den Finanzbewegungen der entwickelten Länder zu den Entwicklungsländern. Die folgende Tabelle zeigt die offizielle Entwicklungshilfe des DAC für die Entwicklungsländer für die Jahre ab 1970:

Tabelle 2

1970	6,845 Millionen US-$
1971	7,776 Millionen US-$
1972	8,672 Millionen US-$
1973	9,408 Millionen US-$
1974	11,400 Millionen US-$

Quelle: OECD Beobachter, März 1975.

Während die offizielle Entwicklungshilfe nominal von 1970 bis 1974 angestiegen ist, zeigt die Tabelle 2, daß die reale Wachstumsrate den Erwartungen nicht entsprach. Das Bild wird sehr enttäuschend, wenn das substantielle Wachstum des nationalen Einkommens der Entwicklungsländer, das in diesen Jahren erreicht wurde,

in Betracht gezogen wird. In der Tat lassen diese Daten die Annahme zu, daß die offizielle Entwicklungshilfe von Mitte der 60er Jahre bis Mitte der 70er Jahre sich wesentlich verringert hat.
Der in der vorher aufgeführten Tabelle enthüllte Trend wurde in vielen jüngst abgehaltenen Diskussionen kommentiert. Ein häufig zitiertes Argument der entwickelten Länder ist die Auswirkung der »Ölkrise« auf die Wirtschaft der entwickelten Länder. Aus zwei Gründen kann dieses Argument nicht als besonders tragend im Zusammenhang mit dem Trend, wie er sich aus den Hilfeziffern ergab, akzeptiert werden. Zunächst einmal sollte beachtet werden, daß schon vor der Ölkrise die Prozentsätze heruntergingen. Außerdem ergab das Problem des Recycling nicht die Schwierigkeiten für die entwickelten Länder, die man erwartet hatte, als die Ölpreise angehoben wurden. Es scheint also, sieht man den dringenden Bedarf zum beschleunigten Wachstum in den Entwicklungsländern, daß das ursprüngliche Ziel der zweiten Entwicklungsdekate seine volle Bedeutung noch behält. Insbesondere der Bedarf der ölimportierenden Entwicklungsländer ist heute größer als vorher. Während die Fähigkeit einiger ölexportierender Länder, den ärmeren Entwicklungsländern Geld zu Vorzugsbedingungen zu leihen, ein Faktor ist, den man nicht leugnen kann, sollte auch erwähnt werden, daß einige von ihnen große Infrastrukturaufgaben vor sich haben, und daß insgesamt das Pro-Kopf-Einkommen der OPEC viel geringer ist als das der DAC-Länder.
Wir können auf der Grundlage unserer Analyse folgern, daß, wenn die augenblicklichen Trends anhalten, die gestiegene Fähigkeit der Entwicklungsländer zu importieren, kein Beitrag zur Lösung des größten Problems darstellen kann, dem sie sich gegenübersehen, nämlich breiten Schichten ihrer Bevölkerung genügend Ernährung zu beschaffen. Wenn ein Wandel stattfindet, und große Anstrengungen müssen zu diesem Zweck in dem Bereich der internationalen Wirtschaftspolitik gemacht werden, sollte jedes Ansteigen der Importkapazität der Entwicklungsländer klugerweise dazu benutzt werden, das Produktionspotential dieser Länder zu steigern. In diesem Zusammenhang gewinnt das Problem einer größeren Lebensmittelproduktion besondere Bedeutung.
6. Während die Notwendigkeit einer höheren landwirtschaftlichen Produktion in den Entwicklungsländern von allen Betroffenen anerkannt wird, gibt es eine Reihe von Bereichen, wo das Maß an Verständnis augenblicklich zu wünschen übrig läßt.
Zunächst einmal hat in der ganzen Welt die Meinung Anhänger

gewonnen, daß die Entwicklungsländer sich in ihrem augenblicklichen Wachstumsstadium weitgehend auf die Steigerung der Lebensmittelproduktion konzentrieren sollten. Zweitens gewann im Laufe des letzten Jahrzehntes die Meinung an Boden, daß wesentliches Ansteigen der landwirtschaftlichen Produktion erreicht werden kann, indem man der Saatgut-Düngemittel-Route folgt, wie sie von der sogenannten »grünen Revolution« eröffnet wurde. Drittens besteht in gewissen Kreisen die Tendenz, das Nahrungsmittelproblem als ein Problem bloßer unzureichender Produktion anzusehen, das tatsächlich dadurch bedingt sei, daß die Entwicklungsländer landwirtschaftliche Investitionen gegenüber industriellen und anderen Investitionen vernachlässigen.
Ich möchte jede dieser Auffassungen diskutieren. Meiner Meinung nach spiegeln sie ein irgendwie beschränktes Verständnis eines der Hauptprobleme, das damit in Verbindung steht, wider, wenn auch ein Körnchen Wahrheit in jeder Meinung enthalten ist.
Ich möchte zunächst von der ersten Meinung sprechen. Mit Hilfe einer strengen Analyse kann bewiesen werden, daß, selbst wenn ein Land der Ernährung die höchste Priorität einräumte, es sich daraus nicht zwingend ergeben würde, daß das Land die meisten seiner Produktionsinvestitionen in der Landwirtschaft konzentrieren sollte. Das würde davon abhängen, ob wir es mit einem großen oder einem kleinen Land zu tun haben. Handelt es sich um ein großes Land, kann das Problem von Infrastrukturinvestitionen allein sehr beträchtlich sein. Schließlich ist es ohne gute Straßen, Lagermöglichkeiten, Kraftwerke und Düngemittelfabriken nicht möglich, die landwirtschaftliche Produktion über die 25jährige Wachstumsrate, die bei rund 2,7 % pro Jahr lag, anzuheben. Mit Ausnahme von Düngemitteln kann keine dieser Leistungen von außen erbracht werden. Und auch im Hinblick auf Düngemittel kann man sagen, daß, solange die Zyklen auf dem Weltmarkt nicht geregelt sind und die Benutzung monopolistischer Praktiken nicht verringert wird, viele Entwicklungsländer der Notwendigkeit nicht entgehen können, sie im Inland zu produzieren, wie die jüngsten Erfahrungen besonders unterstrichen haben. So wird ein großes Land aufgrund seiner Notwendigkeiten gezwungen sein, seine Investitionen zu diversifizieren, auch wenn das alleinige Ziel das der Maximierung der Lebensmittelproduktion war. Entwicklungspläne der Entwicklungsländer können vom Optimum im Hinblick auf die Nutzung von Investitionen abgehen, aber nicht immer so weit, daß man sie als verkehrt bezeichnen kann, vor allem, wenn man das Ausmaß des land-

wirtschaftlichen Protektionismus, wie er in den entwickelten Ländern herrscht, in Betracht zieht. Bei kleinen Ländern spielt der Handel offensichtlich eine sehr wichtige Rolle bei der Festsetzung der Bedeutung, die Investitionen für die landwirtschaftliche Produktion beizumessen ist.

Was die zweite Bemerkung angeht, so ist nun ziemlich klar, daß, während die Saatgut-Düngemittel-Route sicher eine Erhöhung der Möglichkeiten im Hinblick auf bestimmte Getreidearten darstellte, wie z. B. Weizen und in jüngster Zeit Reis, diese Route keineswegs eine billige ist, und daß sie außerdem nicht immer wirken wird, da oft entsprechende Infrastrukturinvestitionen, ländliche Bildung und Verbesserung der Besitzverhältnisse ausbleiben. Außerdem ist dieser Weg mit seiner besonderen Betonung von künstlichem Dünger ein sehr energieintensiver. Die unter demographischem Druck stehenden Entwicklungsländer müssen die ökologischen Aspekte des Problems viel eher in Betracht ziehen als viele Verkünder der »grünen Revolution« es anerkennen könnten. Ebenso brauchten sie eine weniger energieintensive Methode zur Steigerung der landwirtschaftlichen Produktion.

Was am wichtigsten ist, wir sollten sehen, daß die Neugestaltung der landwirtschaftlichen Institutionen oft ein wesentlicher Teil jeglichen Planes zur Nutzung des Potentials ist, das uns durch die biologischen Neuerungen eröffnet wurde, die das Herz der Strategie darstellen, die auf der »grünen Revolution« basiert. Falls solche Änderungen nicht stattfinden, ist es sehr wahrscheinlich, daß jeder Versuch, das Wachstum besonders durch die Zurverfügungstellung leicht vermarktbarer Produktionsmittel für die zugänglicheren Teile der ländlichen Gesellschaft zu steigern, zu einer beträchtlichen Vergrößerung der Ungleichheit innerhalb der Wirtschaft führen kann.

Dies bringt mich zu meiner letzten Bemerkung, die sich mit der »Produktion allein« des Nahrungsmittelproblems befaßt. Die Ansicht, die Produktion müsse gesteigert werden, ist zweifelsohne ein Faktor, der sehr dabei helfen kann, ein besseres Lebensniveau zu erreichen, und in bestimmten Situationen kann er eine unerläßliche Voraussetzung darstellen. Er ist aber keine genügende Voraussetzung, da oft bei breiten Schichten der Bevölkerung die Möglichkeit, sich Lebensmittel zu beschaffen, fehlt. Um das Problem der beschränkten Kaufkraft zu überwinden, brauchte man eine umfassende Beschäftigungsplanung und müßte auch Institutionen aufbauen, die eine systematisch geregelte öffentliche Verteilung erleichtern würden. In Ermangelung eines solchen integrierten Planes und entsprechender politischer Rahmenbedingungen würde die bloße Steigerung der Produktion, selbst wenn sie möglich wäre, das Ernährungsbild, wie es augenblicklich vorherrscht, nicht wesentlich ändern. Aufgrund der demographischen Situation ist es nicht einmal möglich zu argumentieren, daß solch eine Lösung auch nur theoretisch langfristig reifen wird, da, wie Keynes einst bemerkte, wir »langfristig alle tot sind«.

Zusammenfassend möchte ich sagen, daß das, was heute zu tun ist, um die Lebensmittelsituation in den Entwicklungsländern zu verbessern, gesehen werden muß als Teil eines umfassenden Entwicklungsplans. Vereinfachte Formulierungen, die die vitalen Verflechtungen zwischen den Komponenten vergessen, können ebenso viele Probleme schaffen, wie sie zu lösen vermögen.

7. Zusammenfassend ergibt sich, daß die Welternährungssituation einen Produktions- und einen Verteilungsaspekt hat. Letzterer ist oft wichtiger als ersterer. Außerdem bestehen vitale Verflechtungen zwischen beiden, die man nicht übersehen darf. Eine bessere Verteilung kann die Qualität der Arbeit erhöhen und so zu einer Produktionssteigerung führen. In bestimmten Situationen ist eine bessere Verteilung auch die Voraussetzung zur Nutzung des Potentials zur Produktionssteigerung, da das »Markt«-Problem nicht völlig beiseite gelassen werden kann. Die Frage der Verteilung sollte deshalb nicht nur als Problem der Gerechtigkeit angesehen werden, sondern auch teilweise als ein Problem der Wirksamkeit der Ressourcennutzung.

Eine Lösung des Welternährungsproblems kann nicht gefunden werden, solange die Geschwindigkeit der Entwicklung in der Dritten Welt nicht erhöht wird. Um solch eine Situation zu ermöglichen, muß die entwickelte Welt im Bereich des Handels und des Ressourcentransfers wesentliche Beiträge leisten.

Hinsichtlich der Dritten Welt besteht kein Zweifel, daß institutionelle Anpassungen von wesentlicher Bedeutung sind. Es ist auch ein Wandel notwendig im Zusammenhang von Verstädterung, Bildung und Technologie. Die Frage ist nicht, ob die unterentwickelten Länder sich industrialisieren sollten. Die Frage ist die, wie genau geplant werden soll, damit das Lebensniveau der ärmsten 40 % ihrer Bevölkerung angehoben werden kann. Das erfordert eine verständnisvolle Planung, die in vielen Situationen einen wesentlichen Beitrag zur Industrialisierung impliziert. Von wesentlicher Bedeutung ist jedoch, daß diese Pläne Strategien widerspiegeln, die aussagen, wie man sich bei der schwierigen Wahl zwischen Wachstum und Gerechtigkeit verhalten soll, selbst wenn positive Auswirkungen zwischen beiden in Betracht gezogen wurden. Entwickelte Länder können wesentlich dazu beitragen, diese Wahl weniger schwierig zu gestalten und dadurch den Weltfrieden zu fördern, der Voraussetzung ist für jede bedeutungsvolle kollektive Aktion auf Weltebene.

Übersetzung: Neuhoff

James W. Howe, Sylvie Kulkan

Weltbevölkerung und Weltentwicklung

James W. Howe und Sylvie Kulkan sind Mitarbeiter des Overseas Development Council, Washington, USA. Der Aufsatz wurde auf Wunsch von James P. Grant, dem ehemaligen Präsidenten des Overseas Development Council, von diesen beiden Autoren geschrieben.

Ungefähr 4 Mrd. Menschen leben auf der Erde. Seit Entstehen der Menschheit bis zum Jahr 1800 wuchs die menschliche Bevölkerung auf 1 Mrd. an. Während der nächsten 125 Jahre verdoppelte sie sich zu 2 Mrd. Weitere 30 Jahre danach war die dritte Mrd. dazugekommen. Bis zur vierten Mrd. dauerte es nur 15 Jahre, und am Ende des Jahrhunderts wird es bis zu einer weiteren Mrd. Menschen mehr nur noch acht Jahre dauern. Zu dieser Zeit wird die Weltbevölkerung bei über sechs Mrd. liegen.

Ungefähr 85 % der jährlichen Geburten findet in den Entwicklungsländern statt. Die fruchtbarsten Gruppen in diesen Ländern sind die ärmsten, oft die in den ländlichen Gebieten. Die Wachstumsrate der Bevölkerung wird bestimmt, indem man die Sterblichkeitsrate von der Geburtenrate abzieht. So hat Deutschland 12,0 Geburten weniger 12,1 Sterbefälle bei einer Abnahme von 1,0 pro Tausend oder einem Zehntel von einem Prozent natürlichen Rückgangs (ohne daß man die Einwanderung mitzählt). Tansania mit 50,2 Geburten und 20,1 Sterbefällen hat ein Bevölkerungswachstum von 31 pro Tausend oder 3,1 %. Weil die Erde endlich ist, scheint es offensichtlich, daß eines Tages die Geburtenraten sich mit den Sterberaten ausgleichen werden. Manche Leute, so wie Dr. Malthus, glaubten, daß das Gleichgewicht nur erreicht wird, wenn die Sterblichkeitsraten ansteigen, um die unbeschränkten Geburten einzuholen, wobei die Gründe der hohen Sterblichkeitsraten die hohe Verarmung ist. Andere wiederum hoffen, daß die Geburtenrate gesenkt werden kann, um so die Sterblichkeitsrate auf viel geringerem und daher weniger grausamen Niveau einzuholen.

Moderne Malthusianer sind der Meinung, daß es grausam ist, durch Ernährungs- und Gesundheitshilfsprogramme die Sterblichkeitsraten zu senken, weil das die Bevölkerung nur erhöht. Wenn Sterblichkeitsraten so ansteigen, daß sie die gleichbleibend hohen Geburtenraten ausgleichen (wie es, so glauben sie, der Fall sein muß), wird das Ausmaß menschlichen Leidens, das durch frühen Tod eingeschränkt werden kann, als Ergebnis der Hilfe noch verstärkt.

Moderne Optimisten sind der Meinung, daß, wenn die Sterblichkeitsraten für einen bestimmten Zeitraum geringgehalten werden, es durch die richtigen Sozial- und Wirtschaftspolitiken und durch Familienplanungsprogramme möglich sein wird, die Geburtenraten selbst in den ärmsten Ländern herunterzuschrauben. Wir sind Optimisten. Unsere Gründe für die Hoffnung, daß die Geburtenrate gesenkt werden kann, werden wir darlegen.

Es gibt zwei Gründe für die hohen Fruchtbarkeitsraten. Der der Öffentlichkeit am besten bekannte ist der Mangel an allgemein verfügbaren Informationen und Materialien über die Familienplanung. Dies ist ein wichtiger Faktor. Es gibt zahlreiche Familien in armen Ländern, die keine Kinder mehr haben wollen, jedoch weiter welche bekommen. Deutlich liegt die höchste Priorität darin, ihnen die Familienplanungsleistungen zugänglich zu machen, so daß keine ungewollten Kinder mehr geboren werden. Das wird leider nur einen Teil des Problems lösen.

Der größte und schwierigste Teil des Bevölkerungsproblems besteht darin, daß Familien auf dem niedrigsten Einkommensniveau dazu neigen, viele Kinder zu haben, die erwachsen werden. Angesichts des in der Vergangenheit hohen Niveaus der Kindersterblichkeit glauben diese Familien, daß es notwendig ist, z. B. sechs oder mehr Kinder zu haben, um sicher zu sein, daß vier groß werden. Wenn mehr als die gewünschte Zahl von vier erwachsen wird, sieht das vorherrschende Wertsystem sie als glücklich an. Generationen lang lebten diese Familien in der Angst auszusterben. Vielerorts wurden erst während der heutigen Generation die Sterblichkeitsraten verringert. Es wird eine gewisse Zeit dauern, bis diese Familien die Vorstellung akzeptieren, daß zu viele Kinder zu haben eine noch größere Gefahr ist als zu wenige zu haben. Aber das Problem wird nicht gelöst werden, selbst wenn die Familien sich der Tatsache bewußt werden, daß die Kindersterblichkeitsraten gering sind und daß es klug ist, die Geburten auf im Schnitt vier für jeden zu verringern, da vier Kinder pro Familie mehr sind, als unser Planet lange ertragen kann. Um das Problem zu lösen, müssen die Fami-

lien ihren Wunsch nach so vielen überlebenden Kindern verringern. Das ist der schwierigste und in vieler Hinsicht interessanteste Teil des Problems, denn er wirft die Frage auf, was die menschliche Fruchtbarkeit überhaupt bestimmt.
Welche Faktoren beeinflussen ein Paar in größerem Umfang, viele Kinder haben zu wollen? Zunächst einmal werden Kinder gewünscht, da sie Hoffnung auf materielle Sicherheit im hohen Alter schaffen und da sie zusätzliche Arbeitsquellen darstellen, sie werden z. B. als wirtschaftlicher Besitz angesehen. In Gebieten, in denen die Kindersterblichkeitsraten hoch sind, stellt eine große Nachkommenschaft sicher, daß eine genügend große Zahl das Erwachsenenalter erreichen wird. Herkömmliche Sitten geben Söhnen erheblichen Vorzug gegenüber Töchtern. Dies wiederum verstärkt Großfamilien: Wenn sie drei Söhne wollen, müssen sie (im Schnitt) sechs Kinder haben. Familiäre Bande in der Gemeinschaft (das erweiterte Familiensystem) fördert auch große Familien, da Kinder eine weniger große Belastung werden (Babysitter sind automatisch verfügbar); außerdem wird in herkömmlichen Gesellschaften, in denen die Frau ihre Rolle als eine rein häusliche ansieht, eine große Zahl von Kindern weniger schnell als eine Belastung angesehen als in einem entwickelten Land, wo das Vorhandensein von Kindern sich mit ihrer Arbeit außerhalb des Hauses oder mit ihrem materiellen Ehrgeiz überschneiden. Diese Haltungen sind schwer zu überwinden – wie eine UN-Studie bemerkt »... kulturelle Unbeweglichkeit ... ist das stärkste Hindernis in der modernen Welt für eine rationale Regelung des persönlichen Verhaltens, das die Bevölkerungstendenzen beeinflußt«. Und die Haltungen bestehen auch weiter, wenn die Existenzberechtigung dafür verschwunden ist: »Der Komplex ideologischer Faktoren, der sich um die Institution einer großen Familie bildete, (wurde) relativ unabhängig von den materiellen Faktoren, die ihn hervorgebracht hatten. Als Ergebnis besteht die Tradition großer Familien weiter, selbst wenn die sie begründenden materiellen Faktoren – eine hohe Sterblichkeitsrate – nicht mehr besteht oder weniger wirksam besteht.«
Um die Fruchtbarkeitsrate zu verringern, ist es wesentlich, Paare zu überzeugen, daß ein Erhöhen der Größe ihrer Familien wirtschaftlich nicht unbedingt von Nutzen sein muß und auch eine negative Auswirkung auf ihr Einkommen haben kann. Paare machen drei Stadien durch: a) einen positiven Wunsch, Kinder zu haben, b) einen positiven Wunsch, eine beschränkte Zahl von Kindern zu haben, ohne aber die notwendige Motivation, Familienplanung

durchzuführen und c) eine aktive Entschlossenheit, die Zahl der Kinder einzuschränken. Es ist jedoch unwahrscheinlich, daß sie eine Verkleinerung ihrer Familien wünschen, solange Kinder eher als wirtschaftliche Faktoren als als Belastung angesehen werden und solange die wirtschaftliche Entwicklung Wandlungen wie die folgenden nicht mit sich bringt: a) ein Rückgang der Kindersterblichkeit, der die Familiengröße erhöht, da mehr Kinder überleben; b) verbesserte Ausbildung und neue wirtschaftliche Möglichkeiten, die den elterlichen Ehrgeiz anregen, und die mit den Werten einer Großfamilie in Konflikt treten können; c) eine Schwächung des Zusammengehörigkeitsgefühls in der Großfamilie und eine Betonung der Kleinfamilie, die durch einen sozio-ökonomischen Wandel bedingt ist, durch den zusätzliche Kinder zu einer zusätzlichen Belastung werden; und d) größere Offenheit für neue Ideen und Einflüsse, die oft traditionelle Haltungen überwinden und das Fortpflanzungsverhalten betreffen.

Welche wichtigsten Faktoren wirken bei einer Verringerung der Fruchtbarkeit mit? Obwohl die wirtschaftliche Entwicklung als solche nicht unbedingt einen Rückgang der Fruchtbarkeit bedeuten muß, ist man sich allgemein einig, daß die sozialen und kulturellen Wandlungen, die die Entwicklung mit sich bringt, zu einer solchen Verringerung führen können, da die herkömmlichen Haltungen ersetzt werden, und Kinder eher eine Belastung als eine Stütze werden. Erziehung, Bildungsgrad und Beschäftigung, besonders von Frauen, die Einkommensverteilung, Offenheit den Medien und anderen modernen Einflüssen gegenüber, die man in den städtischen Zentren findet, und auch eine bessere Gesundheit (zusammen mit einem Rückgang der Kindersterblichkeit), erhöhte Mechanisierung, die die Arbeitsknappheit in der Hochkonjunktur verringert, und Sicherheit im hohen Alter stehen alle in engem Zusammenhang mit der Fruchtbarkeit.

Da die wirtschaftliche Entwicklung, das Ausbildungs- und Einkommensniveau und die Offenheit den Massenmedien gegenüber zugenommen haben und die Kosten der Kindererziehung den Nutzen zu überwiegen scheinen, entschließen sich Paare, kleinere Familien zu haben und beginnen, Empfängnisverhützungsmittel zu benutzen. Diese Varianten scheinen eine wichtigere Rolle zu spielen, als der Übergang von einer landwirtschaftlich ausgerichteten zu einer industriell ausgerichteten und städtischen Gesellschaft.

Die Schlüsselfrage besteht nach der Weltbankstudie darin, »ob die bestimmenden Faktoren für die Fruchtbarkeit durch spezifische

Politiken beeinflußt werden können und ob ein schnelleres Abnehmen der Fruchtbarkeit durch wirksame Familienplanungsprogramme erreicht werden kann«. Die Politiken müssen koordiniert werden, um viele Faktoren zu beeinflussen – es wäre ein Irrtum, alle Mittel und Hilfsmittel zusammenzunehmen, um nur einen entscheidenden Faktor zu treffen. Familienplanung allein scheint bei der Verringerung der Fruchtbarkeitsraten nicht wirksam zu sein. Aber eine bedeutsame und schnelle Fruchtbarkeitsverminderung ist in Gebieten mit hoher Fruchtbarkeit, wo die Unterrichtung über empfängnisverhütende Methoden gering ist, nicht wahrscheinlich. Verfügbare Tatsachen weisen jedoch nicht darauf hin, daß Mangel an Information und Material die allein verantwortlichen Faktoren für die wenig häufige Benutzung von Geburtenkontrollmethoden sind. Es scheint sogar, daß das massive Vorhandensein von Empfängnisverhütungsmitteln nicht automatisch deren Nutzung zur Folge hat.

Die Benutzung von Massenmedien kann eine wichtige Quelle für die Offenheit der Familienplanung gegenüber sein. Informationskampagnen können, besonders wenn sie mit persönlichen Besuchen kombiniert sind, die Kenntnis der Methoden verbreiten und zu einer Annahme führen. Die Benutzung des Radios ist besonders gut, weil die Botschaften das beabsichtigte Publikum erreichen (im Gegensatz zur Benutzung des Fernsehens, das hauptsächlich die wohlhabenden Schichten erreicht). Nichtsdestoweniger bringt die Propaganda wahrscheinlich keine wesentlichen Änderungen im Denken mit sich, und der Wunsch nach kleineren Familien wird sich erst durchsetzen, wenn die sich daraus ergebenden wirtschaftlichen Vorteile sichtbar werden – z. B. besserer Lebensstandard, Unterstützung im Alter und die soziale Sicherung durch Großfamilien überwiegen.

Am wirksamsten ist die Familienplanung, wenn sie koordiniert wird mit Anreizen, die es wirtschaftlich nützlich machen, die Familiengröße zu beschränken. Diese Anreize beinhalten unmittelbare oder spätere Prämien für diejenigen, die die Heirat oder die Geburt hinausschieben, während als Abschreckungsmaßnahmen soziale Vorteile den Familien entzogen werden, deren Größe über das gewünschte Limit hinausgeht. Die Anreize müssen groß genug sein, um den Druck herkömmlicher Werte auszugleichen, die Großfamilien begünstigen. Sie können verwirklicht werden in Form von Barauszahlungen, besseren Wohnverhältnissen, soziale Sicherheit und Steuervorteile, Verringerung der Erziehungskosten für Kinder, freie Hochzeitszeremonien usw. Ironischerweise sind jedoch die Armen mit vielen Kindern, die Hauptempfänger der Anreizprämien sein sollten, oft unfähig, Nutzen aus ihnen zu ziehen. Die Einschränkung von Einkommenssteuerkonzessionen für Kinder ist nicht von Interesse für die, die keine Einkommenssteuer zahlen. Die Beschränkung von Mutterschaftsgebühren oder anderer sozialer Vorteile sind irrelevant für die, die keinen Zugang zu diesen Vorteilen haben. Singapur stellt eine Ausnahme dar, da hier der Wohnungsbau für die Armen in Reichweite ist. Verständlicherweise können diese unwirksamen Maßnahmen keine wesentliche Wirkung auf die Fruchtbarkeitsrate des Ärmsten ausüben.

Die Regierungen sehen sich bei dem Versuch Anreize zu schaffen, zahlreichen Problemen gegenüber. Sie können auf Widerstand stoßen, wenn sie versuchen, die Privilegien zu beschränken, die als allgemeines Recht angesehen werden. Ebenso können manchmal die Anreize, die die Familiengröße beschränken sollen, gleichzeitig die Erfüllung anderer Ziele im Hinblick auf bessere öffentliche Gesundheit und Erziehung verhindern. So kommt z. B. die Diskriminierung bei der Erziehung späterer Kinder in großen Familien zu den anderen Nachteilen, die sie erfahren, hinzu.

Später wirksame Mittel des Anreizes werden oft einem System unmittelbarer Barzahlung vorgezogen, da diese Barzahlungen die Bestechung fördern, ein gutes Verwaltungssystem erforderlich machen und oft zu Entscheidungen führen, die später von den Beteiligten bedauert werden könnten. Später wirksame Mittel des Anreizes scheinen wirtschaftlich gesehen eher wünschenswert (besonders seit die Wirtschaft sich der Vorteile einer geringeren Fruchtbarkeit sehr langsam bewußt wird).

Beispiele erfolgreicher Politiken bestehen und können als Anreize für diese Länder dienen, die Alternativen suchen, um ihr Fruchtbarkeitsniveau zu senken.

Durch verschiedene soziale und wirtschaftliche Reformen – so z. B. späteres Heiratsalter, Landreform, und Betonung des Dienstes an der Gemeinschaft gegenüber der Religion – war die Volksrepublik China in der Lage, einige der vorherrschenden herkömmlichen Werte zu zerstören und die Rolle der kommunalen Familie zu verringern.

Die Regierung hat auch das Bild der Frau geändert im Hinblick darauf, was ihr Beitrag zum Haushalt sein sollte; sie brachte die Frau dadurch in die Gemeinschaft und die kollektive Hausarbeit. Nicht familiäre Rollen der Frauen herrschen vor. Die Betonung der Gleichheit kann auch ein wichtiger Faktor zur Verringerung der

Fruchtbarkeit sein, denn den Frauen werden nun andere Möglichkeiten gegeben als das Dasein als Ehefrau und Mutter.
Verschiedene andere Schemata wurden vorgeschlagen und angewandt. Zu den möglichen Maßnahmen gehören die folgenden: späteres Heiratsalter, Betonung der Monogamie; gleiche soziale, wirtschaftliche und politische Rechte für die Frauen; Ausrottung der Kinderarbeit; Pflichtgrundschulerziehung, Landreform, soziale Sicherung.
Singapur, dessen Wachstumsrate 1,6 % erreicht hat, hat Abschreckungsmaßnahmen auf nationaler Ebene ergriffen: »Beschränkung der Einkommenssteuererleichterung auf die ersten drei Kinder, Einschränkung der gezahlten Geburtshilfe auf die ersten beiden Niederkünfte, und Vorrang für kleine Familien bei der Vergabe des sozialen Wohnungsbaus.« In Indien haben die Regierungen einiger Staaten Abschreckungsmaßnahmen angeregt, z. B. den Abbau der Geburtenhilfe für die Frauen, die mehr als drei Kinder haben.
Das Anreizsystem, das in den Teeplantagen in Indien geschaffen wurde, hat Vorberichten zufolge sehr gute Ergebnisse getätigt. Es wurde 1971 begonnen. Das Programm umfaßt folgende Punkte: fünf Rupien werden auf das Ruhestandskonto jeder beteiligten Frau überwiesen. Eine Frau, die sich 30 Jahre lang beteiligt, nur zwei Kinder hat, wird also im Ruhestand 2 000 Rupien beziehen – das entspricht einem Jahresgehalt. Wenn sie jedoch ein drittes Kind hat, verliert sie 50 Rupien und weitere 250 Rupien für das vierte Kind. Sie verliert die ganzen Ersparnisse mit der Geburt eines fünften Kindes. Es ist noch zu früh, über den endgültigen Erfolg oder Mißerfolg des Programmes zu urteilen. Wenn es jedoch erfolgreich ist, wie frühe Berichte zeigen, könnte es sehr gut auch anderswo angewandt werden.
Anreizprogramme wurden auch in Taiwan benutzt – wo Prämien für die Kindererziehung seit 1971 möglich sind. Ersparniskonten wurden für Paare eingerichtet, die die Familiengröße einschränken, und die Konten können auch für Ausbildungsziele benutzt werden. »Das Konto (384 $) dient dazu, die Schulausbildung von zwei Kindern durch die senior high school zu verwirklichen. Wenn das Paar ein drittes Kind bekommt, verwirkt es eine Hälfte des Kontos. Die Geburt eines vierten Kindes hat den Verlust der restlichen Summe zur Folge. Die anfängliche Reaktion auf das Programm war ermutigend (64 % der ausgewählten Paare schlossen sich dem Programm an), obwohl es mehrere Jahre dauern wird, bis man seine Wirkungen auf die Fruchtbarkeit messen kann.« In Ghana

zeigte »ein fünfwöchiges Experiment ..., währenddessen Milchpuder an Abnehmer und Verbreiter verteilt wurde, daß auch dieser geringe Anreiz die Zahl der Abnehmer wesentlich erhöht hat und die durchschnittlichen Kosten pro Abnehmer (einschließlich der Milchkosten) verringert hat«. Die Studie kommt zu der Schlußfolgerung, daß »der wesentliche Punkt der ist, daß weitere wirksame Stimulantien als verwaltungstechnisch und im Rahmen des laufenden Haushalts machbar angesehen werden«.

Wir haben feststellen können, daß der Bevölkerungsrückgang abhängig ist von einer Reihe wirtschaftlicher und soziologischer Wandlungen – die Familienplanung wird ungenügend und unwirksam sein, wenn sie nicht von allgemeinen Verbesserungen des Wohlstands der ärmsten Bevölkerungsschichten begleitet wird.

Immer mehr Nationen beschließen, Bevölkerungspolitiken einzuführen, sobald sie die verhängnisvollen Auswirkungen großer Bevölkerungen feststellen. Sie sehen in der Bevölkerungskontrolle einen Weg, die wirtschaftliche und soziale Entwicklung zu beschleunigen, den Bedarf an Arbeitsplätzen zu verringern, und Unterbeschäftigung und Arbeitslosigkeit abzubauen und menschliche Würde und Wohlstand zu fördern. Für diese Länder dreht sich die Hauptfrage nun darum, welcher Art die am besten geeigneten Mittel sind, um das Bevölkerungswachstum zu verringern. Es genügt nicht, zu unterstreichen, daß die wirtschaftliche Entwicklung der Schlüssel zu dem Bevölkerungsproblem ist. Das sagt nichts darüber aus, wo die Investitionsprioritäten liegen sollten. Da jedoch die Fruchtbarkeitsfaktoren so sehr miteinander zusammenhängen und da keine allein Wirkungen tätigen kann, muß man sehr vorsichtig sein, wenn man eine bestimmte Politik empfiehlt. Im Augenblick regen die verfügbaren Daten an, daß die größten Anstrengungen darauf gelegt werden sollten, das Bildungsniveau zu erhöhen – besonders für die Frau – das elterliche Selbstvertrauen zu stärken, so daß der spürbare Bedarf an Kindern verringert werden wird; und eine Neuverteilung des Einkommens zu bewerkstelligen, entweder durch eine Landreform, gestiegene Sozialleistungen oder andere Mittel. Die Ergebnisse solcher Änderungen werden keinesfalls unmittelbar sichtbar werden, sie sind aber wichtig genug, um wachsende Aufmerksamkeit hervorzurufen, wie Länder, die das Bevölkerungswachstum mit Erfolg abgebaut haben, bestätigen werden.

Es ist ermutigend, daß so viele Bevölkerungsexperten darin einiggehen, daß eine Verbindung zwischen der sozialen und wirtschaftlichen Entwicklung besteht – was insbesondere die ärmere und fruchtbarste Bevölkerung betrifft – und einer Verringerung der Geburtsraten. Diesbezüglich besteht eine ermutigende Erfahrung bei einer Reihe von Entwicklungsländern. Das vorerwähnte China hat das Bevölkerungswachstum auf 1,6 % heruntergedrückt, ein Ergebnis, das es einigen seiner Landreform-, Alterssicherungs-, Vollbeschäftigungs-, Gesundheits- und Erziehungs-Programmen und einer grundlegenden Änderung der Rolle der Frau verdankt. Taiwan hat die Gleichheit der Einkommensverteilung wesentlich verbessert, Vollbeschäftigung erreicht sowie ein starkes Landreformprogramm und eine bessere Gesundheitsvorsorge zusammen mit Familienplanungsleistungen durchgeführt. Seine Geburtenrate fiel von 39,5 Neugeborenen pro Tausend Personen 1960 auf 24,2 im Jahre 1972. Sri Lanka hat trotz seines geringen Einkommens eine relative Gleichheit des Einkommens, weitgehend verfügbare gesundheitsdienstliche Leistungen, einen hohen Alphabetisierungsgrad und eine geringe Kindersterblichkeit. Es hat eine Geburtenrate von 29,9, die beträchtlich geringer ist, als die der meisten Länder mit einem so geringen Einkommen. Die Verbindung zwischen Armut und Fruchtbarkeit kann in den Statistiken abgelesen werden. So ist es wahrscheinlich kein Zufall, daß von den 42 Ländern, die zu der sogenannten »Vierten Welt« gehören, nur zwei Geburtenraten von weniger als 35 Neugeborenen pro Tausend Personen haben – im Vergleich mit 12 pro Tausend in Deutschland. Diese beiden – Guyana und Sri Lanka – haben die geringsten Kindersterblichkeitsraten und die zweit- und dritthöchsten Alphabetisierungsraten in der Gruppe.

Die ermutigendste Nachricht bei diesen jüngsten demographischen Erfolgen ist die, daß Fruchtbarkeitsverringerungen in Ländern festgestellt wurden, die ein geringes Durchschnittseinkommen haben, was die oft bekundete Angst abbaut, daß die Geburtenraten nicht verringert werden könnten, bis das europäische Einkommensniveau erreicht ist. Der Abbau der Geburtenraten scheint im Zusammenhang zu stehen mit spezifischen Regierungspolitiken, die den ärmsten Schichten wirtschaftliche und soziale Vorteile schaffen und die so in gewissem Umfang innerhalb der Kontrolle der Regierungen liegen. Meistenteils obliegt es den Regierungen der Entwicklungsländer, die sozialen und wirtschaftlichen Maßnahmen zu ergreifen, die notwendig sind, um die Geburtenraten herunterzuschrauben. Dies wird nicht leicht sein, denn es bringt Maßnahmen mit sich, die die speziellen Privilegien der herrschenden Elite in diesen Ländern aufs Spiel setzen. Es wird Schritte wie Landreform, Neuverteilung der Investitionen von der städtischen auf die ländliche Entwicklung und die Verteilung von schon unausgeglichen vorhandenen medizinischen und bildungsmäßigen Ressourcen zugunsten einer größeren Bevölkerungsgruppe erforderlich machen.

Als Mitglieder einer in wachsendem Maße voneinander abhängigen internationalen Gemeinschaft sind die Industrienationen der nördlichen Hemisphäre in wachsendem Maße davon betroffen, daß die Geburtenraten verringert werden. Sie fürchten, daß die Welt, die ihre Kinder und Enkelkinder erben, immer weniger zufriedenstellend sein wird, solange sich die Bevölkerung nicht stabilisiert. Was können jedoch solche außenstehenden Regierungen tun? Es gibt drei Möglichkeiten:

Erstens, indem sie die Kosten anerkennen, die Politiken verursachen, die der fruchtbaren armen Bevölkerungsschicht nutzen, können sie Ressourcen für die armen Länder verfügbar machen.

Zweitens, in dem Ausmaß, in dem sie Kontrolle über den Einsatz ihrer Hilfe haben, können sie versuchen, sie indirekt in Aktivitäten zu lenken, die der ärmsten Bevölkerung nutzen. Der Wert dieses Schrittes sollte nicht überbewertet werden. Die Entwicklungshilfe ist kein genügend großer Teil der Gesamtinvestitionen in den armen Ländern für einen solchen Schritt, der die interne Struktur bei der Vergabe von Ressourcen ändern soll. Nichtsdestoweniger kann es in zwei Richtungen helfen: Zunächst, indem es die Attraktivität von Hilfe bei öffentlichen Gebern und Parlamenten verbessert und so eine größere Hilfe unterstützt, die normalerweise nicht möglich wäre, und zweitens, indem es den Empfängerregierungen und der Öffentlichkeit die vorherrschende Meinung in den Geberländern zugunsten ausgeglichener Sozial- und Wirtschaftspolitiken mitteilt.

Die dritte Weise, in denen Geberländer solche Politiken in Entwicklungsländern beeinflussen können, ist ein Beitrag zum internationalen Gedankenaustausch. Wenn also eine bekanntere europäische Persönlichkeit sich hinter solche Politiken stellt und wenn bedeutende europäische und nordamerikanische Akademiker und Politiker solche Politiken befürworten, wird dies nach unserer Erfahrung – mit der Zeit – einen großen Einfluß auf die Auswahl der Politiken in den Entwicklungsländern haben. Dies kann seinerseits helfen, die sozialen Bedingungen zu schaffen, die notwendig sind, um die Fruchtbarkeit zu verringern, d. h. das Bevölkerungswachstum zu bremsen, und die Qualität der Welt, die unsere Kinder erben werden, wesentlich zu erhöhen.

Übersetzung: Neuhoff

IV. Zu den Aufgaben der technisch und wirtschaftlich entwickelten Länder

Dietrich Goldschmidt

Entwicklungshilfe ohne ausreichende entwicklungspolitische Forschung?*

Vorschlag für ein Institut für internationale technologische Zusammenarbeit

Dr. rer. pol. Dipl.-Ing. D. Goldschmidt, Professor für Soziologie. Geboren 1914. 1958 Pädagogische Hochschule Berlin (West), seit 1963 Direktor am Max-Planck-Institut für Bildungsforschung und Honorarprofessor an der Freien Universität Berlin.

Seit längerem ist eine alte Einsicht erfahrener Kenner technologischer Verhältnisse in Entwicklungsländern zu einer offiziellen Leitidee der bundesdeutschen Entwicklungspolitik geworden. Technische Hilfe soll schwerpunktmäßig die Entwicklung arbeitsintensiver, angepaßter Technologie zum Ziel erhalten, um vor allem der Förderung landwirtschaftlicher Regionen und stark bevölkerter, unterbeschäftigter Gebiete zu dienen. Der frühere Bundesminister für Wirtschaftliche Zusammenarbeit, Erhard Eppler, hatte dieses Thema zum Gegenstand einer vielbeachteten Rede anläßlich der Eröffnung der vierten UNIDO-Weltkonferenz für Entwicklungsbanken in Berlin am 4. Juni 1973 gemacht und dabei die Errichtung eines bundesdeutschen »Instituts für Entwicklungsländertechnologie« angekündigt.

Die Verwirklichung dieses Plans stieß auf finanzielle Schwierigkeiten. Nach einem Voranschlag vom März 1974 war für 1975 ein Jahresetat von rund 5 Millionen DM vorgesehen – ein hoher Betrag, gemessen an den Ausgaben des Bundesministeriums für Wirtschaftliche Zusammenarbeit (BMZ) für entwicklungspolitische Forschung in Höhe von zusammen 14 Millionen DM für die Jahre von 1968 bis 1972 (darunter Transfer von Technologie in Entwicklungsländer 0,9 Millionen DM), ein sehr niedriger Betrag, gemessen an der gesamten öffentlichen Entwicklungshilfe der Bundesrepublik, für die allein 1972 an Zuwendungen und Krediten 2 604 Millionen

---

* Eine erste Fassung des Aufsatzes erschien in »Evangelische Kommentare«, März 1975, Heft 3.

DM ausgegeben wurden. 1974 wurden für vier Pilotprojekte situationskonformer Technologien 5,4 Millionen DM bereitgestellt, 1975 für drei weitere Projekte 8 Millionen DM.

Nach dem Ministerwechsel im Juli 1974 ist der Plan für ein Institut fallengelassen worden. Doch Bundesforschungsminister Hans Matthöfer – zu Epplers Zeiten parlamentarischer Staatssekretär in dessen Ministerium – unterstreicht weiterhin nachdrücklich die Notwendigkeit, Technologien zu entwickeln, die »das Einsichtsvermögen der Menschen nicht überfordern, die mit den vorhandenen Ressourcen nachgeahmt werden können und die daher auch Verbreitung finden können« (Die Zeit, 20. 12. 1974). Auf die UNIDO-Rede seines Vorgängers angesprochen, bestätigte Bundesminister Bahr, er sei insgesamt der Auffassung, »daß es der direkteste Weg zur Entwicklung eines Landes wäre, wenn man arbeitsintensive Entwicklungsstufen schafft, die erstens vielen Menschen Arbeit geben und zweitens sich möglichst aus der vorhandenen Sozialstruktur heraus entwickeln, das heißt in einer Form, in der möglichst alle Strukturen wenig zerstört werden« (Frankfurter Rundschau, 7. 2. 1975). Bahr wies im übrigen mit Recht darauf hin, daß dennoch auch Fälle eintreten könnten, wo gerade »sehr weit fortgeschrittene Technologie unter Überspringung verschiedener früherer Stufen« am Platze sein könne. Er führte zudem aus, »daß – nach meiner Überzeugung zu Recht – wir uns auf den Grundsatz stellen müssen, daß die Entwicklungsländer selbst das wesentliche Entscheidungsmoment haben, was sie im Interesse ihres Landes für notwendig halten. Sie haben sogar das Recht, eigene Fehler zu machen.«

Natürlich haben sie dieses Recht. Dagegen besteht auf seiten der Industrieländer weder das Recht, noch kann beabsichtigt sein, die weniger entwickelten Länder zu bevormunden. Es ist längst an der Zeit, Projektvorschläge auszuscheiden, die der jeweiligen nationalen Situation der Entwicklungsländer nicht angepaßt sind oder die mehr dem Geschäft der Geber als dem der Empfänger dienen.

Doch in der Antwort Bahrs wurde das Problem der notwendigen sozialen, technischen und ökonomischen Kompetenz für die Vorbereitung politischer Entscheidungen unzulässig vereinfacht. Zur Entscheidungsvorbereitung bedarf es der Analyse der jeweiligen allgemeinen ökonomischen und sozio-kulturellen Situation, des besonderen technischen Bedarfs und der verfügbaren oder zu entwickelnden Technologien. Derartige Klärungen können punktuell im Rahmen einzelner Projekte gewöhnlich kaum befriedigend vorgenommen werden; auch sind die meisten Entwicklungsländer – allein auf sich gestellt – dazu im allgemeinen nicht in der Lage. Ihnen fehlen in der Regel technische Kompetenz und Erfahrung. Sie wären gezwungen, sich gerade jener »Experten« zu bedienen, deren häufiges Versagen vielfach kritisiert worden ist.

Hier verbessernd zu wirken, sollte die Aufgabe des von Eppler vorgeschlagenen Instituts für Entwicklungsländertechnologie sein. Er sprach seinerzeit von drei Aufgaben: Dokumentation über kostensparende, arbeitsintensive, situationsgerechte Technologien; Information von Regierungen, Organisationen, Unternehmen, Einzelpersonen in den Ländern der Dritten Welt über diese Technologien; Initiierung von entsprechender Technologieforschung, vor allem durch Aufträge an öffentliche und private Forscherteams in Entwicklungsländern.

Für diese Aufgaben bestehen bereits einige kompetente ausländische und internationale Institute und Organisationen, von denen drei genannt seien: Bahnbrechend wirkt die Londoner *Intermediate Technology Group* von Dr. Ernst F. Schumacher, die nach den technologischen Prinzipien »klein, einfach, kapitalsparend, umweltfreundlich« arbeitet. Mit ihrer Förderung von »Einfachtechnik« stimuliert sie vor allem auch technische Entwicklungen »vor Ort« in den armen Ländern. Mit breiter gefächertem Programm arbeitet das kanadische *International Development Research Centre* (Haushalt 1973/74: 34 Millionen Dollar). In Entwicklungsländern entstehen korrespondierende Institute, so das *Instituto de Investigacion Tecnologica Industrial de Normas Tecnicas* (ITINTEC) in Peru. Doch gibt es von solchen Institutionen noch immer zu wenige. Aufgrund einer Vereinbarung zwischen dem BMZ und dem Bundesministerium für Forschung und Technologie (BMFT) über Technologieentwicklung für und Technologietransfer in Entwicklungsländer vom April 1976 ist nunmehr eine Technologietransfer-Leitstelle (TTL) als Projektgruppe der Fraunhofer-Gesellschaft am Institut für Produktionstechnik und Automatisierung an der Universität Stuttgart gegründet worden. Die Tätigkeiten der TTL sollen hauptsächlich darauf zielen,

- »Ergebnisse von Forschungs- und Entwicklungseinrichtungen (F+E) der Bundesrepublik für Entwicklungsländer nutzbar zu machen,
- F+E-Projekte mit spezieller Bedeutung für Problemstellungen in Entwicklungsländern zu initiieren,
- Entwicklungshilfeprojekte mit F+E-Charakter anzustoßen und zu begleiten«.

Die zentrale Aufgabenstellung der TTL besteht demnach darin, in Zusammenarbeit mit verschiedenen Einrichtungen der Entwicklungshilfe technologische Bedürfnisse in Entwicklungsländern zu ermitteln und Lösungen bei Know-how-Trägern ausfindig zu machen und zu vermitteln. Dabei wird sich die TTL insbesondere solcher Bedürfnisse annehmen müssen, die sich auf herkömmlichen Wegen nur schwer artikulieren. Diese Vermittlungsaufgabe wird von der TTL sowohl im Rahmen spezifizierter Aufträge von einem gemeinsamen Ausschuß des BMFT und des BMZ als auch aufgrund eigener Initiativen durchgeführt.
Die TTL betreibt eine sachorientierte Kommunikation zwischen Bedürfnisträgern in Entwicklungsländern, Know-how-Trägern in der Bundesrepublik Deutschland und anderen am Technologietransfer Interessierten. Hierzu sammelt sie für die verschiedensten Produktionsbereiche systematisch sowohl entwicklungsrelevante Projektvorschläge aus der Bundesrepublik als auch vor allem Projektanforderungen aus Entwicklungsländern. Sie ist dabei auf eine intensive Kommunikation mit kreativen ›Sensoren‹ in verschiedenen Teilen der Welt angewiesen.« (Siehe Informationsblatt der TTL, September 1976; ferner: Entwicklung und Zusammenarbeit, 1976, Nr. 12, S. 25.)
Diese Gründung – so begrüßenswert sie ist – läßt allerdings noch immer nicht das ganze Ausmaß des Mangels an technologischer Forschung in der Bundesrepublik erkennen. Einfachtechnik wird dringend für die Entwicklung bevölkerungsstarker, aber kapitalarmer Gebiete benötigt, aber die Bundesrepublik steht auch im Hinblick auf fortgeschrittene Technologie Aufgaben und Bedürfnissen gegenüber, die erst allmählich in Angriff genommen werden. Neben den Verwaltungsstäben der staatlichen und öffentlichen Entwicklungshilfe mit ihren Ad-hoc-Gutachtern und der ganz technisch, einstweilen offenbar fallorientierten TTL besteht als einzige öffentliche Einrichtung, die in ihren Arbeitsbereich technologische Probleme der Entwicklungsländer in einem breiteren, vor allem auch sozio-ökonomischen Spektrum einbezieht, das »Forschungsinstitut für Internationale Technisch-Wissenschaftliche Zusammenarbeit« an der Technischen Hochschule Aachen. Ein dennoch nur relativ kleines, im wesentlichen auf Dokumentation und Gutachten sich beschränkendes Hochschulinstitut reicht nicht entfernt für die anstehenden Aufgaben aus.
Zur Klärung des gesamten Komplexes Technologietransfer steht den amerikanischen Organisationen der Entwicklungshilfe dagegen

ein ganzes Netz von Universitäts- und Hochschulinstituten zur Verfügung. Eine ebenso nützliche wie begrenzte Einrichtung wie die TTL wird schwerlich nicht nur den Aufbau eines Beziehungsnetzes mit ausländischen Institutionen, sondern auch den Ausbau einer breiteren Basis in der Bundesrepublik Deutschland zu leisten vermögen. Ein zwar öffentlich finanziertes, aber weitgehend selbständiges deutsches »Institut für Internationale Technologische Zusammenarbeit« könnte mutmaßlich systematischer und unabhängiger vorgehen als die bisher mit den Problemen befaßten Dienststellen und die TTL in ihrer eng mit den Ministerien verbundenen Konstruktion. Anlage und Konzept der TTL lassen zudem befürchten, daß sie sich zu sehr auf rein technische Fragen konzentriert und womöglich durch speziell deutsche technische Interessen in ihren Aktivitäten unzweckmäßig eingeengt wird. Ein unabhängiges Institut könnte unbefangener durch Arbeit in und mit den einzelnen Entwicklungsländern deren heimische Forschung, Entwicklung und Produktion fördern.

Auf dem Weg zu diesem Ziel ist von der Einsicht auszugehen, daß die Entwicklung und Anwendung bestimmter technischer Verfahren ein Mittel zur Verwirklichung ökonomischer, sozialer und nationaler Ziele ist. Die Entwicklung geeigneter technischer Produkte und Verfahren erfordert daher in jedem Fall Analyse, Kritik und Zielbestimmung der jeweiligen sozio-ökonomischen Organisation – sowohl auf dem Makro-Niveau nationaler und internationaler Zusammenhänge als auch auf dem Mikro-Niveau projektweise eingegrenzter Systeme.

Das Instrument Technik läßt sich nicht einfach auf eine scheinbar naturwüchsige »Unterentwicklung« bestimmter Gebiete aufsetzen, sondern muß vor allem an politische und soziale Ziele und an die in deren Dienst stehenden Wirtschaftsformen »angepaßt« werden. Der Widerspruch zwischen den politischen und sozialen Zielen vieler junger Staaten und den Wirtschaftsformen, deren sie sich – eingebunden in das internationale Wirtschaftssystem – bedienen oder bedienen müssen, dürfte häufig schwerer zu überwinden sein als der Mangel an geeigneten technischen Verfahren. Entsprechende Analysen und die Kritik des jeweiligen Zusammenhangs von kultureller Situation, politischen Zielen, wirtschaftlicher Struktur und technologischen Problemen dürfte daher zu den Kernaufgaben eines selbständigen Instituts gehören.

Die Aufgaben einer technologischen Entwicklung lassen sich in fünf Gruppen einteilen:

1. Der Bereich der »Einfachtechnik« in dem Sinne, daß einfache Verfahren, Vorrichtungen und Geräte entwickelt oder wieder entdeckt werden, die sich »vor Ort« möglichst aus heimischen Werkstoffen leicht herstellen und im Bereich vor allem ländlicher Entwicklung auch leicht bedienen lassen. Auch die Aufnahme und Weiterentwicklung bodenständiger Techniken gehören hierher.

2. Der Bereich soft technology (im Gegensatz zu *sophisticated technology*), in dem man sich eine »Einfachtechnik« zum Ziel setzt, die in besonderer Weise den natürlichen Umweltbedingungen angepaßt und darin auch für Industrieländer interessant ist. Auf diesem Gebiet ist in der Bundesrepublik Deutschland neuerlich besonders die vom BMZ geförderte »Interdisziplinäre Projektgruppe für angepaßte Technologie der Technischen Universität Berlin« tätig. Die Nutzung freier Energien und kreislaufgeeigneter Rohstoffe ist das Ziel dieser Technologie. Aus der Sonneneinstrahlung lassen sich Warmwasser, elektrischer Strom und – bei entsprechender Strahlenbündelung – auch höhere Brenntemperaturen gewinnen. Der Wind läßt sich für mechanische Bewegungen (Mahlen, Wasserförderung, Erzeugung elektrischer Energie) verwenden. In ähnlicher Weise ist Wasser als Energiequelle zu nutzen; Frisch- und Abwasser sind zudem auch generell im Kreislauf der Bewässerungstechnik zu bewirtschaften. Aus organischem Abfall (Mist, Fäkalien, Blätter, Unkraut) läßt sich Methangas gewinnen, das seinerseits für Kochen, Heizen, Motorantrieb, Brennen von Ziegeln verwendet werden kann. So werden einerseits im Methangasreaktor und im Kompost Krankheitserreger abgebaut und andererseits Holzvorräte geschont, Bodenerosionen durch Kahlschlag vermieden. Die Beispiele reichen bis zum Bau klimagerechter Häuser, zur Aufschließung heimischer Pflanzen für richtige Ernährung und medizinische Versorgung. Diese Art Technologie kann, wo sie verbreitet wird, ein ganzes Gebiet dezentralisiert überziehen. Großeinrichtungen für Energietransport, aber auch für viele andere Materialien, entfallen. Alle Einzelstationen reichen in ihren Leistungen jeweils nur für relativ kleine soziale Einheiten aus, doch fördern sie zugleich durch arbeitsteilige Bedienung und gemeinsame Nutzung das jeweilige Gemeindeleben. Allerdings ist vor Romantisierung zu warnen: Die Anlagen, Geräte, Produkte müssen sich so gut und so wirtschaftlich herstellen und nutzen lassen, daß sie gegenüber den herandrängenden Produkten der Industrieländer bestehen können.

3. Der Bereich landwirtschaftlicher Technik zur Konservierung und Weiterverarbeitung landwirtschaftlicher Produkte (Milchverwer-

tung, Futteraufbewahrung, Fleischkonservierung, Fischverarbeitung, Faserverarbeitung). Je besser dank Bewahrung vor raschem Verderb ein Wirtschaften mit den Produkten möglich wird, um so eher läßt sich durch marktgerechtes Verhalten der Wohlstand der einzelnen Gemeinden fördern.

4. Der Bereich von Industrietechnik erster Stufe für einfache technische Güter großen Bedarfs wie Handwerkszeug, Vorrichtungen, spezielle Maschinenelemente (Lager), einfache Werkzeugmaschinen, Pumpen und Kleinteile der Wasserhaltung. Die Herstellung derartiger Produkte kann durch einmalige Investition für die Errichtung regionaler Produktionsstätten zu erheblichen Importersparnissen führen.

5. Wie der Bereich der Industrietechnik erster Stufe offensichtlich von wesentlicher Bedeutung für die unmittelbar ländlichen Technologien ist, sind Technologien weiterer Stufen als möglicherweise von geringerer Priorität, aber doch als prinzipiell unentbehrlich zu nennen; sie finden sich ohnehin in allen Entwicklungsländern nebeneinander: Ausbau von Verkehrswegen; Exploration und Gewinnung von Rohstoffen (auch hier sei an zwei Beispielen auf die Notwendigkeit zur ökonomischen und sozialen Evaluierung bestehender Verfahren verwiesen: Schachtöfen sind zur dezentralisierten Zementherstellung geeigneter als die in Industrieländern verbreiteten Drehöfen. Vor der Errichtung neuer Stahlwerke sollten die Erfahrungen mit Stahlwerken verschiedener Designs in Indien und anderenorts sorgfältig erhoben werden); Ausbau des Kommunikationsnetzes (Post, Telefon); Errichtung eigener industrieller Anlagen. Für den Ausbau dieser Stufen werden in der Regel industriell hergestellte Geräte und Maschinen benötigt, deren Entwicklung und Produktion in den Entwicklungsländern erfolgen oder allmählich in diese verlegt werden müssen.

In der Planung von Technologien aller Art und Stufen ist von entscheidender Bedeutung, daß Pflege und Reparatur sich prinzipiell so einfach wie möglich ausführen lassen. Die Errichtung von Bauten und die Produktion von Geräten müssen daher nach anderen Maximen geschehen, als es in den Wirtschaftssystemen hochindustrialisierter kapitalistischer Staaten üblich ist. In diesen Staaten werden vor allem bewegliche Geräte und Maschinen als Verbrauchsgüter auf begrenzte Lebensdauer konzipiert und in kapitalintensiver Produktion hergestellt. Die Güter werden im Gebrauch verschlissen und veralten rasch, indem sie durch neue, technisch verfeinerte oder auch nur modisch variierte Baumuster abgelöst werden.

In den Entwicklungsländern gelten dagegen Qualitätsnormen, die ihren jeweiligen sozialen Gegebenheiten und technischen Anforderungen angepaßt sind. So ist für den ländlichen Hausbau zu fordern, daß er sich einfach, billig, schnell von möglichst vielen Bewohnern bewerkstelligen läßt, jedoch nicht, daß der Zement besonders hochwertig oder die Ausführung maßgerecht nach europäischem Standard ist. Für Einrichtungen und Maschinen gelten Forderungen, die gewöhnlich nur für konventionelle militärische Geräte gestellt werden. Es darf jeweils nur eine begrenzte Zahl von Baumustern geben. Diese sollen robust, sinnfällig in ihren Funktionen, einfach in Bedienung und Wartung, unanfällig für Reparaturen und zudem billig sein.

Impulsgeber und Berater

Ein breit orientiertes, adäquat ausgestattetes und möglichst selbständiges Institut könnte noch besser als die TTL den Stand und die Entwicklungstendenzen in technischen Produktionen, die von besonderer Bedeutung für Entwicklungsländer sind – wie beispielsweise die Lehrmitteltechnologie für den Schulunterricht und für Erwachsenenbildung –, auf ihre Anwendbarkeit unter den angegebenen Gesichtspunkten prüfen. Gegebenenfalls wären Anregungen oder Aufträge für zweckentsprechende Entwicklungen an Forschungsstellen oder Firmen im Inland oder in einem Entwicklungsland zu geben. Führen diese zu Forderungen, für deren Verwirklichung lange Entwicklungsreihen zu planen sind, so werden mutmaßlich Mittel anderer Größenordnung zu investieren sein, als das Institut je von sich aus wird aufbringen können. Hier hätte das Institut als Impulsgeber und Berater von politischen Instanzen, Finanzträgern und industriellen Unternehmen zu wirken und möglicherweise auch entsprechende Öffentlichkeitsarbeit zu leisten.
Dank seiner innovatorischen Potenz kann ein Institut dieser Art zu einem wichtigen Impulsgeber für Forschung und Ausbildung an technischen Forschungs-, Experimentier- und Ausbildungsstätten werden. Aus praktischen Erfahrungen kann es zugleich allgemeine Erkenntnisse gewinnen, die zur Behebung des großen Mangels in Angebot, Didaktik und Methode einschlägigen technologischen Unterrichts an Schulen und Hochschulen der Bundesrepublik wie der Entwicklungsländer wesentlich beitragen. Die Förderung der Technologie in ländlichen Entwicklungsgebieten ist ohne wirksame Er-

wachsenenbildung – *learning by doing* – ohnehin nicht zu verwirklichen.

Allerdings würde sich das Institut in seiner praktischen Tätigkeit als Stelle für Sammlung, Austausch und Weitergabe von Informationen kaum auf die üblichen akademischen Mittel der Publikation von Nachrichten, Forschungsergebnissen und praktischen Ratschlägen allein verlassen können. Nach internationaler Erfahrung ist der Wirkungsgrad gedruckten Papiers in diesem Bereich gering. Demonstrationen vor Ort, Besuchsdienst, Seminare, Personenaustausch sind wesentlich wirksamer. Durch zeitweilige Beteiligung von internationalen Experten, von Mitarbeitern deutscher Entwicklungsprojekte, von Forschern und Praktikern aus Entwicklungsländern wäre die intensivste Form von Dissemination, Ausbildung und Beratung zu erzielen, ohne daß dadurch das Institut selbst schwerpunktmäßig zu einer Ausbildungsstätte werden sollte oder dürfte.

Man steht vor einer Fülle von Aufgaben, deren Inangriffnahme dringend ist – nicht zuletzt im deutschen Eigeninteresse, um die Mittel der Entwicklungshilfe möglichst effektiv einsetzen zu können. Offensichtlich kann man sie nur exemplarisch in einer Auswahl nach politischen und pragmatischen Kriterien zu lösen versuchen. Mit der Gründung der TTL ist ein begrüßenswerter erster, vorsichtiger Schritt gemacht. Doch im ganzen gehen die Aufgaben über die Möglichkeiten der TTL hinaus. Das Konzept bedarf der Erweiterung und Vertiefung, die Organisation einer größeren Eigenständigkeit. Auch ein Institut, das den Allgemeininteressen und speziell der Beratung über den Einsatz der öffentlichen Entwicklungshilfe dienen soll, wird durch öffentliche Finanzierung seines Stammhaushalts möglichst von Interesseneinflüssen freizuhalten sein; doch muß eine Organisationsform gefunden werden, die zugleich ein Maximum an sachlicher Entscheidungsfreiheit, an weitsichtiger Personalpolitik und an Flexibilität in der Disposition der Mittel sichert.

Ein künftiges, größeres Institut sollte kurzfristig erzielbare Ergebnisse gewiß nicht außer acht lassen, doch fiele gerade die Erfüllung mittel- bis womöglich langfristiger Aufgaben in seinen Tätigkeitsbereich.

Je unabhängiger von Sachanweisungen und spezieller behördlicher Aufsicht es sich entwickeln kann, um so besser kann es sich entfalten und um so mehr Vertrauen wird ihm international entgegengebracht werden. Die Erfahrungen des genannten kanadischen *International Development Research Centre* geben dafür ein ermutigendes Beispiel. Auch hierzulande finden sich in Bereichen anderer wissenschaftlicher Forschung Vorbilder für derartige Gründungen. Die TTL kann das Feld der Aufgaben und der notwendigen nationalen wie internationalen Kooperation klären und mit ersten Aktivitäten beginnen. Eine größere eigenständige Institution müßte vor allem

- noch stärker regionale Grundlagenorientierung kultureller, sozio-ökonomischer und politischer Art in ihre technische Arbeit einbeziehen,
- durch vergleichende technische und sozio-ökonomische Evaluierung laufender und/oder abgeschlossener deutscher und anderer technischer Projekte Anhaltspunkte zur Verbesserung künftiger Projekte gewinnen,
- sich intensiv mit einschlägiger Aus- und Weiterbildung beschäftigen und auch auf diese Weise möglichst vielseitige Verbindungen zu Stätten angewandter Forschung knüpfen,
- einen sei es informellen, sei es formellen Verbund mit Institutionen ähnlicher Aufgabenstellung in Industrieländern, in Ländern der Dritten Welt und in internationalen Organisationen eingehen. Hierzu dürften sich gerade auch Institute oder ähnliches eignen, die in Ländern bestehen oder zu errichten wären, denen die Bundesrepublik ohnehin Unterstützung zum Aufbau ihres technischen Bildungswesens gibt, wie etwa im Falle Tansanias. Erfahrungen im Aufbau internationaler Forschungszentren der Landwirtschaft ließen sich dabei verwerten.

Die zweckmäßigste Organisation bleibt zu klären. Wichtig ist vor allem, daß jene inhaltliche Verbindung zwischen technischer, ökonomischer und sozialwissenschaftlicher Arbeit gefunden wird, die man zwischen deutschen Instituten und in deutschen Arbeiten gewöhnlich vermißt, die aber zum Beispiel an bestimmten Orten in den USA wie Cornell University oder MIT in sehr fruchtbringender Weise gepflegt wird. Wichtig wäre ferner eine teilweise internationale Personalrekrutierung. Und schließlich wären auch Möglichkeiten multinationaler Beteiligung an der Trägerschaft und Assoziation mit einer internationalen Organisation wie der UNO-Universität zu prüfen.

»Appropriate Technology«, Quarterly. Intermediate Technology Publications. London 1974 ff.

Bernard, H. R., Pelto, P. J.: Technology and Social Change. Macmillan Company, New York, London 1972.

Bodenstedt, A. A.: »Agrartechnologie und soziale Strukturen«; Tschakert, H.: »Agrartechnologie und Beschäftigung«; Tschiertsch, J. E.: »Agrartechnologie für Kleinbauern«. In: Entwicklung und Zusammenarbeit, 1977, H. 2, S. 17–22.

Brace Research Institute (Hrsg.): Handbook of Appropriate Technology. Quebec 1975.

Center for Policy Alternatives (Hrsg.): An Annotated Bibliography with Index for Technology Policy Studies. Massachusetts Institute of Technology, Cambridge/Mass., 1st ed., March 1974.

Deutsche Stiftung für Internationale Entwicklung (Hrsg.): Appropriate Technologies for Semiarid Areas: Wind and Solar Energy for Water Supply. International Conference Report. Berlin, September 1975; dies. (Hrsg.): Forschung und Forschungsförderung in und für Entwicklungsländer, Literaturverzeichnis. Bonn, August 1976.

Dickson, D.: Alternative Technology and the Politics of Technical Change. William Collins Sons & Co. Ltd., Glasgow 1974.

Donges, J. B. (Hrsg.): »Bericht des UNIDO-Ausschusses des Wissenschaftlichen Beirats beim BMZ: Die künftigen industriepolitischen Beziehungen zwischen Entwicklungs- und Industrieländern, Mai 1975«. In: BMZ, Entwicklungspolitik-Materialien Nr. 52, Bonn, Dez. 1975, S. 59–103.

Forschungsinstitut für Internationale Technisch-Wirtschaftliche Zusammenarbeit, Technische Hochschule Aachen: Veröffentlichungen und Forschungsberichte, Aachen 1969 ff.; dass.: Der mögliche Beitrag der BRD zum Transfer von Technologie in Entwicklungsländer – Wissenschaftliche Erarbeitung von Grundlagen für Maßnahmen und Organisation des Transfers von Technologie in Entwicklungsländer. Gutachten für das BMZ, Aachen 1973/74.

Havemann, H. A.: »Technik im Dienst der Entwicklung der Dritten Welt«. In: Technische Mitteilungen, 69. Jg. (1976), H. 2, S. 53–63 (mit Bibliographie).

Interdisziplinäre Projektgruppe für angepaßte Technologie der TU Berlin: »Aufbau und Arbeitsziele«. Demnächst in: TUB, Wissenschaftliche Zeitschrift der Technischen Universität Berlin.

International Development Research Centre: 1975-76 Program of Work and Budget. Ottawa 1975.

Jéquier, N. (Hrsg.): Appropriate Technology – Problems and Promises. Development Centre of the OECD, Paris 1976.

Krugmann-Randolf, I.: »Effizienter Transfer angepaßter Technologie. Die Lehrmittelstelle der DSE-Zentralstelle für gewerbliche Berufsförderung in Mannheim«. In: Entwicklung und Zusammenarbeit, 1974, H. 5, S. 12 und 26.

Kübel-Stiftung (Hrsg.): Angepaßte Technologie. Bensheim-Auerbach 1974 (mit Bibliographie); dies.: Technologietransfer oder Technologie der Entwicklungsländer. Bensheim-Auerbach 1974.

Macpherson, G. A.: First Steps in Village Technology. Dar-es-Salaam: Tanzania Publishing House 1975.

National Academy of Engineering: Meeting the Challenge of Industrialization – A Feasibility Study for an International Industrialization Institute. Washington D. C. 1973.

PROKOL: »Der sanfte Weg – Technik in einer neuen Gesellschaft«. Deutsche Verlagsanstalt, Stuttgart 1976.

Rupp, E.: Technologietransfer als Instrument staatlicher Innovationsförderung. Anwendung der Ergebnisse staatlicher und staatlich geförderter Forschung und Entwicklung im internationalen Vergleich. Göttingen 1976 (Schriften der Kommission für wirtschaftlichen und sozialen Wandel, Nr. 36).

Schmid, J., und Pflieger, G. F.: »Ein pragmatischer Schritt – Technologietransfer – Leitstelle für angepaßte Technologien«. In: Entwicklung und Zusammenarbeit, 1976, H. 12, S. 25.

Schumacher, E. F.: Small is Beautiful – A Study of Economics as if People Mattered. Abacus, London 1974.

Science and Technology Policy Instruments (STPI) Project: A Comparative Research Effort among less Developed Countries to Examine Ways and Means of Implementing Science and Technology Policies in the Industrial Sector. Office of the Field Coordinator, Lima, Peru, 1974.

»Technologien für Entwicklungsländer«. In: Echo aus Deutschland (Sonderausgabe 3/76). Stuttgart: Juli 1976. Nachdruck in: BMZ, Entwicklungspolitik-Materialien Nr. 56, Bonn, Juli 1976.

Timmer, C. P., et al: The Choice of Technology in Developing Countries (some cautionary tales). Harvard Studies in International Affairs, No. 32, Center for International Affairs, Harvard University, Cambridge/Mass. 1975.

Thomas, D. B.: Capital Accumulation and Technology Transfer – A Comparative Analysis of Nigerian Manufacturing Industries. Praeger Publishers, New York, Washington, London 1975.

VITA (Hrsg.): Village Technology Handbook. Mount Rainier, Maryland 1975.

Sicco L. Mansholt
Aufgaben der europäischen sozialistischen Parteien

Dr. Sicco Leendert Mansholt, Warpserveen (NL). Geboren 1908 in Ulrun (NL). Studium der Agrikultur, 1934-1936 Indonesien. Während der deutschen Besetzung der Niederlande organisierte Mansholt den Widerstand. Nach dem Krieg als Minister in mehreren niederländischen Regierungen tätig, 1968 Robert-Schumann-Preis, 1972/73 Präsident der Europäischen Gemeinschaft, Mitarbeit in der (UN-)Eminent Group to study Multinationals.

Der demokratische Sozialismus war in seinem Ursprung eine internationale Bewegung. In der sich schnell industrialisierenden Gesellschaft faßte sie das Aufbegehren des Proletariats nach mehr Gerechtigkeit in der Parole zusammen: Proletarier aller Länder vereinigt euch. Die Praxis war anders.

Sie hat die Ziele der internationalen Theorie auf nationaler Ebene praktiziert. Und das lag auf der Hand. Durch unermüdlichen Kampf hat sie sich mit demokratischen Methoden auf die nationale Gesetzgebung konzentriert, für eine gerechtere Verteilung des Produkts der Arbeit und des Kapitals gekämpft und größere Wohlfahrt für die große Masse der Arbeiter gefordert. Als internationale Organisation hat sie sich nicht entwickelt und beschränkt sich auch heute noch darauf, eine Art Plattform zu sein, auf der man in aktuellen Situationen diskutiert. Die internationale Organisation handelt nicht, nimmt keine Verantwortung wahr und hat auch wenig zur Entwicklung der Gesellschaft beigetragen. Wenn man über das »Proletariat« spricht, dann zielt das auf die Arbeiter in West-Europa, aber der Lösung der Probleme der großen Masse des Weltproletariats widmet man nur Lippenbekenntnisse. Der demokratische Sozialismus ist bis jetzt gescheitert, seine Verantwortlichkeit für die Weltprobleme, wie Hunger und Armut, ja sogar Frieden und Krieg, zu übernehmen. Es gibt keine schlagkräftige Politik, und der demokratische Sozialismus hat sich so als internationale Macht ausgeschaltet.

Und noch immer liegt der Schwerpunkt der Aktionen auf nationaler Ebene. Noch immer gibt es wenig Aufmerksamkeit für die Not und die Probleme der Dritten Welt. Wir stellen fest, daß die Bereitschaft, dafür Opfer zu bringen, gering ist. Trotz der Tatsache, daß in Europa ein großer Fortschritt zur besseren Verteilung der Wohlfahrt erreicht ist, beschränkt sich der Einsatz von Sozialismus für die Armen der Dritten Welt in einigen Paragraphen mit allgemeinen Zielsetzungen in den verschiedenen nationalen Parteiprogrammen. Dort wird von der »Notwendigkeit der finanziellen und technischen Hilfe an die Entwicklungsländer« gesprochen, im günstigsten Fall wird auf die Notwendigkeit einer besseren Arbeitsteilung in der Welt hingewiesen, um dann schnellstens zu bestätigen, daß dies nur auf internationaler Ebene verwirklicht werden kann.

Obwohl wir feststellen können, daß sich die Sozialdemokraten im allgemeinen den Fragen der Entwicklungsländer positiv stellen, gibt es beim Handeln große Unterschiede.

Am deutlichsten zeigt sich das dort, wo Sozialdemokraten in den europäischen Ländern auf die Regierungspolitik Einfluß haben oder sogar die Politik bestimmen können. Was helfen uns schönlautende Parteiprogramme, wenn sie nicht realisiert werden in dem Augenblick, in dem wir die Verantwortung tragen und die Macht haben? Und vor allem während einer Zeit von bisher ungekanntem Wohlstand und wirtschaftlichem Wachstum wie wir es bis 1972 erlebten.

Von den europäischen Ländern haben Schweden, die Niederlande, das Vereinigte Königreich und die Bundesrepublik seit längerer oder kürzerer Zeit eine sozialistische Regierung oder eine Regierung, in der die Sozialisten eine dominierende Position haben. Was ist nun von all den angenommenen Zielen der Entwicklungspolitik in der Strategie der zweiten Entwicklungsdekade (71–80) der Vereinten Nationen verwirklicht worden? Da einigt man sich auf eine nationale Entwicklungshilfe von nur 0,7 % des Bruttosozialprodukts jährlich.

1974 wurden folgende Prozentsätze erreicht: Schweden: 0,72 %, NL: 0,62 %, GB: 0,38 %, BRD: 0,37 %.

Hierzu ist zu bemerken, daß durch das unermüdliche Wirken des sozialistischen Ministers für Entwicklungs-Hilfe, Jan Pronk, in den Niederlanden der Prozentsatz für 1975 beträchtlich erhöht worden ist und daß das niederländische Hilfeprogramm für 1976 sogar 1,25 % vom Bruttosozialprodukt vorsieht. Jämmerlich ist die Haltung der Bundesrepublik Deutschland. Obwohl dieses Land ein ungekanntes Wachstum der Wohlfahrt in den letzten Jahrzehnten hatte und das Lebensniveau zum höchsten Europas gehört, obwohl es große Devisenreserven hat, steht es bezüglich seines Beitrages für Entwicklungshilfe unten auf der Liste der Länder. Das Erbärmlichste ist dabei, daß der sehr aktive und motivierte Minister für Entwicklungshilfe, der Sozialist Erhard Eppler, gezwungen war, das Feld zu räumen. Und das in einer Regierung unter sozialdemokratischer Führung!

Erhard Eppler, politisch stark engagiert und unter dem Eindruck vom Los der Hunderte von Millionen, die in der Dritten Welt in tiefer Armut leben, hat ein klares Programm ausgearbeitet. Ich möchte sagen: ein Programm, auf das Sozialisten stolz sein könnten. Und wenn wir über die Aufgaben der europäischen sozialistischen Parteien sprechen, dann gibt es viel in Epplers Vorschlägen, das wir in unser Programm übernehmen könnten. Es war ein hoffnungsvoller Anfang unter Willy Brandt. Und so ein hervorragender Politiker mußte gehen ...!

Ein Zeichen an der Wand, wie Sozialismus in der Praxis zu national-egoistischer Politik abrutschen kann. Und die heutige Politik dieser Regierung beschränkt sich überdies auf die Finanzierung von Projekten, bei der die eigenen nationalen Interessen eine Rolle spielen: der politische Einfluß die Rohstoffversorgung oder die Lieferung von deutschen Industrieprodukten. In der Praxis wurde das Niveau der Entwicklungshilfe weit unter die Zielsetzungen der internationalen Organisationen gesenkt. Geht es doch um die Anhebung des Lebensniveaus der Ärmsten in der Welt. Soll doch mitgeholfen werden, daß diese Menschen ihren Anteil an der Entwicklung zu einer gerechteren Gesellschaft erhalten. Eppler hat eine Strategie zur Bekämpfung der wirklichen Not entwickelt: den Hunger, die massive Arbeitslosigkeit und den Mangel an Schulung. Nicht nur der Umfang der Hilfe ist wichtig, ebenso auch, wofür sie verwendet wird, welche Zielsetzungen man hat. Kurz gefaßt: welches Programm, welche Politik liegt zu Grunde.

Wir stellen also fest: Es gibt kein sozialistisches Programm, das sich auf die Dritte Welt bezieht. Es gibt aber eine dringende Notwendigkeit dafür, und die Zeit wird knapp. Nicht nur die nationalen Parteien haben ein ungenügendes Verständnis vom »Warum« und »Wie« der Entwicklungshilfe, sondern ganz Westeuropa. Das ist von Bedeutung, weil wir am Vorabend eines engeren politischen Zusammenschlusses der europäischen Länder in der Gemeinschaft stehen. Der Ministerrat in der Europäischen Gemeinschaft hat dies beschlossen, und wir können erwarten, daß wahrscheinlich 1980 die ersten allgemeinen Direktwahlen für das europäische Parlament stattfinden werden. Dieses Parlament wird dann größere Befugnisse haben und wirkliche Kontrolle über die Gemeinschaftspolitik ausüben müssen. Wenn wir Sozialisten dann wirklichen Einfluß auf die künftige Entwicklung in der Gemeinschaft haben wollen, dann sollten wir uns jetzt auf ein klares Programm einigen, das die Richtung angibt – nicht nur der Wirtschafts- und Sozialpolitik, auch der Außenpolitik, wozu auch unser Verhalten zur Dritten Welt gehört. Es muß auch eine sozialistische Entwicklungspolitik geben! Hier, wie auch bei der Entwicklung zur größeren politischen Einigung, zum politisch vereinten Europa, geht es um Dinge, bei denen die Sozialisten der Motor sein sollten!

Bis jetzt haben wir nur eine Zollunion geschaffen, und nur wenig mehr. Damit haben wir einen größeren Markt, mit freiem Verkehr von Menschen, Gütern und Kapital, und die private Wirtschaft wird diesen Markt in ihrem Interesse benutzen. Aber wo ist der Einfluß der Öffentlichkeit geblieben? Wo die Kontrolle, die Planung? Wo, was für uns Sozialisten wichtig ist, die Wahrung der Interessen der Bevölkerung, der Konsumenten?

Die gibt es kaum, denn wir haben die Möglichkeiten zur Lenkung der Wirtschaft größtenteils aus den Händen gegeben und nicht dafür gesorgt, daß zur selben Zeit auf europäischer Ebene Organe geschaffen wurden, um diese notwendigen Befugnisse und Verantwortlichkeiten zu übernehmen. Das Europa, daß wir geschaffen haben, ist ein Schiff ohne Steuer, vor allem weil wir den Organen, der Kommission, dem Ministerrat und dem Parlament nur unzureichende Befugnisse gegeben haben, um Politik zu entwickeln und zu betreiben. Und sogar wegen des politischen Unwillens bei einigen Regierungen, die noch immer versuchen, in erster Linie an ihr eigenes Land zu denken. Eine Illusion! Wirtschafts- und Sozialfragen reichen über die Grenzen. Und damit spielt Europa auf internationaler Ebene kaum eine Rolle. Die größten europäischen Länder versuchen noch einigen Einfluß zu haben und täuschen sich selber. Dies ist eine gefährliche Situation, die nicht länger dauern darf und auch nicht dauern kann. Sehr deutlich wird dies in dem Verhalten Europas zur Dritten Welt.

Unsere Verantwortlichkeit gegenüber diesen Ländern besteht aus mehr als finanzieller und technischer Hilfe. Sie besteht sogar aus mehr als dem Abbau von Handelsbeschränkungen an den Grenzen, wie z. B. Zöllen. Die Handelspolitik ist schon gemeinschaftlich, aber sie kommt nur mit großer Mühe zustande, vor allem weil es keine gemeinschaftliche Wirtschaftspolitik gibt. Es gibt keine gemeinschaftliche Industriepolitik, keine Investitionspolitik, weder eine langfristige gemeinsame Sozialpolitik noch eine gemeinsame Arbeitspolitik. Und es fehlt uns überdies an einer wirksamen gemeinschaftlichen Regionalpolitik, um solidarisch die Folgen der Handelspolitik aufzufangen.

Dadurch ist es unmöglich, mittels einer zielbewußten Politik in unserer Gemeinschaft Produktion und Konsum der Entwicklung der Wirtschaft in der Dritten Welt dienstbar zu machen. Zollbestimmungen bzw. freie Einfuhr haben immer Folgen für bestimmte Wirtschaftszweige und Arbeitsmöglichkeiten. Bisweilen regional, bisweilen allgemein. Ohne eine langfristige Politik mit klaren Zielen bezüglich Arbeitsbeschaffung, Steuerung von Industrie und Investitionen ist keine Außenpolitik zur Dritten Welt zu entwickeln. Wenn wir Sozialisten uns wirklich bemühen, Verantwortlichkeit zu tragen im Hinblick auf die Entwicklungsländer, dann sollen wir anfangen, unser eigenes Haus zu bestellen, und das Haus ist Europa.

Wir reden viel vom offenen Markt, von Arbeitsteilung, vom Abstoßen arbeitsintensiver Industrien zu Gunsten der Entwicklungsländer, aber es ist klar, daß dies politisch niemals durchzusetzen ist, wenn es keine deutliche Lösungen für die Arbeitsbeschaffung hier gibt. Aber sogar im Zeitraum schnellen wirtschaftlichen Wachstums und der Vollbeschäftigung, also bis 1972, zeigte Europa sich als ein fast immobiler Koloß, ein Koloß auf lahmen Füßen. Und jetzt, wie schaffen wir es nun?

Hier liegt eine deutliche Aufgabe für die Sozialisten in Zusammenarbeit mit den Gewerkschaften. Es bedeutet auch, daß es ein spezifisch sozialistisches Interesse ist, daß Europa wieder lenkbar wird, damit wir unsere Verantwortung sowohl nach außen als auch nach innen tragen können. Eine Verantwortlichkeit, die wegen der Verschmelzung der Interessen durch die relativ kleinen Nationalstaaten nicht mehr zu tragen ist. Die Praxis zeigt auch, daß es auch für sozialistische Regierungen schwer zu sein scheint, auf veraltete nationale Macht zu verzichten und sie durch internationale Zusammenarbeit zu ersetzen. Wir erwarten von der Labour-Regierung in England ebenso wie von der SPD in der Bundesrepublik, daß sie sich deutlich für eine zielbewußte Europapolitik aussprechen und daß sie zur Erkenntnis kommen, daß niemandem damit gedient ist, zu lange auf nationalen Entscheidungsstrukturen zu beharren.

Wegen ihrer Grundsätze wird es den Sozialisten nicht schwerfallen müssen, ihre Verantwortlichkeit für die Dritte Welt zu übernehmen. Zu diesen Grundsätzen können wir rechnen: die Gleichheit und Gleichwertigkeit aller Menschen. Von da aus können wir feststellen, daß die bestehende Ungleichheit ungerecht ist und auf Ausbeutung basiert. Von diesem Grundsatz aus sollten wir auch einsehen, daß die wirtschaftliche Macht noch immer in den Händen von wenigen konzentriert ist, daß die materiellen Klassengrenzen den Lebenslauf der großen Mehrzahl der Menschen von der Wiege bis zum Grabe bestimmen und daß Menschen noch immer für kommerzielle Zwecke ausgebeutet werden.

Wenn wir diese Fakten feststellen, wird es uns nicht schwerfallen, unsere Solidarität mit den Unterdrückten, dem Weltproletariat, den Ärmsten, nicht nur durch Worte zu bekennen, sondern auch zu kämpfen, die Barrieren zu schleifen, die die Ursache der Ungleichheit sind.

Dies stellt uns vor eine Anzahl von Entscheidungen, wo wir wählen müssen, da es hier nicht mehrere Möglichkeiten oder Auswege gibt.

Bei dem Kampf für eine Gesellschaft, die auf Solidarität basiert, werden wir davon ausgehen müssen, daß es undenkbar ist, wenn Völker ihre Wohlfahrt verbessern, solange es anderen noch an den elementarsten Lebensbedürfnissen mangelt. Freiheit und Wohlstand von einigen oder bestimmten Gruppen und Völkern sollen nicht auf Kosten der anderen vergrößert werden. Und dies bedeutet auch, daß die demokratisch-sozialistischen Grundsätze nicht dazu dienen dürfen, die faktischen Machtverhältnisse des reichen Westens ideologisch zu schützen. Dies alles greift tief in unsere Gesellschaft ein. Es stellt sich z. B. die Frage der Verteilung des Einkommens, also der Einkommenspolitik. Ebenso ist nach der Streuung von technologischem Wissen und der Macht allgemein zu fragen. Das Streben nach Gleichheit auf Weltebene wird uns in der Freiheit des Konsums Beschränkungen auflegen. Und all dies wird erschwert, weil wir wissen, daß die Ressourcen der Welt nicht unerschöpflich sind. Es gibt Grenzen, die Vorräte der Natur zu unseren Gunsten zu gebrauchen. Wir wissen um die Gefahren für die Umwelt und das ökologische Gleichgewicht. Und dazu die unausweichliche Tatsache, daß wir den gerechtfertigten Interessen derjenigen, die noch nicht geboren sind, Rechnung tragen müssen. Unser noch immer fortgesetztes Produktions- und Konsumwachstum ist für sie eine Bedrohung und ein Attentat auf Mensch und Natur. Auch hier werden wir Sozialisten wählen müssen.

Eine zentrale Frage, vor die wir gestellt sind, ist: ob es möglich sein wird, mit der heutigen Struktur der Gesellschaft unsere Ziele zu erreichen. Eine Struktur, die in erheblichem Maße durch ein System von Produktion und Verbrauch beherrscht wird, das noch immer als Kapitalismus bezeichnet werden kann. Noch immer ist diese Gesellschaftsstruktur gekennzeichnet durch das private Eigentum und die private Verwaltung der Produktionsmittel, dadurch daß die Entscheidung über Betriebsführung und Investitionen durch eine kleine Gruppe von Menschen getroffen wird, wo der zu erwartende Gewinn Grundlage für die Betriebsentscheidung ist. Eine Gesellschaft, in der die Verteilung der Güter auf der Grundlage von Angebot und Nachfrage stattfindet.

Auf nationaler Ebene hat die Bedeutung des Staates auf dem Gebiet der Produktion und Verteilung zugenommen, und es gibt eine wenn auch beschränkte Kontrollmöglichkeit. Wir können unsere Wirtschaft als eine gemischte bezeichnen. Aber wir dürfen nicht aus dem Auge verlieren, daß sich in den letzten Jahren schnelle Änderungen innerhalb des Kapitalismus vollzogen haben. Es gibt eine starke Vergrößerung der Unternehmen und die Konzentration der Macht in einer kleinen Anzahl von Mammut-Konzernen. Das geht weit über die Grenzen, umfaßt die ganze Welt. Diese Entwicklung wird durch den technologischen Fortschritt auf Grund der wissenschaftlichen Ergebnisse, die ein bisher ungekanntes exponentielles Wachstum zeigen, verstärkt. Die multinationalen Konzerne verfügen über diese Wirtschaft, sie beherrschen die Produktion und dadurch den Weltmarkt. Sie haben eine sehr große Macht, fixieren die Preise der Produkte, entscheiden über Absatzgebiete, schließen Betriebe, wo sie es für günstig erachten, und können Regierungen, vor allem in den schwachen Ländern, beeinflussen. Dieser Prozeß wird noch erheblich durch die Konzentration des internationalen Privatkapitals in einer kleinen Anzahl multinationaler Bankkonzerne verstärkt, von denen jeder eine Anzahl multinationaler Konzerne kontrolliert.

Durch diese Internationalisierung verliert der Staat jede Kontrolle zugunsten der Gemeinschaft. Weder auf europäischer Ebene noch auf Weltebene besteht eine zweckmäßige Organisation zur Wahrung der Interessen der Schwachen, namentlich der Entwicklungsländer.

Wer noch an die Wirkung des freien Marktes glaubt, der auf Wettbewerb gründet, ist naiv. Wer meint, daß mittels Kontrolle durch eine internationale Obrigkeit sowie eine Art gemischte Wirtschaft die Probleme gelöst werden können, lebt in einer Welt von Illusionen. Diese Entwicklung hat weitgehende Folgen. Die auf diese Weise organisierte Wirtschaft hat großes Interesse am Wachstum von Produktion und Konsum. Sie läßt kein Mittel unversucht, um beide in die Höhe zu treiben. Sie trägt der drohenden Erschöpfung der Natur keine Rechnung, und es gibt keine Macht in der Welt, die dies zu verhindern weiß. Dies alles hat weitgehende Folgen für das Verhältnis zwischen reichen und armen Ländern. Produktion und Konsum werden in hohem Maß durch die Gewinnmöglichkeit und Kaufkraft bestimmt, deshalb richtet sich der Güterstrom in überwiegendem Maß auf die Bevölkerung der reichen Länder. Dies hat zur Folge, daß die Reichen immer reicher und die Armen relativ ärmer werden. Der Güterstrom geht nicht nach dort, wo wirklich das Bedürfnis besteht, und deshalb kommen Ernährung, Kleidung, Wohnungsbau und Sozialfürsorge in die Klemme.

Die technologische Entwicklung und Betriebsvergrößerung führt zu immer weitergehendem Ersatz von Arbeitern durch Maschinen, und strukturelle Arbeitslosigkeit ist die Folge. Dies schafft Probleme in den westlichen Industriestaaten, aber es stellt auch die Entwicklungsländer mit ihrer chronischen und massiven Arbeitslosigkeit vor unlösbare Aufgaben. Sicherlich ist der Export unserer Industriestruktur, wie sie durch internationale Unternehmen geschieht, nicht die Lösung. Im Gegenteil, dies führt zur Zusammenballung der Massen in den schon überfüllten Städten der Entwicklungsländer und schafft Eliten in einer Masse von Elend.

Hier stoßen wir auf die Frage, welche Art Entwicklung diese Länder verfolgen sollen und welcher Beitrag dabei von uns, den reichen Ländern, geliefert werden kann. Die Sozialisten müssen sich auch hierüber im klaren sein.

Selbstverständlich ist es an erster Stelle Sache der Entwicklungsländer selbst zu entscheiden, wie sie ihre Wirtschaft entwickeln werden. Welche Struktur sie ihrer Gesellschaft geben werden, ob kapitalistisch oder eine von der Obrigkeit geplante Wirtschaft. Aber jedenfalls ist es wünschenswert, daß die sozialistischen Parteien in Europa den Sozialisten in den Entwicklungsländern zur Seite stehen. Sie müssen in ihrem Kampf für die Verwirklichung ihrer Ideale unterstützt werden. Auch in dieser Hinsicht ist es wünschenswert, den Blick von unserem Nabel weg über die Grenzen zu richten und uns weniger zu bemühen, mit einer Anzahl kleiner Probleme in unserem Wohlfahrtsstaat fertig zu werden, sondern uns für die großen Probleme in der Dritten Welt einzusetzen. Trotz der Tatsache, daß die Entwicklungsländer selber über ihre Zukunft entscheiden, werden wir uns in Europa mit diesen Fragen zu beschäftigen haben und eine Entwicklungspolitik verfolgen müssen, die besser als in der Vergangenheit die großen Unterschiede zwischen unseren technisch hochindustrialisierten Ländern und den noch einfachen und meist landwirtschaftlich ausgerichteten Gesellschaften der Entwicklungsländer mit großer Arbeitslosigkeit berücksichtigt.

Hier hat Erhard Eppler in seinem Buch »Wenig Zeit für die Dritte Welt« aus seiner reichen Erfahrung eine Anzahl deutlicher Anweisungen gegeben. Wir können feststellen, daß im allgemeinen ein großes Bedürfnis besteht, der Entwicklungspolitik neue Dimensionen zu geben und durch die praktische Erfahrung neue Zielsetzungen zu formulieren. Auch weil seit einigen Jahren ein tieferes Verständnis entstanden ist, wo in der Zukunft die größten Gefahren drohen, ist eine Revision unserer Politik notwendig geworden. Die Öl-Krise ist ein Zeichen an der Wand, sie stellt die armen, energieimportierenden Länder vor fast unüberwindliche Schwierigkeiten. Die heutige Wirtschaftskrise bedeutet nach dem Jahresbericht der Weltbank für ungefähr eine Mrd. Menschen in den allerärmsten Entwicklungsländern, daß statt einer Erhöhung der Durchschnittseinkommen in sehr vielen Fällen eine Verringerung stattgefunden hat. Es ist erfreulich, daß vor allem unter dem Druck der Dritten Welt ein neuer Beginn von Zusammenarbeit unternommen wird, den man unter dem Begriff »Neue Weltwirtschaftsordnung« zusammenfassen kann.

Dies eröffnet zum erstenmal die Möglichkeit, ein koordinierte Aktion auf allen Gebieten zu führen, die entscheidend ist, um eine bessere Verteilung der Wohlfahrt in der Welt und eine effektivere Teilnahme der Entwicklungsländer an einem neuen Aufbau der Weltwirtschaft zu erreichen, um so Elend und Hunger vertreiben zu können. Kurzgefaßt, die Entwicklung einer Politik, die uns herausführt aus der Unordnung zur internationalen Ordnung.

Die Aufgaben der drohenden Überbevölkerung, Bodenerosion, verschmutzter Meere, zerrütteter Gesellschaften, Wohnprobleme, mentaler Gesundheit zeigen einen engen Zusammenhang und dürfen nicht separat gesehen werden. Und wie Prof. Jan Tinbergen es in dem Interimgutachten zu dem Projekt »Reviewing the International Order« formulierte: »Die Gründung der neuen Weltwirtschaftsordnung bringt notwendigerweise fundamentale Änderungen auf anderen Gebieten mit sich, die uns zu einer neuen internationalen Ordnung führen können.«

Fragen also, inwieweit zum einen nationale Souveränität noch wünschenswert ist, zum anderen, zu welcher Struktur die Vereinten Nationen sich entwickeln sollen, müssen ihre Antwort finden. Auf welche Weise und mit welchen Mitteln realisieren wir die internationale Marktordnung, damit sie zu stabilen Preisen führt, zu besseren Einkommen für die Entwicklungsländer, sichereren Welternährungsreserven, koordinierter Anwendung von Rohstoffen, gemeinschaftlichem Verwalten von Energiereserven, Richtlinien für den Gebrauch von Energie, für die Ozeanverwaltung, laut Tinbergen: »das herausforderndste Problem für die internationale Gesellschaft«.

Das ist nur eine Auswahl aus den vielen eng zusammenhängenden Fragen, die in diesem Moment auf der Tagesordnung der Menschheit stehen. Wobei es dringend notwendig ist, daß Entscheidungen getroffen werden.

Und wo sind die Sozialisten? Haben sie sich auf eine Weise organisiert, daß sie wirklich Einfluß ausüben können? Nein! Sie haben kaum angefangen, sich auf diese Fragen zu besinnen. Und schon dafür ist es notwendig, daß sie sich über die Grenzen einigen. Dabei dürfen sie sich nicht nur auf Europa beschränken, sondern müssen sich vor allem auch mit den sozialistischen Parteien in der Dritten Welt verbünden. Zusammen mit ihnen sollten wir die Probleme besprechen, neue Zielsetzungen entwerfen und neue Strategien planen.

Damit würde der demokratische Sozialismus zu einer großen sozialistischen Tradition zurückkehren: zur internationalen.

H. M. de Lange

Möglichkeiten entwicklungspolitischer Bewußtseinsarbeit

Dr. H. M. de Lange, Rotterdam (NL), Wirtschaftswissenschaftler. Von 1945 bis 1964 Mitarbeiter am zentralen Wirtschaftsplanungsbüro der Niederlande. Seit 1964 beschäftigt er sich am »Interuniversitären Institut« für Normen und Werte in Rotterdam mit Fragen der Sozialethik. Dr. de Lange ist Mitglied im Vorstand des ökumenischen Forschungszentrums in Rotterdam.

Ausgangspunkt des nachfolgenden Beitrags ist die Überlegung, daß die Verantwortlichkeit für die Veränderungsprozesse in der Dritten Welt primär bei den Völkern Asiens, Afrikas und Lateinamerikas selbst liegen.
Diese Veränderungsprozesse, die in erster Linie auf die Bekämpfung von Armut und Unwissenheit sowie auf die Wiederherstellung der zwischenmenschlichen Beziehungen zielen, haben in den jeweiligen Ländern einen höchst unterschiedlichen Charakter. Gemeinsam ist ihnen jedoch, daß beinahe alle Entwicklungsländer konfrontiert werden mit:

1. einer aus der Vergangenheit herrührenden Übermacht, für die die westlichen Länder verantwortlich sind, sowie
2. mit einer Vorherrschaft politischer und wirtschaftlicher Strukturen, für die alle Länder der nördlichen Halbkugel verantwortlich sind.

Indem sie eine gute – ich komme später auf dieses Wort zurück – Entwicklungspolitik führen, können die reichen Länder des Nordens die Last der Armen erleichtern, sogar in erheblichem Umfang. Aber eine gute Politik kommt nicht von allein. Das Kennzeichen einer guten Entwicklungspolitik ist es, daß sie sich darum bemüht, soweit wie möglich auf die Fragen der Dritten Welt selbst einzugehen. Natürlich stoßen dabei verschiedenartige Interessen aufeinander. Diese gilt es gegeneinander abzuwägen, wobei sowohl kurz- als auch langfristige Gesichtspunkte zu berücksichtigen sind.

In den westlichen Ländern, die durchweg eine demokratische Staatsordnung besitzen, besteht die Möglichkeit, diesen Abwägungsprozeß – für den in erster Linie die Regierungen verantwortlich sind – zu beeinflussen. Dies ist schon immer in großem Umfang geschehen. Wir kennen in jedem demokratischem Staat die sogenannten Lobbyisten; das sind Leute, die für bestimmte, oft partikuläre Belange eintreten. Auf Grund von Argumenten versuchen sie, Regierung und Parlament zu beeinflussen.

In einer Reihe westeuropäischer Länder haben sich in den letzten zehn, zwanzig Jahren in zunehmendem Maße Gruppen gebildet, die sich für die Interessen der Völker in der Dritten Welt einsetzen. Indem sie auf die Fragen der Dritten Welt hören, versuchen sie sich ein Bild von den in der westlichen Welt erforderlichen Veränderungsprozessen zu machen.

Diese Veränderungsprozesse bedürfen politischer Entscheidungen. In einer Demokratie ist grundsätzlich ein jeder aufgefordert, an einem solchen Meinungsbildungsprozeß teilzunehmen. Nur wenige glauben, es reiche aus, nur einmal in den vier oder fünf Jahren einen Wahlzettel auszufüllen. Sehr viel mehr hat zu geschehen. Letztlich geht es darum, die öffentliche Meinung zu mobilisieren.

Dabei darf man sich nicht der Illusion hingeben, alle Bürger könnten und wollten mitwirken. Wohl aber ist es von größter Bedeutung, daß die organisierte öffentliche Meinung im Hinblick auf die Entwicklungsproblematik optimal informiert wird.

Voraussetzungen

Will man den Prozeß der Entwicklungserziehung richtig strukturieren, gilt es ein paar Voraussetzungen zu berücksichtigen.

Zunächst möchte ich auf das wichtige und zugleich strittige Problem des Zuhörens hinweisen. Ich meine damit das Hören auf die authentischen Stimmen der Dritten Welt. Ebenso wie in unserer Gesellschaft gibt es auch dort viele Stimmen, die sich – wie bei uns – oftmals widersprechen. Dennoch ist es unentbehrlich, sich ihnen zu öffnen. Letzteres ist außerordentlich wichtig. In unserem Eifer, etwas zu unternehmen, oder in unserer Ungeduld, die Sache von uns abzuschieben, üben wir uns zuwenig in sorgfältigem Hinhören. Das wird noch dadurch erschwert, daß wir von vornherein mit fertigen Antworten kommen. Diese Antworten basieren auf schematischen oder ideologischen Vorstellungen, die uns in Fleisch und

Blut sitzen. Wie begrenzt diese Vorstellungen sind, müssen wir jedoch gerade entdecken.
Eine zweite Voraussetzung ist, daß wir im Gedränge der auf uns einstürmenden Informationen und Ansichten Kriterien entwickeln müssen.
Bei vielen Leuten, die sich intensiv mit den Problemen von Armut und Entwicklung beschäftigen, beobachte ich, daß sie sich durch uralte Gedanken, Grundsätze und Werte leiten lassen. Die Freiheit von Armut und Mangel, von uns selbst in Europa als ein Beitrag zur Menschwerdung erfahren, wird jetzt operationalisiert. Dazu wird der Begriff der Verantwortlichkeit verwendet, der in Programme zur Beseitigung von Armut und Mangel in der übrigen Welt umgesetzt wird. Was für uns richtig ist, ist auch für andere richtig. Was menschliche Verhältnisse beeinträchtigt – und hier nähere ich mich dem Begriff der Gerechtigkeit –, muß bekämpft und vermieden werden. Nun denn, Armut und Mangel beeinträchtigen die menschlichen Beziehungen. Jeder, der einmal in einem Entwicklungsland war, weiß aus eigener Erfahrung, daß bodenlose Armut nicht bloß menschenunwürdig, sondern darüber hinaus auch gemeinschaftszerstörend ist. In zunehmendem Maße haben wir entdeckt, daß dies auch im Weltmaßstab gilt.
Diesen Gedanken kann man sowohl negativ als auch positiv ausarbeiten. Mittels einer gezielten Kampagne könnte man den Bewohnern des reichen Nordens natürlich in den dunkelsten Farben ausmalen, was geschehen wird, wenn sie nicht bereit sind, die Reichtümer dieser Erde mit anderen zu teilen. Mir scheint es jedoch besser, die Sache positiv anzufassen und darauf hinzuweisen, daß dem Frieden durch eine Politik des Teilens gedient werde.
Auch die Bezeichnung und Verwendung des Begriffs »Eigeninteresse« oder »wohlverstandes Eigeninteresse« halte ich für ein negatives Kriterium. Diese Argumentationsfigur mag gelegentlich nützlich sein; aber es handelt sich um einen unsicheren Faktor, der plötzlich ins Gegenteil umschlagen kann. Das Eigeninteresse nämlich könnte uns in bestimmten Situationen auch dazu veranlassen, die Entwicklungsländer abzuschreiben. Für die Errichtung menschlicher Beziehungen ist es ein ungeeignetes Kriterium.
Pessimisten weisen oft darauf hin, daß der größte Teil der Menschheit kurzsichtig und nur geneigt ist, seinen Eigeninteressen zu folgen. Übernimmt man damit nicht vorschnell ein unkorrigiertes und unreflektiertes negatives Menschenbild anderer? Wie soll man denn etwas erklären, daß gegenwärtig so viele junge Leute den alten,

in Europa gehegten Idealen von Freiheit und Recht eine fast kosmische Dimension zu geben suchen? Gewiß, dabei entstehen mancherlei Schwierigkeiten, weil man – in einer durchaus verständlichen Ungeduld – nicht hinreichend beachtet, daß die politischen Voraussetzungen, um zu raschen Ergebnissen zu gelangen, nicht immer erfüllt sind. Aber ich beobachte die Bereitschaft anzuerkennen, daß auch andere ein Anrecht darauf haben, menschenwürdig zu leben. Statt diese Bereitschaft zu entmutigen, sollten wir davon einen besseren Gebrauch machen.

Freiheit, Verantwortlichkeit und Gerechtigkeit sind zentrale Begriffe unserer europäischen Kulturgeschichte. Um sie zu verwirklichen, sind Opfer erforderlich. Darum kommen wir nicht herum. Nach diesen Kriterien werden wir von den Bewohnern der Dritten Welt beurteilt. Entscheidend ist dabei nicht, ob wir diese Begriffe häufig in den Mund nehmen, sondern ob wir daraus die politischen Konsequenzen ziehen. Ständig diese Begriffe zu reflektieren und sie mit der politischen Wirklichkeit zu vermitteln steht im Mittelpunkt des demokratischen Bewußtwerdungsprozesses. Zum andern sind es die Kriterien, anhand derer wir die Stimmen aus der Dritten Welt zu unterscheiden lernen. Diesen Gedanken möchte ich noch etwas näher ausführen: Zeichnen sich Entwicklungen ab, worin diese Begriffe politisch Gestalt gewinnen? In diesem Zusammenhang wäre etwa zu denken an eine Politik sozialen Fortschritts – beispielsweise bessere Ausbildungsmöglichkeiten sowie größere Chancen für bislang unterpriviligierte Gruppen, an das Anheben der physischen und psychischen Volksgesundheit, eine expansive Einkommenspolitik und eine möglichst gerechte Verteilung des Wohlstands sowie an eine Politik, die die kulturelle Entfaltung von Minderheitengruppen sicherzustellen sucht.

Dies alles erfordert eine sorgfältige Beobachtung der Verhältnisse und ein genaues Abwägen der verschiedensten Gesichtspunkte. Für eine sinnvolle Entwicklungserziehung sind beide Elemente von wesentlicher Bedeutung. Ein Element von Sachlichkeit, das jedoch das Interesse für den Mitmenschen umschließt, zeichnet die Entwicklungserziehung aus.

So unterschiedlich die Stimmen aus der Dritten Welt auch sind, hört man doch, wie ich meine, stets wieder dieselben Fragen heraus. Ich höre sie als einen Schrei nach größerer Gerechtigkeit, mehr Freiheit und erhöhter Gleichheit; dabei übersetze ich sie in sozialökonomische Begriffe meines eigenen Arbeitsterrains.

A. Die Exporte der Entwicklungsländer unterliegen in erheblichem Umfang größeren Preisschwankungen. Der fortlaufende Prozeß einer gleichgewichtigen sozio-ökonomischen Entwicklung wird dadurch erschwert. Seit Jahrzehnten wenden sich die Entwicklungsländer an die reichen Nationen, die diese Produkte in großen Mengen importieren, um gemeinsam zu einer Stabilisierung der Rohstoff- und Agrarpreise zu gelangen. Diesen Gedanken, der das System freier Marktpreise tangiert, haben die modernen Industrienationen intern längst verwirklicht. Die Europäische Gemeinschaft denkt nicht daran, den Agrarmarkt so zu organisieren, daß ein Teil der Bevölkerung die Launen der Natur und die Marktschwankungen allein tragen müßte. Weshalb sind wir dann nicht bereit, internationale Absprachen zu treffen, die darauf zielen, die Preise der wichtigsten Weltrohstoffe und -agrarprodukte zu stabilisieren? Mächtige Interessengruppen, die von den Marktschwankungen profitieren, suchen solche Abkommen zu verhindern. Abgesehen von einigen Produkten, für die eine Marktregulierung geschaffen wurde, ist dieser Widerstand bislang erfolgreich gewesen.
Ehrlicherweise sei gesagt, daß es manchmal auch eine Rivalität zwischen den betreffenden rohstoffexportierenden Ländern gibt. Manchmal stehen einer Preisstabilisierung auch markttechnische Schwierigkeiten entgegen. Die Art, wie in Mexiko etwa Sisal angepflanzt und vermarktet wird, macht es Tansania unmöglich, den dort entstandenen Gedanken, den Absatz mittels eines weltweiten Abkommens zu regeln, zu verwirklichen.
Einen wichtigen Fortschritt auf dem Wege zur Marktstabilisierung bedeutet das Lomé-Abkommen, das die neun westeuropäischen Staaten 1975 mit 46 Entwicklungsländern geschlossen haben. Für Erdnüsse, Kakao, Palmöl, Häute und Leder, Holz, Bananen, Tee, Sisal und Eisenerz sowie die davon abgeleiteten Produkte wurde ein Fonds gebildet, der dazu dient, die Preise dieser Waren zu stabilisieren. Möglicherweise erweist sich dieser Fonds auf die Dauer als zu klein; dennoch ist diese Regelung von größter Bedeutung. Daß

die Vereinigten Staaten bislang sich dagegen sträuben, sich an dieser Regelung zu beteiligen, ist enttäuschend. Schlimmstenfalls beharren sie auf diesem Standpunkt und nehmen damit eine Außenseiterrolle ein. Alle armen Länder haben ein gemeinsames Interesse und fordern etwas, was grundsätzlich völlig gerecht ist. Natürlich gibt es mancherlei technische Probleme. Worauf es jedoch ankommt, ist der politische Wille, gemeinsam eine Lösung zu finden. Daran hat es der reichen Welt nur zu oft gemangelt. Und deshalb stellt das Lomé-Abkommen einen solchen Durchbruch dar.

B. Der freie Zutritt zu den kaufkräftigen Märkten der Industrienationen ist eine weitere Frage, die seit Jahr und Tag auf der Wunschliste Asiens, Afrikas und Lateinamerikas steht. Bei diesem Punkt verhalten sich die reichen Staaten sehr zögernd. Allerdings, die Länder der Europäischen Gemeinschaft haben auch auf diesem Felde erste Schritte in die gute Richtung getan. So wurde 1970 der EWG-Markt, sei es auch mit gewissen Enschränkungen, für sämtliche Entwicklungsländer geöffnet. Das bereits erwähnte Lomé-Abkommen hat den Import aus den 46 Entwicklungsländern fast gänzlich von Zöllen und mengenmäßigen Beschränkungen befreit.
Wichtig ist, daß der freie Zutritt zum EWG-Markt von keiner Gegenleistung abhängig gemacht wurde. Die begünstigten Entwicklungsländer mußten sich nicht verpflichten, den EWG-Staaten gleichfalls eine präferentielle Behandlung einzuräumen. Hier wird mithin die wichtige Regel zur Anwendung gebracht: ohne (ökonomische) Gleichheit kann es keine (ökonomische) Freiheit geben. Diese relativ einfache Tatsache nicht erkannt zu haben war der große Fehler des Laisser-faire-Prinzips.
Auch hier kommt es natürlich darauf an, den Fortschritt des Lomé-Abkommens zu internationalisieren: das partielle Abkommen muß zu einer weltweiten Regelung führen.
Für sich selber haben die westeuropäischen Länder dies akzeptiert. Auch hier gilt die Regel: was gut ist für uns, ist auch für andere gut. Wie die erste Forderung ist auch diese zweite Forderung der Entwicklungsländer durchaus gerecht. Erneut stößt man hier auf Interessengruppen, die die Durchsetzung dieser gerechten Forderung nur zu lange verhindert haben.
Für die beiden oben angeschnittenen Fragen gilt ohne weiteres, daß die Gruppen, die hier bei uns für die Belange der Bewohner der Dritten Welt aufkommen, sich energischer bei denjenigen, die die politischen Entscheidungen treffen, zu Wort melden sollten.

Eine dritte, ebenfalls schon sehr alte Frage umfaßt das Problem der Kapitalhilfe. Ursprünglich waren viele in den reichen Ländern ehrlich davon überzeugt, daß das Zurverfügungstellen von Kapital dazu beitrüge, in den armen Ländern einen Entwicklungsprozeß anzukurbeln. Zwar bin ich auch heute noch von der Richtigkeit dieser Meinung überzeugt, aber sie ist inzwischen aufgrund anderer, neu ins Blickfeld getretener Faktoren relativiert worden. Der wichtigste Grund dafür ist, daß in fast allen Entwicklungsländern der ökonomische Fortschritt (der schätzungsweise zu einem Fünftel auf ausländisches Kapital zurückzuführen ist) denjenigen zugute gekommen ist, denen es – relativ gesehen – ohnehin bereits ziemlich gut ging. Mit aller Deutlichkeit hat sich gezeigt, daß die Position der Allerärmsten nicht bloß relativ, sondern auch absolut gesehen sich verschlechtert hat.

Diese Situation hat bei denjenigen, die sich für eine großzügige Kapitalhilfe eingesetzt haben, eine gewisse Lähmung verursacht. Ihr Blick wurde auch in dem Sinne geschärft, daß sie sich darüber Gedanken gemacht haben, wie das zur Verfügung gestellte Kapital verstärkt den Allerärmsten zugute kommen kann, mit andern Worten: wie Entwicklungshilfe dem vorher genannten Kriterium sozialer Gerechtigkeit dienen kann. In diesem Zusammenhang entspann sich die Diskussion über die sogenannte Intervention. Leute, die gegen das Auftreten westlicher Unternehmen keine Bedenken haben, obgleich diese mit ihrer technischen Kenntnis und ihrem Kapitaleinsatz in hohem Maße in die Gesellschaftsstruktur der armen Gastgeberländer eingreifen, wenden sich gegen die Regierung, wenn diese Bedingungen schafft, daß Steuergelder dem Ziel sozialer Gerechtigkeit dienen. Die ganze Art, wie der internationale Handel strukturiert ist, ist eine Art Intervention. Diejenigen nämlich, die dazu die Gelegenheit haben, setzen oft in einseitiger Weise ihre Macht ein, um über Preise und Bestimmungen ihre Interessen vorrangig durchzusetzen. Die Welt ist voller Interventionen; ein Argument, weshalb man nicht im Interesse von Frieden und Recht intervenieren sollte, läßt sich nicht denken.

Es gibt noch eine zweite Ursache für eine gewisse Lähmung, die manche von einer Krise im Umfang der Entwicklungshilfe sprechen läßt. Dabei denke ich an die Erwartungen, die in der Dritten Welt durch die Zusagen der reichen Länder hinsichtlich eines gewissen Niveaus von Kapitalhilfe geweckt worden sind. Zwar haben die reichen Länder am Anfang des 2. Entwicklungsdezeniums sich nicht vertraglich, aber wohl moralisch dazu verpflichtet, spätestens 1975

0,7 % ihres Nationalprodukts als Entwicklungshilfe zur Verfügung zu stellen. Zwar war die Bundesrepublik damals kein Mitglied der Vereinten Nationen, aber im Rahmen der europäischen Gemeinschaft hat die Bundesregierung sich genausogut moralisch gebunden. Damals hat keiner Widerspruch erhoben, aber jetzt in der Mitte des 2. Entwicklungsdezeniums kann man überall hören, daß es so nicht gemeint war. Aufgrund mancherlei Ausflüchte, etwa der Wirtschaftsrezession, entzieht man sich der eingegangenen Verpflichtungen. Die armen Länder wußten schon lange, daß die reichen Staaten sich nicht an ihre Zusagen halten würden. Aber der moralische Verfall und der Prestigeverlust von Politikern, die in den reichen Ländern zu den Befürwortern von Entwicklungshilfe zählen, ist groß. Wir dürfen keine Abstriche von diesen Zusagen machen, vielmehr müssen wir uns mit aller Kraft dafür einsetzen, daß sie eingehalten werden. Zum Glück gibt es in Europa einige Regierungen, die wohl so redlich sind, sich an ihre Zusagen zu halten (Schweden, Frankreich, die Niederlande, Norwegen). Mit 0,15 % bietet die überaus reiche Schweiz ein trauriges Bild, aber auch die Entwicklung in der Bundesrepublik ist beschämend.

Genaugenommen ist in den letzten zwei Jahren der Kapitalbedarf weit stärker gestiegen als die Ölpreise. In einer Reihe von Ländern ist der unmittelbare Bedarf an Zahlungsbilanzhilfe sehr groß. Dabei steht das Leben von Millionen Menschen auf dem Spiel.

Inzwischen haben einige Entwicklungsländer, die über Erdöl verfügen, ein Mittel gefunden, sehr rasch aus den reichen Ländern Kapital zu beziehen. Das hat für uns gewisse unangenehme Folgen mit sich gebracht, aber – wie gesagt – katastrophale Folgen für die Länder, die in zweifacher Hinsicht arm sind: arm und erdölarm. Wirtschaftliche und politische Macht einzusetzen erwies sich als ein effektives Mittel. Die moralische Entrüstung darüber in gewissen Kreisen der westlichen Länder ist sehr fadenscheinig. Aber noch erstaunlicher ist es, wenn dieselben Kreise jetzt behaupten, daß die Erdölländer künftighin für die Kapitalbedürfnisse der armen Länder aufzukommen haben. Den Erdölländern braucht man dieses nicht zu sagen, denn (im Prozentsatz des Bruttosozialprodukts ausgedrückt) stellen sie mehr Entwicklungsgeld als die reichen Länder zur Verfügung. Kurzsichtig wäre es jedoch zu meinen, wir seien jetzt unserer Verpflichtungen enthoben.

Eine Reihe von Entwicklungsländern wird künftig weniger Kapitalhilfe benötigen (z. B. Nigeria und Indonesien), aber der Kapitalbedarf anderer Staaten bleibt unvermindert groß.

An dem gemessen, worüber die reichen Länder selber verfügen, ist der zugesagte Transfer von 0,7 % äußerst bescheiden. Die Versuchung ist groß, während einer Phase eigener wirtschaftlicher Stagnation das Augenmerk von Dritten abzuwenden. Daß jedenfalls einige europäische Länder dieser Versuchung nicht nachgeben, ist höchst erfreulich. Eine derartige Reduzierung der Entwicklungshilfe würde die Probleme der allerärmsten Länder noch weiter vergrößern. Haben sie doch schon unter den inflationär gestiegenen Preisen industrieller Produkte, die sie aus den reichen Ländern importieren, zu leiden. Außerdem haben sie darunter zu leiden, daß die Preise bestimmter Rohstoffe gefallen sind, eine Folge verminderter industrieller Aktivität in den westlichen Ländern.

Eine vierte Frage bezieht sich auf die neue internationale Verteilung von Produktion und Arbeit. Anders noch als bei den vorangegangenen drei Fragen handelt es sich hier um ein Problem, das tiefgreifende Folgen für das Leben der betroffenen Menschen hat. Es ist verständlicherweise schwierig, Leute einfach zu fragen, ob sie bereit sind, auf Arbeitsplätze zu verzichten und zugunsten (unbekannter) Dritter, Teile der Produktion stillzulegen. Auch wenn wir berücksichtigen, daß das Konzept einer neuen internationalen Arbeitsteilung immer zweiseitig ist, mithin auch darauf gerichtet, in den reichen Ländern neue Arbeitsplätze zu schaffen, leuchtet es doch ein, das sich dieses Ziel nur auf dem Wege einer gut durchdachten Politik erreichen läßt. Dazu gibt es in den Niederlanden inzwischen einige Beispiele: eine Baumwollspinnerei und eine holzverarbeitende Fabrik haben gewisse Teile ihrer Produktion stillgelegt und zugleich andere, kapitalintensivere Produktionszweige ausgebaut. Die damit verbundenen Kosten wurden teilweise durch die niederländische Regierung getragen. Möglicherweise inspirieren diese Beispiele andere zur Nachahmung. Industrien dagegen ohne weiters etwa nach Nordafrika überzubringen hat mit dem Konzept einer Neustrukturierung nichts zu schaffen, um so weniger, wenn die in den Gastländern gemachten Gewinne einfach nach den »Mutterländern« transferiert werden. Dadurch entstehen zwar in diesen Ländern Arbeitsplätze, aber zugleich neue Abhängigkeitsstrukturen, die früher oder später die menschlichen Beziehungen korrumpieren.

Reiche Länder müssen das Konzept selektiven Wachstums mit dem Konzept einer neuen internationalen Arbeitsteilung verbinden. Dem ungezügelten Wachstum einer Konsummentalität entgegenzuwirken hängt damit zusammen. Beziehungen bestehen auch zu den vielfältigen Versuchen, einen neuen Lebensstil zu entwickeln. Darauf weiter einzugehen, ist hier nicht der Ort. Wohl aber wird es deutlich sein, daß eine große und vermutlich auch langwierige Kraftanstrengung, diese Problemkreise aufeinander zu beziehen, alle Unterstützung verdient. Dieser friedsame Weg gesellschaftlicher Veränderungen ist die Alternative zu den durch Gewalt gekennzeichneten Wegen. Private Aktionsmodelle verdienen, so rasch wie möglich politische Unterstützung zu finden.

Schließlich gibt es die seitens der Dritten Welt an uns gerichtete Bitte, nicht gedankenlos westliche Wachstums- und Lebensmodelle auf die Dritte Welt zu übertragen. Diese Frage spitzt sich zum Begriff der sogenannten »self reliance« zu. Dieses Problem, das vor allem für die Aktivitäten von Wirtschaftsunternehmen und Werktätigen relevant ist, unterscheidet sich von den vorgenannten. In diesem Zusammenhang muß man sein Augenmerk auch auf die Technologie wenden, die im Rahmen der Entwicklungsarbeit und in Investierungsprojekten Anwendung findet. Was die armen Länder brauchen, ist eine Technologie, die den dort herrschenden wirtschaftlichen und sozialen Verhältnissen entspricht. Dafür setzt sich der britische Ökonom und Technologe Dr. E. F. Schumacher ein. Unzweifelhaft gibt es in den armen Ländern auch Stimmen, die für sie die fortgeschrittenste Automationstechnologie fordern. Mit dem Gebiet angepaßter Technologie haben wir uns, wie ich meine, noch zuwenig befaßt; eine praktische Hilfestellung etwa seitens technischer Universitäten ist noch kaum in Gang gekommen.

Der Prozeß der Entwicklungserziehung

Ich wiederhole: Die im vorangegangenen Paragraphen aufgezählten Fragen zur Kenntnis zu nehmen, die darüber geführte Diskussion sorgfältig zu verfolgen und die Reaktionen in den westlichen Ländern zu studieren ist entscheidend für den Prozeß der Entwicklungserziehung. Dieser Prozeß erfordert Zeit, Energie und vor allem viel Geduld. Es ist die Arbeit von Gruppen, die sich die Aufgaben teilen und sich immer wieder über die gewonnenen Einsichten verständigen.

Daß ein Netzwerk solcher Gruppen entsteht und wächst, zählt gleichfalls zum Wesen der Entwicklungserziehung. Dabei steht im Mittelpunkt: 1. zu entdecken, wie die grundlegenden Werte unserer politischen Demokratie mit der Problematik von Arm und Reich verbunden werden müssen und können, und 2. zu lernen, selber solidarisch zu sein. In diesem Sinne haben beispielsweise die meisten Kirchen in den Niederlanden das 2-%-Modell akzeptiert und stimuliert. Das bedeutet, daß sie in ihre Haushaltspläne einen Posten von 2 % der Gesamtausgaben hinzugefügt haben. In den allermeisten Fällen führte dies zu einer bewußten Vergrößerung des Defizits. Um in der Diskussion des eigenen Finanzgebarens die Priorität für andere zum Ausdruck zu bringen, hat man dies akzeptiert. In den Niederlanden haben etwa 25 % der lokalen protestantischen Gemeinden das 2-%-Modell akzeptiert. Man muß es primär sehen als ein Zeichen fortgesetzter politischer Bewußtwerdung. Das wird durch die Tatsache unterstrichen, daß die Kirchen ein Viertel des genannten Betrages für Bewußtwerdungsprozesse in den Niederlanden selbst reservieren, während drei Viertel dem Entwicklungsfonds des Ökumenischen Rats der Kirchen zufließt. In der Weise schlägt das 2-%-Modell eine Brücke zwischen der Situation in der Ersten und Dritten Welt. Die politische Dimension des Entwicklungsproblems zu erkennen führt dazu, daß die Leute sich fragen, welche Haltung die politischen Parteien hinsichtlich dieser Problemstellung einnehmen. Ausschließlich auf die programmatischen Erklärungen der Parteien zu achten reicht nicht aus. In erster Linie kommt es darauf an, wie die Parteien sich bei den Abstimmungen verhalten, was oftmals erheblich von der programmatischen Aussage abweicht. Aufmerksam verfolgt wird, wie die Regierungen sich im Parlament und in sonstigen politischen Institutionen verhalten und von welchen Motiven sie sich leiten lassen. Zeitungen, Rundfunk und Fernsehen berichten darüber vielfach nur in beschränktem Umfang, weil sie davon ausgehen, die öffentliche Meinung sei an diesen Fragen nicht so interessiert. Deshalb muß man selber Kanäle finden, um die erforderliche Information zu erhalten und dann mittels eines Netzwerkes von Gruppen zu verbreiten. Mit Journalisten und Regisseuren von Rundfunk- und Fernsehprogrammen zu reden kann sich lohnen. Oft sind sie überrascht zu hören, daß man gerade mehr Information über die Entwicklungsproblematik wünscht.

Allmählich hat man erkannt, daß Entwicklungszusammenarbeit auch eine Sache der Innenpolitik ist. Auf die richtigen Fragen zu hören und dementsprechend politisch zu handeln, richtig zu informieren und mancherlei Widerstände zu überwinden, ist die eine Sache der Medaille. Die andere ist zu erkennen, wie die Möglichkeiten der Dritten Welt erweitert werden, wenn wir selbst in

unserer Gesellschaft die erforderlichen Änderungen durchführen. Die Art, wie wir produzieren und konsumieren, bedroht nicht bloß die künftigen Generationen hier (Verschmutzung, Arbeitslosigkeit, seelische Spannungen und neue Krankheitsbilder), sondern ebensosehr die heutigen und künftigen Generationen in der Dritten Welt (Rohstoffverbrauch, internationale Handelsstrukturen etc.).
Die erforderlichen Änderungen lassen sich nur durchsetzen, wenn die politische Öffentlichkeit es den Politikern unmißverständlich deutlich macht, daß solche Änderungen gewollt werden. Dies kann zu einem politischen Konflikt führen, der einen nicht überraschen, den man aber auch sowenig wie möglich auf die Spitze treiben sollte. Polarisierendes Auftreten ist zu vermeiden. Damit erwiese man der Dritten Welt einen schlechten Dienst. Widerstehen wir nicht der Versuchung, die internen Konflikte in den Mittelpunkt zu stellen, sind wir in kürzester Zeit ausschließlich mit unseren eigenen Problemen beschäftigt. Damit verschwinden die Bewohner der Dritten Welt aus unserem Gesichtskreis.
Manchen erscheint es bedenklich, daß Bewußtwerdung in Sachen der Dritten Welt eine politische Dimension erhält. Aber ist ein solcher Einwand in einer politischen Demokratie nicht eigentlich merkwürdig? Millionen Menschen auf der Welt beneiden die Bewohner der westeuropäischen Länder, weil wir uns über politische Probleme, d. h. über die Gestaltung von Recht und Macht, aussprechen können. Im Vertrauen darauf, daß unserer Meinung Rechnung getragen wird, haben wir das (Vor-)Recht, öffentlich Stellung nehmen zu können. Was soll daran falsch sein? Vermutlich haben die Kritiker den heimlichen Wunsch im Hinterkopf, die Probleme der Dritten Welt mittels karitativer Maßnahmen abzutun. Die Behandlung der sogenannten Arbeiterfrage im 19. Jahrhundert würde sich dann wiederholen. Das Entwicklungsproblem aber ist kein karitatives Problem, sondern steht vor allem im Zeichen von Recht und Gerechtigkeit.

Die Organisation in den Niederlanden

Zu Beginn des 2. Entwicklungsdezenniums haben die reichen Länder nicht nur versprochen, sich dafür einzusetzen, daß den Ländern der Dritten Welt eine möglichst umfassende Hilfestellung geboten wird. Darüber hinaus haben sie auch auf sich genommen, in der öffentlichen Meinung ihres eigenen Landes einen Prozeß mondialer Bewußtseinsbildung zu stimulieren. Aufgrund dessen hat die niederländische Regierung 1971 eine breit zusammengesetzte Kommission mit der Aufgabe ins Leben gerufen, Information über die Entwicklungsproblematik zu verschaffen sowie den Bewußtwerdungsprozeß zu stimulieren. Private Organisationen mit Ideen können der Kommission Projekte vorlegen, die, falls bewilligt, finanzielle Unterstützung erhalten. 1974 erhielt die Kommission, deren Zusammenstellung geringfügig modifiziert wurde, vom Minister für Entwicklungszusammenarbeit erneut finanzielle Mittel zugewiesen. Allmählich hat man in diesem Bewußtwerdungsprozeß die Verflechtung zwischen der Dritten-Welt-Problematik, der Knappheitsfrage und den Umweltproblemen entdeckt. Dritte-Welt-Probleme sind von mondialer Art, und wir alle leben in einer Welt. Die gegenseitige Abhängigkeit wird ständig größer.

Diese Nationale Kommission Information und Bewußtwerdung verfügt über ein eigenes Budget (für 1975: 6 Millionen Gulden) und einen eigenen Stab. Die Kommission entscheidet, ob die ihr vorgelegten Projekte den erarbeiteten Kriterien entsprechen; der Minister trifft letztlich die Entscheidung.

Die Aufgabe, sachkundig zu informieren, hat die Regierung selber in die Hand genommen. Den Bewußtwerdungsprozeß dagegen fördert der Minister zwar finanziell, aber diese Aufgabe liegt prinzipiell in den Händen privater Organisationen. Bewußtwerdung versteht die Kommission als einen Prozeß, worin Menschen ihre eigene Situation mit allen Beschränkungen und Möglichkeiten sowie die Lage anderer besser verstehen, die Verhältnisse anhand von Normen der Gerechtigkeit und Solidarität beurteilen und schließlich die Bereitschaft entwickeln, die Situation dadurch zu verbessern, daß gegen das signalisierte Unrecht gestritten wird. Der Kommission zufolge ist ein solcher Prozeß möglich, weil menschliche Verhältnisse keine Naturerscheinung sind, sondern historische Gegebenheiten, vom Menschen geformt und deshalb auch veränderbar.

Wiederholt hat der Entwicklungsminister darauf hingewiesen, daß Entwicklungsarbeit eine Sache von langem Atem sei. Mit Propaganda oder Indoktrination hat diese Arbeit nichts gemein. Vielmehr handelt es sich darum, Leuten die Augen dafür zu öffnen, was von einem Menschen, der im letzten Viertel des 20. Jahrhunderts lebt, erwartet werden muß und kann, mithin innerhalb bestimmter Grenzen, die letztlich die Grenzen der einen Welt sind.

Einige Erfahrungen

In diesem Beitrag möchte ich einige persönliche Erfahrungen berichten, die ich im Rahmen der Entwicklungserziehung gemacht habe.

1. Unabdingbar erforderlich ist es, ständig auf Tatsachen, veränderte Situationen und wechselnde Meinungen einzugehen. Dies hält man jedoch nur durch, wenn man zugleich mit andern zusammen bereit ist, zu den letztlich entscheidenden Motiven durchzustoßen: Weshalb tun wir diese Arbeit eigentlich? Was steckt hinter unserer politischen Meinung? Diese Rückbesinnung auf die Motivation hilft uns auch, den Menschen, um den es letztlich geht, nicht aus den Augen zu verlieren. Außerdem werden wir dadurch instand gesetzt, die vielen Informationen, die aus der Dritten Welt selber zu uns durchdringen, zu sichten und zu gewichten.

In der Politik ist eine Portion Pragmatismus und tagespolitisches Denken unvermeidlich. Wir haben dies zu akzeptieren, aber begnügen dürfen wir uns damit nicht. Die Gefahr ist groß, daß wir, weil uns die Puste ausgeht, aufhören – aufhören müssen. Natürlich gibt es viele Motive, die in der europäischen Gesellschaft hinsichtlich der Entwicklungszusammenarbeit eine Rolle spielen. Man kann an politische und ökonomische Motive denken, aber auch an humanitäre, moralische und religiöse. Übrigens lohnt es sich immer, letztere in Beziehung zu den ersteren zu setzen. Eine rein sachliche Politik gibt es im Grunde nicht. Man muß immer durchstoßen nach dem Grundwert politischen Handelns, das ist die Politeia, ein Begriff, der mit der Bewohnbarkeit der Erde für alle Menschen zusammenhängt. Die Leitfrage lautet deshalb immer: Dient, was wir vorhaben, diesem Ziel? In den Kirchen ist Entwicklungserziehung gegen den Glauben an das Schicksal gerichtet. Sie gründet sich auf den Glauben an Gott, der den Menschen zur Gestaltung der Geschichte ruft. Sie setzt sich ein *für* die Verantwortung des Menschen für sein Schicksal. Sowohl in den armen als auch den reichen Ländern ist deshalb die wichtigste Aufgabe der Entwicklungserziehung, Menschen dazu zu ermuntern, teilzuhaben an der Gestaltung ihrer eigenen Geschichte. Entwicklungserziehung in den Kirchen kann zugleich ein Beitrag sein, etwas von der weltumspannenden Bruderschaft sichtbar zu machen, wovon die Kirche ein Exponent sein möchte. Entwicklungserziehung gibt einem oft die Gelegenheit zu entdecken, wie sehr die Kirchen selbst noch Gefangene eines zu begrenzten nationalen Denkens sind.

2. Es ist eine große Kunst, eine gewisse Mutlosigkeit zu vermeiden. Auf dem Hintergrund vom Leiden Hunderter von Millionen Menschen ist das Fortdauern der unheilvollen internationalen politischen und wirtschaftlichen Strukturen eine Katastrophe. Das Tempo, Entscheidungen zu treffen, ist unverantwortlich gering. Viele verlieren die Geduld. Dann können sie zweierlei tun: entweder sie überantworten sich dem Gedanken gewaltsamer Änderungen oder der Apathie, eventuell sogar dem Zynismus.

Mit dieser Einstellung und diesen Lösungsvorschlägen ist den Kennern der Dritten Welt nicht gedient. Hinsichtlich der Belange und Nöte der Dritten Welt führt eine solche Haltung nicht weiter.

Daß das geduldige, nicht nachlassende Bei-der-Sache-Bleiben außerordentlich anstrengend ist, gebe ich gerne zu.

Viele Leute wissen nicht, was ihr eigener Beitrag zu solch komplizierten weltweiten Fragen sein könnte. Die Beziehung zwischen ihrer eigenen Situation in unserer Welt und der bitteren Not in der Dritten Welt bereitet ihnen Schwierigkeiten. Dem gegenüber stelle ich das Wort eines der führenden Leute aus dem Ökumenischen Rat der Kirchen, Prof. Parmar aus Allahabad. Er bemerkte einmal: jede Gruppe in Europa, die sich mit den Problemen der Entwicklungszusammenarbeit beschäftigt, ist für uns ein Zeichen der Hoffnung.

Nun, da hie und da Gruppen darangehen, zwischen der Problematik der Dritten Welt und dem sogenannten neuen Lebensstil eine Beziehung zu setzen, bietet sich ein neues interessantes Feld. Ist dieser neue Lebensstil darauf gerichtet, anderen eine Lebenschance einzuräumen und die anscheinend selbstverständlichen Produktions- und Konsummuster (Energie, Fleisch, Rohstoffe, Haltbarkeit von Gütern) zu durchbrechen?

3. Diejenigen, die sich mit den Armen identifizieren möchten (darauf komme ich zum Schluß noch zurück), müssen sich dessen bewußt sein, daß sie in ein Dilemma doppelter Loyalität geraten. Die Entscheidung für die Schwachen und Entrechteten in der Weltgesellschaft und das Leben zwischen national oder regional gebundenen Gruppen mit deren eigenen Interessen können uns in ein Spannungsverhältnis führen. Dieser Spannung muß man realistisch und nüchtern ins Auge sehen. Mit den Betroffenen muß nach einer Lösung gesucht werden. Dieses Problem kann sich in aller Schärfe bei einem Gespräch über die Umstrukturierung unserer nationalen Ökonomie stellen. Diesem Spannungsverhältnis dürfen wir nicht aus dem Wege gehen; ebensowenig dürfen wir von vornherein davon ausgehen, daß es unlösbar ist.

Alles weist darauf hin, daß die Spannungen zwischen den reichen und den armen Ländern in den kommenden Jahren zunehmen werden. Die Ölkrise hat einigen Ländern eine Waffe in die Hand gegeben, und es ist nicht unwahrscheinlich, daß die Länder der Dritten Welt versuchen werden, vor allem im Hinblick auf wichtige Bodenschätze eine Machtstellung zu bilden, die es ihnen ermöglicht, ihre oft nur allzu gerechten Forderungen besser durchzusetzen. Ich finde nicht, daß die reichen Länder ein Recht dazu haben, mit moralischer Entrüstung hierauf zu reagieren. Wir sollten uns zunächst sagen, daß wir jahrhundertelang genau dasselbe getan haben. Wenn wir nun allmählich zu der Einsicht gelangen, daß es nicht gut war, können wir doch nicht erwarten, daß andere dies direkt glauben. Um so weniger, als unsere neue Einsicht sich noch nicht allgemein durchgesetzt hat, um es vorsichtig auszudrücken. Die westlichen Länder sitzen noch immer sehr hoch zu Roß. Sie haben in den vergangenen 25 Jahren nicht allzuviel Verständnis für die Problematik der Dritten Welt gezeigt. (Nochmal: Das Lomé-Abkommen ist für mich eine hoffnungsvolle Ausnahme, wenn mir auch bewußt ist, daß das einmütige Auftreten der armen Länder und die Abhängigkeit Europas von Bodenschätzen wahrscheinlich eher dazu beigetragen haben, Konzessionen zu machen, als die Ideale von Recht und Frieden.)

Möglicherweise gehen wir einer schweren Zeit im Verhältnis der Völker untereinander entgegen. Dann wird es darauf ankommen, daß es überall – unter Umständen kleine – Gruppen gibt, die aus einer starken Verbundenheit heraus genau wissen, was sie wollen, und die sich nicht durch die Entrüstung der Politiker oder das Drohen mit (Atom-)Bomben – ich denke hierbei an die amerikanischen Minister Kissinger und Schlesinger – davon abbringen lassen.

Entwicklungserziehung ist unlöslich mit Friedensarbeit verbunden. Aber es gibt wahrscheinlich noch etwas weit Schwierigeres: das Problem, das wir alle haben: wirklich solidarisch mit den Armen zu sein. Die Reichen in unserer Welt glauben manchmal, sie täten wirklich etwas für die Armen, aber genaugenommen handelt es sich um einen sehr marginalen Beitrag. Der Gedanke, daß auch der Arme etwas für den Reichen bedeuten kann, liegt uns sehr fern. Das hängt wahrscheinlich auch mit unserem Unvermögen zusammen, an dem Leben anderer wirklich teilzuhaben. In breiten Bevölkerungsschichten der reichen Länder fehlt die Sensibilität für das, was wirklich geschieht. Das ist nicht neu. Es ist das große Problem der Reichen

durch alle Jahrhunderte hin. Nirgendwo wird dieser Sachverhalt deutlicher als in der berühmten Geschichte vom reichen Mann und dem armen Lazarus im Lukasevangelium.
Wirkliche Identifizierung mit den Armen erfordert eine Haltung im Sinne einer Entäußerung, die den Einsatz des ganzen Menschen beansprucht. Eine der Konsequenzen dieser Haltung ist, daß wir aufhören müssen, unserer Gesellschaft das kulturelle Modell des grenzenlosen Wachstums zugrunde zu legen. Namentlich die Europäer sollten miteinander nach einem anderen Gesellschaftsmodell suchen, worin das Produzieren und Konsumieren nach und nach eine neue Bedeutung gewinnt. Der Methodistenpfarrer Gabriel Setiloane sagte vor einigen Jahren: »Die Weißen auf der Welt denken, daß sie, weil sie das Geld und die Macht haben, nichts mehr von anderen Menschen zu lernen haben.«
Während eines Symposiums über die neue internationale Wirtschaftsordnung, das im Sommer 1975 in Den Haag gehalten wurde, vertrat der dänische Ökonom Adler Karlsson die These: Keiner darf seinen Überfluß erhöhen, bevor nicht jeder das Notwendigste erhalten hat.
Dies wäre eine Richtschnur für menschliches Denken und politisches Handeln, wodurch ein Europa mit einem menschlichen Gesicht entstehen könnte. Es diente als ein Zeichen von Hoffnung.

Übersetzung: Ragnhild Hausmann.

Jan Tinbergen
Erhard Eppler über Entwicklungszusammenarbeit

Anmerkungen zu dem Buch »Ende oder Wende«

Erhard Eppler hat 1975 in seinem Buch »Ende oder Wende«[1] Bezüge zwischen der innenpolitische Situation in der Bundesrepublik Deutschland und der »Dritten Welt« deutlich gemacht. Diese Analyse möchte ich aufgreifen und zu ihr Stellung nehmen.

1. *Enttäuschung über die Vereinigten Staaten und die Bundesrepublik*

Die Strategie für das Zweite Entwicklungsjahrzehnt der Vereinten Nationen ist von der Generalversammlung am 24. Oktober 1970 offiziell verabschiedet worden. Im Jahre 1973 hat die erste »Review and Appraisal« stattgefunden und 1975 die »Mid-Term Review«. Aus den meisten Zahlen stellt sich heraus, daß die zwei größten Industriestaaten des Westens, die Vereinigten Staaten und die Bundesrepublik, die Strategie fast vollständig vernachlässigt haben. Es versteht sich, daß sowohl die Entwicklungsländer wie auch die Befürworter einer kräftigen Strategie in andern Industriestaaten darüber sehr enttäuscht sind und auch kaum verstehen, daß die USA und die Bundesrepublik Deutschland wenig Verständnis für die Weltlage zeigen oder wenigstens Verständnis für ihr eigenes »image« draußen.

Natürlich und glücklicherweise gibt es manche amerikanische und deutsche Persönlichkeiten, die, sich der Lage völlig bewußt, sich nach wie vor einsetzen für die Ziele der Entwicklungszusammenarbeit und zu den führenden Sachverständigen in etlichen Teilgebieten gehören. Personen wie Lester C. Brown, Harlan Cleveland, Richard N. Gardner, James Grant, Elisabeth Mann Borgese, Edwin M. Martin, Robert S. McNamara, Mihajlo Mesarović und

1 Ende oder Wende, Kohlhammer-Verlag, Stuttgart 1975, dtv, 1976.

Paul M. Rosenstein Rodan – um nur eine willkürliche Auswahl zu treffen – sind davon eindrucksvolle Beispiele in den Vereinigten Staaten. In Deutschland gibt es gleichfalls solche Persönlichkeiten: darunter der ehemalige Minister für Entwicklungszusammenarbeit Dr. Erhard Eppler, der vor kurzem ein Buch verfaßt hat, das Gegenstand dieses Beitrags sein wird. Das Buch, dessen Titel »Ende oder Wende« klar und kräftig ist und als Untertitel »Von der Machbarkeit des Notwendigen« trägt, beeindruckt den Leser durch die Fähigkeit des Autors, über seinen Gegenstand ebenso tiefschürfend wie konkret zu schreiben auf nur 128 Seiten.

2. *Die Krisen, in denen wir leben*

Die Krisen, die heute die Welt in ihrem Griff haben, sind teilweise identisch mit den vom Club of Rome schon in etlichen Berichten erwähnten: Umweltkrise, Krise der drohenden Knappheit an bestimmten Rohstoffen und Krise der schon existierenden Nahrungsmittelknappheit – oder vielmehr schon Hunger für viele Millionen in der Welt. Dazu gibt es aber noch andere Krisen: die vom Westen mehr unmittelbar gefühlte Energiekrise, die Kulturkrise – Degeneration der Werte, Gewalt, Terror – und die Rezession mit etwa 6 v. H. Arbeitslosigkeit. (Vergessen wir nicht, daß in der Großen Depression es etwa 30 v. H. waren!) Eppler malt ein deutliches Bild unserer Welt, und dabei kommt er zu der Feststellung: »Wer heute Kinder in die Welt setzt, kann sich vor der Frage nicht drükken: Wie können in zehn Jahren fünf Milliarden, in zwanzig Jahren sechs Milliarden so leben, daß wenigstens dann die Eltern der folgenden Generation eine Chance haben, die Zahl ihrer Kinder zu bestimmen?«

Teil des heutigen Weltbildes ist demgegenüber auch die ganz nüchterne Feststellung über unser Alltagsleben, daß wir so viel Fleisch essen, daß unserer Gesundheit geschadet wird und daß wir damit darüber hinaus den Hunger in Asien und Afrika fördern.

3. *Die Grundwerte unseres Lebens*

Wegen der Zäsur in der Geschichte, in der wir leben, müssen wir bei der Gestaltung unserer Politik einige grundsätzliche Entscheidungen treffen. In Epplers Buch werden lebenswichtige Fragen dieser Art formuliert. Beispielsweise seien davon die folgenden hier zitiert:

a) Ist für uns Wirtschaftswachstum ein unabhängiges Ziel oder eine abhängige Variable anderer Ziele?
b) Wollen wir eine Politik, die vorhandenes Bewußtsein spiegelt, oder wollen wir durch politisches Handeln Bewußtseinsveränderungen vorantreiben?
c) Was wollen wir eher zur Disposition stellen, die Lebensgrundlagen unserer Gesellschaft oder ihre Machtstrukturen?
d) Wollen wir global oder national denken?
e) Sagen wir ja zu den Strukturveränderungen in unserer Wirtschaft, die sich aus der veränderten internationalen Arbeitsteilung ergeben?

Bei der Beantwortung dieser Fragen sollen wir uns offenbar von den Grundwerten unseres Lebens führen lassen. Was sind diese Grundwerte? Bei der heutigen Tendenz einer »Umwertung aller Werte« sollen wir uns nicht zu leicht von Scheinwerten verführen lassen, was nur allzuoft geschieht. Eppler zitiert in seinem Versuch zu einer Antwort einen ganz kurzen Satz aus dem Godesberger Programm der SPD: »Freiheit und Gerechtigkeit bedingen einander.« Also: keine Gerechtigkeit ohne Freiheit, keine (wirkliche) Freiheit ohne Gerechtigkeit. Die Freiheit, so führt er weiter aus, findet ihre Grenzen an der Funktionsfähigkeit unserer (heutigen und künftigen) Institutionen, an der Freiheit des anderen und auch darin, daß »das denkbare Höchstmaß an Freiheit und Gerechtigkeit ... ohne Solidarität das Leben wohl unerträglich« machen würde. Sehr richtig fragt er etwas weiter: »Wie soll eine junge Generation, die den Eindruck erhält, die Älteren lebten von der Hand in den Mund, ohne sich um die Zukunft ihrer Kinder zu kümmern, zur Solidarität angehalten werden?« Damit ist wohl eine der zentralen Ursachen unserer Kulturkrise, die schon nach dem Ersten Weltkrieg gewirkt haben, aufgedeckt. Eine Frage von Bonhoeffer von 1942 erweiternd, formuliert Eppler als unsere Hauptfrage nicht nur, *wie*, sondern *ob* eine kommende Generation weiterleben soll.

Die Grundwerte unseres Lebens lassen sich nach Eppler – und ich stimme ihm darin völlig bei – in den zwei Worten »Wertkonservatismus und Progressivität« zusammenfassen. Zu der den Politikern zu unterbreitenden Frage (b) sagt er: »Die Frage, ob der politische Mandatsträger nur an vorhandenes Bewußtsein zu appellieren oder ob er selbst zur Bewußtseinsbildung beizutragen habe, wird aus einer Frage des politischen Geschmacks oder Temperaments zur *Kardinalfrage aller Politik.*«

4. *Innen- und Außenpolitik als ein Ganzes*

Aus dem immer enger werdenden Zusammenhang der Existenz aller Völker der Erde läßt sich folgern, daß wir die Innen- und Außenpolitik unserer Nationen immer mehr aufeinander abstimmen müssen, sie müssen ein Ganzes werden, oder, nach einem Wort C. F. von Weizsäckers: »Es gibt eigentlich nur eine Weltinnenpolitik.« Das bedeutet zwar nicht, daß nicht eine große Menge von Entscheidungen auf niedrigerem Niveau als der Weltebene gefällt werden könne oder dürfe. Es gibt für jedes Problem eine optimale Entscheidungsebene, und diese soll derart gewählt werden, daß die »externen Effekte« gering sind. Mit letzterem sind die Effekte eines Entschlusses auf Bürger außerhalb der entschlußfassenden Einheit gemeint. Es gibt große Kategorien von Entscheidungen, die von einzelnen Familien, Gemeinden, Unternehmen usw. getroffen werden können, ohne daß dadurch andere vergleichbare Einheiten in ihrem Wohlergehen beeinflußt werden. Es gibt aber auch eine wachsende Zahl von Gebieten, wo Innen- und Außenpolitik leicht zu Widersprüchen führen können. Demzufolge ist es notwendig, die betreffenden Programme aufeinander abzustimmen. Das trifft sehr deutlich zu, wenn es sich um die internationale Arbeitsteilung, um Energiefragen oder Fragen des Seerechts handelt, um nur eine willkürlich gewählte Gruppe von Problemen zu wählen. Indirekte Verbindungen gibt es noch viele darüber hinaus, z. B. wenn die Ausbildung doch auch mitbestimmt werden soll von der Wahl der zu Hause auszudehnenden oder einzuschränkenden Industrien. Indirekte Verbindungen gibt es auch deshalb, weil die grundsätzliche Gesinnung der Bevölkerung und ihrer Politiker Grundlage der Politik sein soll. Es ist wohl in diesem Geiste zu verstehen, daß Eppler in seinem Buch mit einem Programm kommt, worin auch Einzelheiten über anscheinend »rein nationale« Sachgebiete besprochen werden.

So kommt der Autor denn auch zu eindrucksvoll integrierten Ansichten bezüglich solcher verschiedenen Gebiete wie Gesundheits-, Ausbildungs-, Beschäftigungs- und Steuerpolitik. Ganz zu Recht betont er bei alledem auch die Bedeutung der Familie für die spätere physische und psychische Entwicklung junger Kinder. Bei der Gesundheitspolitik erwähnt er auch ein seines Erachtens notwendiges Verbot der Werbung für Arzneimittel und Zigaretten. Er stellt richtigerweise auch fest, daß durch die Schule die Chancengleichheit nur wenig gefördert werden kann. Viel wichtiger sind dabei Lage

und Verhalten der Familie während der ersten drei Lebensjahre – ein Zentralproblem unserer Kulturkrise: denn wie will man glückliche Menschen aus Kindern machen, die in diesen drei Jahren nicht die notwendige Aufmerksamkeit, Liebe und Stabilität in ihrer Umgebung finden, die nach aller Kinderpsychologie wesentlich sind? Deshalb ist bessere Information potentieller Eltern und vielleicht besondere Aufmerksamkeit vor oder während der Kindergartenzeit wichtiger als das, was in den ordentlichen Unterrichtsjahren noch zu machen ist.
In seiner integrierten Politik will Eppler auch die Verstärkung der Vereinten Nationen aufgenommen haben.

5. *Entwicklungszusammenarbeit*

Das bringt uns dann automatisch auf die Hauptverantwortung, die der Autor als Minister getragen hat: die Politik der Entwicklungszusammenarbeit, in der er während seiner aktiven Beteiligung wesentliche Erneuerungen zustande gebracht hat.
Im Kapitel 12 »Westen, Osten, Süden« zieht er eine Parallele zur Ostpolitik Willy Brandts: »War damals unsere Stellung im Westen dadurch belastet, daß wir als einziges Land in der östlichen Schußlinie blieben, so könnte es jetzt geschehen, daß wir in der Auseinandersetzung zwischen Nord und Süd das europäische Land werden, auf das sich Kritik und Zorn der südlichen Halbkugel konzentriert.« Ein Teil dieser Kritik – die schon ganz klar ausgesprochen wird – ist vielleicht ungerecht, »vernünftiger ist es wohl, über die Ursachen nachzudenken«. Das hat Eppler denn auch getan, er versteht, daß man in der Dritten Welt von der zweitgrößten Industriemacht des Westens – die kaum Zahlungsbilanzprobleme hat – mehr Verständnis erhofft hat, wie es etwa die skandinavischen Länder und Holland gezeigt haben. Nicht nur sind die finanziellen Übertragungen weit unter den Zielwerten von 0,7 v. H. des BNP geblieben, die Bundesrepublik hat sich wenig Mühe gegeben, die Einfuhrhemmnisse Industrieprodukten der armen Länder gegenüber in der EWG zu kritisieren. Kieler Nationalökonomen haben wiederholt und überzeugend auf die Möglichkeiten hingewiesen, die es für den Westen gibt (Donges, Fels, u. a.). Das deutsche Volk wirkte in diesen Sachen »aufreizend provinziell«. Eppler kommt aufgrund seiner Erfahrungen und Einsichten zu einem klaren Programm für 1976 bis 1980: Steigerung der öffentlichen Entwicklungshilfe zumindest

auf den Durchschnittswert in der EG, Konzentration auf Hilfe bei der Erarbeitung kapital- und energiesparender Technologien und bei der Mobilisierung von Arbeitskraft, besonders in der Landwirtschaft, Kooperation mit Ölländern, soweit sie dem Entwicklungsland volle Entscheidungsfreiheit läßt, verstärkte Europäisierung der Hilfe, Stärke der multilateralen Institutionen, flexible Konditionen bei der Kapitalhilfe, die der wachsenden Differenzierung zwischen den Entwicklungsländern Rechnung tragen können, volle Ausschöpfung des Spielraums, den bereits geltende rechtliche Regelungen (z. B. Generalvertrag zwischen der Bundesregierung und der Kreditanstalt für Wiederaufbau) für die direkte Wiederverwendung von Rückflüssen aus der Kapitalhilfe bieten.

Das ist ein konstruktives Programm, das von der deutschen öffentlichen Meinung nicht auf einmal eine schwedische oder holländische zu machen versucht.

Nebenbei sei noch bemerkt, daß die bisherige Korrelation zwischen Energieintensität und Kapitalintensität, zusammen mit unserem eigenen Bedarf an Energieersparnis, die Kräfte bei der Forschung nach neuen Technologien in unserem Interesse und die Kräfte im Interesse der Entwicklungsländer bündelt. Unser Bedürfnis an Energieersparnis könnte sehr wohl zu arbeitsintensiveren Arbeitsmethoden führen.

6. *Politik die Kunst des Möglichen – und auch der Erziehung der öffentlichen Meinung*

Kapitel 13 handelt über die »Machbarkeit des Notwendigen«, nach dem Untertitel des Buches dessen Hauptgegenstand. Der Ausdruck »Machbarkeit« bezieht sich deutlich auf den für den Politiker notwendigen Realismus, der auch im bekannten Wort »Politik ist die Kunst des Möglichen« zum Ausdruck kommt. Eppler kennt die deutsche Gemeinschaft genügend, um hier einen wesentlichen Beitrag zu leisten. Er zeigt uns, wo Ausgangspunkte bestehen. So z. B. könnten die jetzt schon bestehenden Patientenschutzvereine einen Willen entwickeln, »der es auch mit so mächtigen Interessen wie denen der pharmazeutischen Industrie aufnehmen kann«. Gewerkschaftler sind sehr wohl bereit, über Themen zu sprechen, die manche ihnen nicht zuzumuten wagen. »Vielleicht sind viele unserer Arbeitnehmer schon weiter als die Politiker es ihnen zutrauen.« Es gibt schon heute Bürgerinitiativen, die sich überregional gegen etwas organisieren; was wir brauchen, »sind solche, die ein begrenztes klar umrissenes positiv formuliertes Ziel verfolgen«. Es gibt die Möglichkeit neuer Koalitionen, z. B. zwischen denen, die die Innenstädte nicht veröden lassen wollen, und den Handwerkern.

Es gibt genügend Menschen, die es schwer erträglich finden, sehr gut zu essen, während in Asien Leute verhungern. »Es muß möglich sein, dieses schlechte Gewissen in agrarpolitische Willensbildung umzusetzen« (z. B. öffentliche Ankäufe von Nahrungsmitteln, die asiatischen Behörden zur Verfügung gestellt werden).

»Gerade in den Kirchen gibt es ein beträchtliches Potential von Menschen, die bereit wären, mitzuhelfen, dem Notwendigen zum Durchbruch zu verhelfen, vorausgesetzt, es kann ihnen einsichtig gemacht werden, was notwendig ist und wie es durchgesetzt werden kann. Eine konstruktive Politik ist nur noch durchzusetzen von einem Bündnis zwischen denen, die nicht aufhören wollen, progressiv zu sein . . ., und den Wertkonservativen.«

Das könnte man dem gerechtfertigten Vorwurf des Schah vom Iran, die Länder des Westens würden überhaupt nicht regiert, entgegensetzen. Allerdings braucht man dazu Politiker, die nicht nur die öffentliche Meinung als vorgegeben betrachten, sondern auch bereit sind, diese öffentliche Meinung mitzugestalten durch Erziehung und Führung bei der Diskussion mit denkenden Mitbürgern. Diese Feststellung Epplers macht mir besondere Freude, wie er verstehen wird.

Heute sind in der Hauptsache die kleinen europäischen Länder die Pioniere einer neuen Zusammenarbeit mit Entwicklungsländern: Schweden, Norwegen, Dänemark und die Niederlande. Dazu noch einige etwas größere (der Bevölkerung und dem Nationaleinkommen nach): Kanada, Australien und Neuseeland. Wie schön wäre es, die Bundesrepublik mit zu dieser Gruppe rechnen zu können, deren Wirtschaftspotential um soviel größer ist.

Erläuterungen

AKP-Staaten:
In der Zeit vom Juli 1973 bis Februar 1975 wurde zwischen der Europäischen Gemeinschaft und 46 Staaten in Afrika, im karibischen Raum und im Pazifischen Ozean das Abkommen von Lomé ausgehandelt. Es sieht vor, daß die AKP-Staaten im Handelsbereich grundsätzlich freien Zugang zum EWG-Markt erhalten. Im Rahmen der industriellen Kooperation soll die Industrialisierung der AKP-Staaten gefördert werden. Zur Stabilisierung der Ausfuhrerlöse für einige Grundstoffe leistet die Gemeinschaft Ausgleichszahlungen. Im Rahmen der finanziellen Zusammenarbeit stellt die EG über den Europäischen-Entwicklungs-Fonds drei Mrd. Rechnungseinheiten (ca. 10 Mrd. DM) zur Verfügung. Auf die Bundesrepublik entfallen davon 26 %, das sind 2,5 Mrd. DM, in einem Zeitraum von acht bis zehn Jahren. Die Mittel sollen zu etwa 70 % als verlorene Zuschüsse gegeben werden.

Alignment: in eine Richtung (Ordnung) bringen

BSP: Bruttosozialprodukt
Das BSP ist die Summe aller statistisch erfaßten produzierten Güter und erbrachten Dienstleistungen einer Volkswirtschaft in einem bestimmten Berechnungszeitraum (meistens 1 Jahr). Die Höhe des BSP gilt als Gradmesser für das wirtschaftliche Wachstum und den Lebensstandard der Bewohner eines Landes. Es sagt jedoch nichts über die Verteilung des Sozialprodukts und damit über den Lebensstandard des einzelnen aus.

DAC: Development Assistance Committee – Ausschuß für Entwicklungshilfe der OECD (Organization for Economic Co-operation and Development = Organisation für wirtschaftliche Zusammenarbeit). Dem DAC gehören 16 Industrieländer und die EG-Kommission an. In jährlichen Überprüfungen werden vom DAC die Entwicklungsleistungen der Industrieländer gemessen und bewertet.

FAO: Food and Agricultural Organization = Ernährungs- und Landwirtschaftsorganisation der Vereinten Nationen, am 16. 10. 1945 gegründet mit Sitz in Rom.

Hobson, John Atkinson, englischer liberaler Wirtschaftswissenschaftler, der von 1858–1940 lebte und vor allem eine wirtschaftliche Erklärung des Imperialismus formulierte.

IDA (International Development Association) ist eine 1959 gegründete Tochtergesellschaft der Weltbank, die Entwicklungsprojekte zu sehr günstigen Konditionen (50 Jahre Laufzeit, davon 10 tilgungsfreie Jahre, keine Zinsen, nur 0,75 % Verwaltungsgebühren) vergibt.

Malthusianer, Anhänger der Lehre des Engländers Thomas Robert Malthus (1766–1834), der in seinen Werken »Eine Abhandlung über die Prinzipien der Bevölkerung« und »Prinzipien der politischen Ökonomie« zu pessimistischen Vorhersagen über die Entwicklung der Volkswirtschaften kam, weil die Bevölkerung sich ständig schneller vermehre als der Bodenertrag.

Mboya, Thomas Joseph, kenianischer Politiker, der 1930 in Ostkenia geboren, am 5. 7. 1969 in Nairobi von einem Kikuyu ermordet wurde. Mboyas Tod löste blutige Stammesunruhen aus. Mboya war Generalsekretär der Kenya African National Union und kenianischer Wirtschaftsminister, der für einen liberalen und reformistischen afrikanischen Sozialismus eintrat und als Kandidat für die Nachfolge Präsident Kenyattas galt.

MNU, Multinationale Unternehmen sind Unternehmen, die mindestens in sechs Ländern vertreten sind und mindestens 25 % ihrer Investitionen im Ausland getätigt haben und mit ihren Produkten hohe Marktanteile erreichen.

National Enterprise Board: Nationaler Unternehmensverband in der BRD, der Bund Deutscher Industrieller, BDI.

OPEC-Staaten:
Die OPEC (Organization of Petroleum Exporting Countries) wurde 1960 gegründet. Sie ist ein Zusammenschluß von 13 Erdölausfuhrländern, in denen rd. 300 Millionen Menschen leben. Finanzsituation und damit Entwicklungsmöglichkeiten der OPEC-Länder haben sich nach der drastischen Erhöhung der Ölpreise Ende 1973 grundlegend verändert.

Recycling bedeutet wörtlich: »wieder in den Kreislauf bringen«.
1. Begriff der Abfallwirtschaft für die Wiedereinführung einmal gebrauchter Roh- und Abfallstoffe in den Wirtschaftskreislauf.
2. Schlagwort für das Wiedereinschleusen der von den Ölexportländern eingenommenen Ölmilliarden in die Wirtschaft der Industrieländer, um deren durch die Ölpreissteigerung entstandenen Zahlungsbilanzdefizite wieder abzubauen.

Ressourcen sind alle Mittel, die im weitesten Sinne für die Produktion von Gütern und Dienstleistungen benötigt werden (Arbeit, Kapital, Bodenschätze).

Skylla und Charybdis, zwei in der Odyssee vorkommende Meerungeheuer, die nahe beieinanderliegende Meerengen versinnbildlichen, daher im Sinne von »zwischen zwei Übeln wählen« verwendet.

STABEX: Stabilisierung von Exporterlösen
STABEX soll schädliche Schwankungen der Exporterlöse der AKP-Staaten im Handel mit den 9 EG-Ländern verhindern.

Terms of Trade
Mit diesem Begriff beschreibt man das internationale Austauschverhältnis (Verhältnis von Import- zu Exportpreisindex) für Waren und Dienstleistungen. Die Terms of Trade haben sich in den vergangenen Jahren zu Lasten der Entwicklungsländer verändert und haben zu einer Verschlechterung ihrer Außenhandelsposition geführt. Die Ölpreissteigerung der OPEC-Länder hat dazu beigetragen, diese Verschlechterung für die meisten Entwicklungsländer weitgehend zu überdecken.

Reziprozität: Grundsatz im zwischenstaatlichen Handelsverkehr, nach dem eine vereinbarte (zollmäßige) Meistbegünstigung nur bei einer entsprechenden Gegenleistung des betr. Landes gilt.

UN (United Nations) = Vereinte Nationen, wurden am 24. 10. 1945 gegründet mit Sitz in New York, USA, und haben 145 Mitgliedsstaaten. Ziele sind die Wahrung des Weltfriedens und der internationalen Sicherheit, Entwicklung freundschaftlicher Beziehungen zwischen den Staaten, Zusammenarbeit bei der Lösung internationaler wirtschaftlicher, sozialer, kultureller und humanitärer Aufgaben und Probleme sowie Durchsetzung der Menschenrechte.

UNCTAD (United Nations Conference for Trade and Development) = Konferenz der Vereinten Nationen über Handel und Entwicklung, 1964 als ständiges Organ der Vereinten Nationen institutionalisierte Wirtschaftskonferenz mit Sitz in Genf.

UNCTAD IV: 4. Welthandelskonferenz vom 5.–31. Mai 1976 in Nairobi, Kenia, die sich mit den Forderungen der Entwicklungsländer nach einer neuen Weltwirtschaftsordnung befaßte. Die Resolutionen betreffen u. a. das integrierte Rohstoffprogramm, Schuldenprobleme, multinationale Handelsverhandlungen, Fertigwaren, Transnationale Unternehmen, den Technologietransfer und die am wenigsten entwickelten und geographisch benachteiligten Länder.

UNESCO (United Nations Educational, Scientific and Cultural Organization) ist die Sonderorganisation der Vereinten Nationen für Erziehung, Wissenschaft und Kultur, die die Verständigung und die Zusammenarbeit der Völker auf den Gebieten Erziehungswesen, Naturwissenschaften, Sozialwissenschaften, Kulturarbeit und Informationswesen herstellen und fördern soll.

UNICEF (United Nations Children's Emergency Fund) = das Weltkinderhilfswerk der Vereinten Nationen, wurde 1948 gegründet und hat das Ziel, seine Mittel zur Verbesserung der Lebenssituation von Kindern und Jugendlichen vornehmlich in Entwicklungsländern einzusetzen und durch Ausbildung, Beratung und Materialhilfe gleichzeitig die Entwicklungsplanung der Empfängerländer zu unterstützen.

Weltbank (International Bank for Reconstruction and Development, IBRD) ist eine am 22. 12. 1945 gegründete, von 124 Mitgliedsländern getragene Bank, die den Aufbau und die Entwicklung der Mitgliedsländer, insbesondere der weniger entwickelten Mitgliedsländer, zum Ziel hat.

Zyklus ist ein Begriff der statistischen Ursachenforschung und der Konjunkturtheorie zur Kennzeichnung einer Zeitreihe, die z. B. den Zeitraum von einem konjunkturellen Tief (Rezession) bis zu einem konjunkturellen Hoch (Boom) darstellt.

Demokratischer Sozialismus in Theorie und Praxis

Herausgegeben von Günter Grass, Eberhard Jäckel und Dieter Lattmann

Willy Brandt, Bruno Kreisky, Olof Palme
Briefe und Gespräche

Volker Hauff, Fritz W. Scharpf
Modernisierung der Volkswirtschaft
Technologiepolitik als Strukturpolitik

Horst Heimann
Theoriediskussion in der SPD
Ergebnisse und Perspektiven

Heinz Rapp, Helmut Schieber
Was ist der Wert des Geldes wert?

Marie Schlei, Dorothea Brück
Wege zur Selbstbestimmung
Sozialpolitik als Mittel der Emanzipation

Anke Martiny, Otfried Klein
Marktmacht und Manipulation
Sind die Verbraucher Objekt oder Subjekt unserer Wirtschaftsordnung?